欣梦享
ENJOY LIVING

投其所好

As you wish

姜之鱼 著
JIANG ZHIYU

江苏凤凰文艺出版社
JIANGSU PHOENIX LITERATURE AND ART PUBLISHING

图书在版编目（CIP）数据

投其所好 / 姜之鱼著 . -- 南京 : 江苏凤凰文艺出版社 , 2022.10

ISBN 978-7-5594-6957-1

Ⅰ . ①投… Ⅱ . ①姜… Ⅲ . ①长篇小说 - 中国 - 当代 Ⅳ . ① I247.5

中国版本图书馆 CIP 数据核字 (2022) 第 111803 号

投其所好

姜之鱼 著

出品人　李亚丽

特约监制　杨　琴

责任编辑　周凯婷

特约编辑　顾　塬

装帧设计　木南君

责任印制　刘　巍

出版发行　江苏凤凰文艺出版社

南京市中央路 165 号，邮编：210009

网　址　http://www.jswenyi.com

印　刷　三河市兴博印务有限公司

开　本　880 毫米 ×1230 毫米　1/32

印　张　10

字　数　267 千字

版　次　2022 年 10 月第 1 版

印　次　2022 年 10 月第 1 次印刷

书　号　ISBN 978-7-5594-6957-1

定　价　49.80 元

目录

CONTENTS

目录

CONTENTS

第1章

CHAPTER 1

“惊枝”与“B大之光”

(1)

下午四点钟，外面的天空灰蒙蒙的，像是要下雨，店门口有几个女生说笑着走进来。

“你们进来时看到店名叫什么吗？”

“惊什么，惊艳？”

“……那叫惊枝。”

B大北门外的建筑洋味十足，南门外的建筑却有些民国风格，还有不少从前遗留下来的四合院。

孟丹枝的旗袍店就开在南门外青巷里。自从她开了这家叫“惊枝”的旗袍店后，学校里的男生们“装偶遇”的地点就从教室转成了店里，大抵是头一回见有人能把旗袍穿得这样美。

放在桌面的手机屏幕亮起，孟丹枝点开一看，是一条暴雨红色预警的提醒，提醒市民们出门带伞。

女生们看了她半天，又看了看衣服上的标签，标签上面的价格高得有些离谱，众人只好空手离开。

许杏从试衣间里出来，就听见她们的议论声。

“老板，要我说你这个店，只有一个缺点，就是价格高。我这件穿起来怎么样？”

“我的眼光还用怀疑吗？”

孟丹枝坐在柜台后面，连头也不抬。

许杏自顾自转了个圈：“还真是，这件是最合适的，我还以为我不适合穿旗袍呢。”说着她自己动手包起来。

“不是只有身材好才可以穿旗袍。”孟丹枝柔声和她解释，“民国时，很多普通人都穿。”

许杏问：“我是不是咱们店里开业以来第一个下单的？”

孟丹枝弯唇：“错了，你是第二个。”

她忽然抬头，饶是许杏，乍一对上面前这张美丽的脸，也不禁愣住了，半天才回过神。

“第一个是谁？”许杏问。

孟丹枝朝电脑屏幕上抬了抬下巴。上面是一份十分钟前的聊天记录，是从学校的群里直接私信她的，上来就发了自己的尺寸和一大堆要求，甚至要求必须让其穿出孟丹枝平时的效果来，一点儿也不客气，还有些天真的颐指气使。

许杏“扑哧”一声笑了出来。

孟丹枝今天穿了件墨绿色绣花旗袍，长发随意地绾在脑后，露出线条优美的脖颈。五官精致，皮肤白皙光滑，一双含水眼，晶莹剔透。任谁见了她，都会被惊艳到。

许杏真诚地建议：“要不就按刚才她们说的，干脆把店名改成‘惊艳’吧，谁让老板这么漂亮。”

孟丹枝挑眉：“夸我可没奖金。”

至于不知名学妹的要求，孟丹枝直接用两个字“不做”给拒绝了，懒得再加第三个字。显得又冷酷又无情。

许杏问：“那不赚钱啦？”

因为孟丹枝常年穿旗袍，许杏经常看她穿长及小腿的旗袍，开叉接近膝盖，可照样明艳动人。

“少一单又不会倒闭。”孟丹枝无所谓地说道。

许杏沉默了两秒钟：“确实。”

一件两件的，区别不大。果然老板是老板，打工人是打工人。

傍晚五点，这雨还是没下，天却阴得更厉害了。孟丹枝和许杏刚吃完晚饭，就接到班长的电话：“枝枝，你们在学校吗？十分钟内到院里。”

“这么巧，不在。”孟丹枝睁眼说瞎话。

班长：“表白墙上一分钟前还说你在店里。”

孟丹枝轻轻“哼”了一声：“店里是学校吗？”

班长一时间竟然觉得她说得对。

班长：“不管是哪里，叫你们来是主任要求的，许杏跟你在一块儿吗？让她也过来。”

班长的说法让孟丹枝觉得好笑，但是她回复道：“好吧。”

这会儿许杏正在班级群里看消息，接到通知的还有另外几个班委成员，纷纷露头吐槽。

“都快毕业了，还有事吗？”

“不重要我就不回去啦。”

班长见他们的抱怨越来越多，委婉地透露：“其实是个别环节需要更改，重新确认。”他没说具体是什么。

学校每年的语言文化节是由外语学院主办的，面向全校，包括各种翻译、配音等活动。

孟丹枝挂断电话，看向在店里溜达时不时偷看她的学弟。

学弟总感觉孟学姐看自己的眼神不大对劲，别人似乎没遇到过，难道是自己有希望了？然后就听见她说：“许杏，关门。”

“……”

失魂落魄的学弟离开后，许杏再也忍不住笑出声。

她们开的是一个旗袍店，经常有男生过来逛，指不定哪天要在门口竖个牌子，写上“男士止步”。

许杏好奇地问道：“对学弟们真没兴趣？”

“毫无兴趣。”孟丹枝笑眯眯地回答。

许杏“扑哧”一声笑出来，又羡慕地说道：“你提前毕业了就是快乐。”

孟丹枝早就修完学分，提前毕业了，但毕业证还没有拿到，也没拍毕业照，加上店开在学校附近，只当自己还没毕业，知道她提前毕业的人也不多。

“难怪学校里的帅哥不入你的法眼。”回去的路上,许杏趁机打探消息,“比你大多少岁你可以接受？”

“五岁。”孟丹枝回答得又快又肯定，像是早就在心里思考过无数回，没有任何犹豫。

许杏：“这么准确的数字？”

孟丹枝歪歪头：“不然呢？”

许杏摇头：“我就是乍一听，感觉像是你心里有那么个人，直接说出来了的。”

虽然不想承认，但许杏确实说中了真相。

外院的办公室基本都在三楼。几个班委都站在走廊上，隔着一道门还能听见主任的声音，好像在训斥谁，只是听不清具体内容。

看到和许杏并排走来的孟丹枝，他们忍不住多看了两眼。看了四年，他们还是会被她吸引。孟丹枝就这么单单站在那儿，一边的人就会不自觉地往她那边看，不仅仅是旗袍的缘故，还有她过于明媚的容貌。

“里面正在训人呢。”班长提醒。

“郑芯苒出了问题？”孟丹枝饶有兴趣地问。

众人点头，一起敲门进去，办公室里的气氛十分诡异。

主任站在那儿，看了她们一眼，继续唾沫横飞，几个班委全都当鹌鹑，默不作声。郑芯苒则站在主任的面前。眼角的余光瞥见孟丹枝进来，她一愣，这种事居然被孟丹枝撞见，以后还不知道她怎么嘲笑自己！

主任停下斥责：“你们把流程重新对一下，有些没影的事就别做，再有问题，就换个负责人。”

这句话让郑芯苒红了眼睛。

主任一走，办公室里安静了一下，便有人问孟丹枝：“枝枝，你那个店最近生意怎么样？”

许杏开口：“刚才还有人下单呢。”

孟丹枝：“……”

这下其他人都好奇地看过来：“我之前还说去支援一下，就是消费不起……”

孟丹枝撩了下头发，说道：“没关系。”她和外婆学了很久的刺绣，开店绣点儿东西卖，他们不是她的顾客群体，所以才没在学校里大肆宣传。

“主任让你们来不是闲聊的。”郑芯苒听他们聊天停不下来，声音冷冷地打断道。

隔壁班的班长比郑芯苒更阴阳怪气：“有些人没有金刚钻，就别揽瓷器活。你要是不出问题，我们还会被叫来吗？”他们被拖来“加班”，实在不爽，“主任让你对流程，流程表格现在可以分享了吧？”

先前郑芯苒想一把抓，占据首功，很多细节不告诉别人，除了跟她亲近的几个人。现在不公开也不行了。

郑芯苒气得发抖：“你——”

许杏和旁边三班的团委私下聊了半天，附和着道：“是啊，明明是某些人的错，害得我们也要跟着忙。”

她一说话，郑芯苒直接瞪向她们两个。

孟丹枝笑吟吟地道：“郑同学，别瞪我。”

原本还在气头上的郑芯苒忽然想到什么，看孟丹枝的样子，是不是还不知道？

她盯了半天，孟丹枝硌硬得直起鸡皮疙瘩。

雷阵雨突然下了又突然停了。等他们从教学楼出来时，外面的雨已经停了，郑芯苒已经离开，几个班委终于可以吐槽。

“她今天被骂真是自作自受。”

“就流程单上多了个邀请校友的环节，原来她打算邀请周师兄过来！这不是白日做梦吗？”

孟丹枝原本正无聊，闻言，眼尾一挑：“周宴京？”

全校无数个姓周的学生，但提起“周师兄”三个字，人人都知道指的是周宴京。

许杏凑过来："她上周不知道从哪儿来的假消息，说周师兄这个月回国，就自作主张地添上。但是到现在还没出结果，主任就大发雷霆。"

"说不定是真的。"孟丹枝说。

许杏迟疑起来："不可能吧，他前两个月还出现在国际新闻里，哪能这么快？"

孟丹枝惊讶地问道："你还看国际新闻？"

许杏觉得这是在质疑她，要知道她当初填志愿就是冲着"B 大之光"的周宴京来的，结果入学后才知道他早就已经毕业，纯属自己没提前搞清楚。

"你没看吗？咱外院都传疯了。"许杏不允许有人还没看过，当即从收藏夹里拖出来一条评论过万的微博，用微信发给她。

视频封面是国际会议现场。应该不是官方拍摄，而是受邀的媒体拍摄的，全面又高清，镜头将全场的人基本都拍了一遍，一个不落。视频里参加会议的人不少，而周宴京作为翻译官，坐在稍微靠边的位置。

虽然如此，但媒体还是有意无意地拍了他。不仅仅是因为那张出色的脸，还因为他精准无误的翻译和清越的嗓音。

视频的长度不过一分钟时间。孟丹枝点开评论，热评第一写着："对这种翻译官完全没有抵抗力啊！"她的目光再次回到视频上，镜头中的男人穿着正装，五官深邃立体，下颌线优越。

许杏感慨道："我也对这种男人没有抵抗力啊！"

孟丹枝："为什么？"

许杏："这个视频不是很明显吗？"

孟丹枝："衣冠禽兽也是这样。"

许杏："……"

怎么感觉她对周师兄很有意见的样子。

孟丹枝察觉许杏的视线，清了清嗓子："嗯，单就周宴京那张脸，还是不错的。"

"就只是不错？"许杏瞪大眼睛，"咱们学校校友里有周宴京一天，就没人敢称‘校草’‘男神’。”

听许杏这么说，孟丹枝眨了眨眼睛。

许杏：“郑芯苒要是真有那个本事，请来周师兄，我立马不计前嫌，夸她三天。”

孟丹枝：“……”可以，但没必要。

许杏回到宿舍后洗了个澡，孟丹枝才刚刚到公寓。

她一个学期有一半时间是住在外面的，虽然不是吃不了苦，但是能一个人住大房子，还是想选择后者。虽然在外面的一举一动都很规矩，从不出格，但到了家里，她也会做普通女孩会做的事。比如，一边甩鞋，一边脱衣。只是因为穿的是旗袍，孟丹枝连开灯的手都腾不出来，熟练地去解盘扣，一路头都没低，门边多出的一双男士的鞋，也被她无视。

盘扣解到一半，她刚推开卧室门，许杏的电话又打来：“有句话我必须要说！”

“说吧。”她把手机免提一开，往床上一扔，掀开被子就要趴下去舒服地躺一会儿。

和想象中陷入柔软的大床不同，她摔到了一片坚硬中，差点儿摔下床，关键时候被一只大手揽住腰才稳住。孟丹枝还有点儿没反应过来，右手习惯性地摸了摸，不知道摸到了什么，手被抓住。

“虽然周师兄是我的男神，但要实话说，如果老板你早几年上学，说不定他会是你的裙下之臣。”

伴随着电话的挂断，灯被打开。

孟丹枝眼前骤然变得明亮，对上一张熟悉的俊脸。她不久前才在新闻视频里见到的男人，许杏口中的那位“裙下之臣”——周宴京，就躺在她身下。原本整洁的衬衣被她压得褶皱四起，衣襟凌乱。

孟丹枝陷入短暂的“死机”中。

“起来。”周宴京松开她的手。

孟丹枝故作镇定地支起上半身。周宴京的目光忽然停顿了一下。

她先前回家后解开了三分之一的盘扣，这会儿前襟正自然翻垂下来……有点儿凉。四周陷入一片寂静中。

“关灯！”

周宴京主动关了灯。孟丹枝捂着胸口，在黑暗里摸索着扣上最关键的盘扣。

屋外的月光洒落进来。周宴京依稀能看见一道影子坐在床头，她玲珑有致的身材此刻被月光雕琢得完美无缺。他移开视线，再次闭目养神。

孟丹枝刚扣上一颗盘扣，突然感觉自己的动作很多余，他们现在的关系和以前又不一样。

“你怎么这时候回来了？”她打开了灯。

刚才许杏的电话，他肯定全听到了。比起刚刚的乌龙，这通电话让她觉得尴尬至极。

周宴京睁开眼睛，见她只扣了一个盘扣，将长发放了下来，模样慵懒明艳。摆明了是故意的，不把他当回事。

“今天不可以？”他异常平静，仿佛刚才什么都没发生，下床倒了杯水，仰头喝水时，喉结上下滚动。领口边依稀露出锁骨。

孟丹枝手撑在床上，说：“可以，就是怎么到这里……”

察觉到她灼灼的目光，周宴京提醒她：“这是我的房子。”

孟丹枝眨眨眼睛：“好像是哦。”

被B大录取后，她没打算一直住宿舍，周姨说有套房子空着，不住浪费。她来了之后认出放在这里的东西是周宴京的，才知道，这是当年他住了三年的房子。这个房子是周宴京读大学时，他家里给他买的。

之所以只住了三年，是因为他成绩优异，提前完成学业，出国去任职了。

孟丹枝继续盯着他看，目光很快又移向其他地方。

周宴京挑眉问道：“看什么？”

孟丹枝下意识地回答道：“看你变了没。”

周宴京没想到她会这么回答，问道：“所以你看出来了吗？”

“没有。”孟丹枝摇摇头，转而挑衅他，“我都忘了你之前什么样子了。”

周宴京看了她一眼，没说话。

孟丹枝以为周宴京看见她回来会走，没想到他好像有今晚留在这儿的意思。

这套房子总共三个房间，客房被她当了杂物间，另外一间被她拿来当衣帽间，还有一间主卧。

趁他去洗澡，孟丹枝终于有时间打开微信。

陈书音：“周宴京回国了？”

她没直接回答，而是问：“怎么这么问？”

怎么人人都知道他回国了？

陈书音飞快地甩来一张聊天记录截图：“喏，别人发给我的，郑芯苒和她的姐妹炫耀时说漏嘴的，我不信，这不是来向你求证吗？”

孟丹枝点开大图。

图上是一个五人小群，郑芯苒说了一句话之后，其他人都发出“真的假的”和“芯苒你怎么知道”这样的疑问。郑芯苒很受用，但并没有透露从哪儿得知的。

所以之前郑芯苒想在文化节上加的环节，是为周宴京加的吗？特地加的？

孟丹枝皱眉：“嗯。”

陈书音一骨碌从床上坐起来：“她真是阴魂不散，你们都快订婚了，她还一天到晚做梦呢。”

虽然别人不清楚，但作为好友，陈书音很清楚。

孟丹枝和周宴京的关系说起来有些特别。孟家是书香门第，孟教授桃李满天下，周宴京的长辈是孟教授的学生，周宴京和她的哥哥又是朋友。两家又离得近，算是邻居。所以她经常或跟着哥哥或单独出入周家，周宴京长得好看，所以她时常跟在他屁股后头跑。

小的时候，孟丹枝还会叫他“宴京哥哥”。两个人也算得上是青梅竹马，虽然偶尔拌嘴，但周宴京和她差了五岁，还算照顾她。

等她再大一点儿，总是有很多认识的或不认识的女生也这么叫周宴京，她就不乐意了。

之后见到他偶尔叫一声“宴京哥”，大多数时候都直呼大名，连名带姓地叫。

高中时，孟丹枝回宁城和外婆一起住，而周宴京已经提前完成学业，去了国外。直到去年，周宴京回国，并没有几个人知道，那天两个人酒后告白，确定了关系。

其实，孟丹枝一开始打算瞒着的。至于醒来时周宴京说了什么，她也不记得，一对上那张脸，满脑子都是昨晚他说的话。

如果只是单纯的喝醉也就罢了。偏偏第二天早上，他们两个人从同一个房间里出来，被孟丹枝的亲哥看了个正着——可谓是有嘴说不清。

周宴京一朝身份大变，完成了从孟丹枝青梅竹马的邻家哥哥到“情哥哥”的转变。接着，两家人坐到一起，两个人口头订婚。

至于郑芯苒，她是周宴京朋友的妹妹，用陈书音的话说，她在周宴京面前装得乖巧，人后张扬。

当然，她和郑芯苒的矛盾不止这个。外院的女生多，虽然大多时候表面上很平和，但私底下是非也多，竞争不可避免。去年院里要拍个招生的宣传片，负责人觉得孟丹枝身穿旗袍漂亮大方，事实上效果确实很不错，郑芯苒却眼睛不是眼睛，鼻子不是鼻子，认为她是走捷径的，故意天天穿旗袍哗众取宠。后来孟丹枝开旗袍店，还被她说不务正业。这次郑芯苒如此毫不掩饰地炫耀，显然是故意想传进她的耳朵里。

孟丹枝纠正：“还没真正订婚。”

也许是太愤慨，陈书音直接发了条语音过来：“怎么的？他周宴京美人在怀了就想不负责？”

说话声音太响亮，震得孟丹枝的耳朵一麻。更可怕的是，孟丹枝听到浴室门打开的声音。她微微扭头，看见周宴京穿着浴袍站在门口，显然听见了好友刚刚的指责。

孟丹枝心想：先头说裙下之臣，现在又指名道姓地骂，这能忍？

然而，她想错了。

周宴京当着她的面，好像无视了陈书音的质疑，只提醒她：“去洗澡。”

“……”

(2)

临挑睡衣时，孟丹枝犯了愁。

她平时一个人住惯了，带到这里来的衣服都是怎么舒服怎么来，不仅有吊带裙，还有露腰的。

孟丹枝撩撩头发，选了一件在她看来最保守的。

实际上，睡觉再规矩，到了夜里或者第二天早上，很多情况下，睡裙还是会卷到腰部。

洗完澡后，孟丹枝还记着和陈书音的聊天，从浴室出来后直奔放手机的地方。

果然，陈书音发了好几条消息。

陈书音：“家长同意，就差仪式了而已。”

陈书音：“宝，人呢？睡了？”

陈书音：“你的心态真好，我都气死了！”

孟丹枝轻笑，回复她：“别气了，他现在在我这里。”

陈书音：“？”

陈书音：“我之前发语音没让他听到吧？”

孟丹枝骗她：“没有。”

陈书音想通其中的关节，感觉情况也不是那么糟糕。可能郑芯苒是通过歪门邪道知道消息的，周宴京一回国就往枝枝住的地方去，总不可能是因为没地方住吧？那全京市的酒店都关门算了。陈书音刚放下心，又开始担忧：“孤男寡女，是不是有点儿危险，枝枝一定要保护好自己。”

只是没等孟丹枝回复，陈书音又发消息过来：“不过，虽然我好久没见他，但印象里他身材很好吧？哈哈。”

孟丹枝：“……”

她放下手机，看向那边的男人。

时隔许久，他的气质更加沉稳，不知道经历了什么，和以往的温和截然不同。甚至对视时，她都会心慌一下。

周宴京的目光落在她的身上。和回来时穿的旗袍不同，此时的她穿着一条真丝睡裙，裙摆落在膝盖处，垂坠感很好，纤细的腰肢藏在里面。然后，他很平静地移开了视线。

自己不想是一回事，他没反应又是另外一回事。

孟丹枝走到镜子面前，对自己的魅力产生了一点儿怀疑：我的身材不好吗？这么没有吸引力吗？他居然只看了一眼！

孟丹枝自问自答三次，对着镜子左照右照，最终下结论——周宴京瞎了。

她这才心情舒爽地躺进了被窝里，还不忘提醒那位“瞎子”：“你怎么还不睡？”

“有事。”

孟丹枝的心情不错，听见周宴京手机里传出来的西语，听起来像是谁的上任发言，不知道哪里来的。

“你在听什么？”

“一个总统的演讲。”

周宴京对自己的业务要求极高，翻译也要与时俱进。

没一会儿，孟丹枝就听得昏昏欲睡，迷迷糊糊地提醒他：“十点了，关灯。”她随口胡诌了一个时间。

周宴京瞄了眼手机上显示的九点半，没戳破她，抬手关灯，房间顿时暗下来。

这时候，孟丹枝反而睡不着了。她回过神，在黑暗里叫他：“周宴京，我问你个问题。”

旁边的人没出声。

孟丹枝不相信他没听见，很轻很轻地试探：“宴京哥哥？”

“嗯？”

他果然是故意不出声的！

孟丹枝还没说什么，整个人连人带被子都被卷进他的怀里。“你干什么？”

周宴京：“不是说‘裙下之臣’？”他在以实际行动表明。

孟丹枝的耳朵都红了。

月色微微，她看见他说话时，喉结跟着动了动，然后就被吻住。熟悉的清香中夹杂了陌生的味道，眩晕的她完全被带着走。

孟丹枝谴责他：“你不能温柔一点儿吗？”

“下次。”男人的气泡音很有磁性。

“你这两个字听起来就很不是人。”

“像不负责的人。”周宴京替她说。

孟丹枝：“……”

这个词又不是她说的。难怪之前听到陈书音骂他，他没当场发作，敢情是在这儿等着呢，来了个秋后算账。

周宴京问道：“你刚才想问的问题是什么？”

孟丹枝的反应有点儿迟钝：“就是，学校的文化节你参不参加？”

“看情况。”周宴京漫不经心地答道，“怎么了？”他这次回来不只是任职，还有另外一件事要办，要是说出来，恐怕今晚她会睡不着。

看来郑芯苒的流程还真是自作主张的。

“那你回国的事……”孟丹枝“唔”了一声，重新组织语句，“和郑芯苒说了？她想让你参加文化节……”主要是今天郑芯苒还盯着她看，她得问问。

孟丹枝的声音有点儿软，周宴京很少见她如此娇媚，但问这种不相干的问题，有点儿奇怪。

他思索了一会儿郑芯苒这个人是谁，才终于把人和名字对上号。

“没有。”

孟丹枝为表示满意这个答案，奖励了他一个浅浅的吻。

不承想男人以为这是邀请，拥紧了她，她去推他：“你好烦呀，明天有课。”

虽然她提前毕业了，但平日没事做，还是会和许杏一起去上课，装作还没毕业，此时正好当借口。

孟丹枝躺回去后，比谁都清醒。这谁睡得着！要是被学校里的女生们知道，她和“B 大之光”周宴京共处一室，怕是学校都能被眼泪淹了。

想是这么想，实际上孟丹枝困得不行，关灯不过几分钟，已经入睡。

次日清晨，她醒来时，房间里静悄悄的。

孟丹枝穿着睡裙下了床，在房子里转了一圈，确定周宴京已经离开。都没和她打招呼，就连放在房子里的行李箱也不见了。

孟丹枝眯了眯眼睛，心想：这是就回来借宿一下啊，和撩完就跑有什么区别？

正想着，放在桌子上的手机忽然响了。

孟丹枝刚刚还在谴责周宴京，看到微信消息的内容，又忍不住翘起嘴角。

周宴京："醒了去喝粥。"

即使分别这么久，他还是对她醒来的时间估计得十分准确。

洗漱过后，孟丹枝去厨房盛粥，发现还有一碟水晶虾饺摆在那里，晶莹剔透的。她的眼睛当即亮了。原本打算给周宴京发消息的，坐到桌前，手机微信里多了一条来自亲哥哥的未读消息。

哥哥："今晚你叫周宴京过来吃饭。"

看来周宴京是公开了回国的消息，那学校那边是不是也都知道了？

孟丹枝皱起眉头，又松开。

她打字："你怎么不叫呀？"

哥哥："你好意思说？"

孟丹枝被这句话凶得有点儿心虚，看来他对亲自抓到妹妹和好兄弟的事还是心有芥蒂。她代入了一下周宴京，感觉他有点儿冤枉。作为罪魁祸首之一，她心虚了十秒钟，猜测是不是家里面要找周宴京秋后算账。难道是鸿门宴？不过她担心什么，反正不是她被算账。

几秒钟后。哥哥："你也一起回来。"

孟丹枝乖乖地同意："好的。"

她喝完粥，吃完虾饺，给周宴京发了张空碗的照片。

前往上班的路上。

蒋冬正在规划未来一周的行程，忽然看见周宴京打开了手机，疑似在看照片。

今天早上他和司机过去之前，被叮嘱买了份虾饺。周宴京作为优秀的首席翻译官，单位给配了车和司机，他是周宴京的助手，又蹭车上班，自然不会推辞。本来以为是周宴京要吃，但他送上去没到半分钟，周宴京就从房子里走了出来。所以是买给别人吃的？男人还是女人？一想到在外面向来不近女色的周宴京可能在房子里藏了一个女人，他的八卦之心就如星火燎原。是那位从没见过的未来的嫂子吗？

周宴京问道：“你看什么？”

蒋冬连忙否认：“没有。”

被一个大男人这么看自己，周宴京不乐意了：“把你的眼神收收。”

蒋冬：“……”

他满腹疑问，但没问，深知自己作为助手的工作范围：“就在半个小时前，B 大那边发来了邀请。”

周宴京抬眸：“文化节？”

昨天晚上孟丹枝问过这件事，当时他的注意力并不在这上面，只是随口一答。

蒋冬点头：“对，您知道啊！因为是您的母校，再加上和之前回校的时间不冲突，我没擅自做主回绝，您看怎么回复？”

早在一周前，回国任职的事确定后，周宴京就定下要先回母校，只是没告知任何人。

周宴京若有所思地道：“下午先回校看看。”

蒋冬问：“要告诉嫂子吗？”

虽然还只是口头订婚状态，但他的称呼并没有被纠正。

周宴京：“不用。”

这些琐事没必要告诉孟丹枝。

周宴京又道：“她要是问了，你就直接说。”

蒋冬点头：“知道了。”

他心想，这不告诉，又怎么会被问，除非见到孟丹枝本人，要不然他特地去说一声？

上班时间未到，翻译部门里暗潮涌动。

早在上周，就有传言说新翻译官回国即将上任，前两天正式公布了周宴京的名字。年纪轻轻，履历优秀。在这里的每个人都是千军万马挤过独木桥留下来的，随便拎一个出去都可以独当一面。

这两天，周宴京参与翻译的国际会议的视频已经被大家反复观看了几十次。最关键的是，这位翻译官他们都没有共事过，仅仅凭借新闻上的描述，根本不清楚他性格如何。

上班时间是九点半，但九点钟的时候，人基本上都到齐了，大家频频地看向大门口。

"哎，你们说他的脾气怎么样？"

"看照片他很帅啊，看表情，应该是一本正经的吧，真的好年轻……难以置信。"

"英雄出少年，人家的经历比你们丰富多了，二十三岁就参与了多个国际会议，翻译得从容精准。"

"我们都知道，就是照片看起来太让人震惊了。"

"长得帅，你们不是更有动力吗？"

这里男女比例失衡，女生偏多，听见上司这句调侃的话，她们纷纷笑起来。九点十五分的时候，坐在窗边的人提醒："好像来了。"

众人立刻收起轻松的表情，开始办公。等周宴京进入办公室，没人敢说话，因为他面无表情的样子，很严肃，他看人的时候，眼神锐利。

蒋冬咳嗽一声："半小时后开始旁听。"

旁听制度是翻译的特别考核环节，需要他们按照翻译流程，将考核的内容完整展现出来。这不算难的，难的是过程中会有各种奇怪的干扰。

新官上任，火都不用烧。仅仅一个旁听就让大家忙了起来。

外院的教学楼是前年新建的，全校最豪华的一栋楼。

许杏本来想和孟丹枝一起去食堂吃早餐，结果得知孟丹枝已经吃过了，只好独自前去。两个人正好在教学楼前遇上。

路过那边的荣誉墙，许杏忍不住开口："周师兄的照片都贴好几年了，学校就不能更新换代一下吗？”

上面的照片还是几年前的，那时周宴京刚二十岁，独属于少年人的气息扑面而来。

孟丹枝记得自己那年住在宁城。暑假时，她回来，周宴京还来她家吃过饭，只是她那时候对他没什么好脸色。原因是什么，她记不得了。是他没去宁城看她？还是进门没有和她先打招呼？

孟丹枝想了想：“今年有机会。”

许杏：“算了吧。”

B 大自建校起，出色的校友很多。但因为专业或者圈子不同，许多杰出人物的名字并没有人尽皆知，而孟丹枝和周宴京是两个意外。前者如今时常出现在学校的表白墙和论坛中；后者外貌出众，家世显赫，更是提前从外院毕业，去当了翻译官，他参加翻译过的国际会议数不胜数，从此经常出现在官方新闻及各科老师的口中。

一节课结束，孟丹枝和许杏一起去洗手间。孟丹枝今天穿的是一件浅鹅黄色的旗袍，点缀着不明显的白花，整个人都显得温柔起来。

孟丹枝正补着口红，皮肤被镜子照得呈瓷白色。她眼角的余光瞥见郑芯苒从里面出来。

两个人一直不对付，昨天郑芯苒当着孟丹枝的面被主任骂，郑芯苒一股气憋着到现在也没发泄出来。孟丹枝不记得这事了，她却还记得。因为孟丹枝一句“她怎么和我一样叫你宴京哥哥”，周宴京就说让她别那么叫，说他们没关系，说得好像孟丹枝和他有关系一样。不都是靠着哥哥是他朋友的关系吗？凭什么孟丹枝不一样？

如今终于有一件孟丹枝不知道的事了。

郑芯苒靠在水池边，笑着开口：“孟丹枝，周宴京回国的事，你昨天压根儿不知道吧？”

孟丹枝没搭理郑芯苒，将口红旋上，洗手。知道不知道有什么关系。

“该不会，你今天还不知道吧？”郑芯苒盯着孟丹枝，“他可是上周就决定回国了。”

“知道这么件小事也值得炫耀？”孟丹枝睨她一眼。

其实她还真挺好奇，郑芯苒到底是从哪儿知道的？

“是不是小事，那要看人心里怎么想。我还以为以你的能耐，周宴京的任何事都知道，现在看来……”郑芯苒意有所指地笑起来。

孟丹枝翻了个白眼，在郑芯苒的面前甩甩手：“你有空不如好好改你的流程单。”

水溅到郑芯苒的脸上，她更恼火的是被主任责骂这件事，冷哼一声，踩着高跟鞋走了。

许杏一出来正好看到郑芯苒气急败坏地离开。真是，每次郑芯苒对上孟丹枝嘴上就没赢过，也不知道为什么屡败屡战。全院的人都不知道她俩到底有什么过节。

第二节课后，主任就出现在门口，念了好几个人的名字：“郑芯苒、张乐、朱乘凰……你们到我办公室来。”

不知道主任和他们说了什么，回来时，每个人脸上的表情都有点儿奇怪，但又好像是有点儿惊讶。

郑芯苒得意地对孟丹枝一笑。许杏见不惯郑芯苒那嚣张的样子，三言两语便和张乐打听完毕：“绝了，周师兄真的回来了！”

孟丹枝“哦”了一声。

其他人显然也都知道了这件事。

“周宴京下午要来学校！”

“啊，这个时间，是来参加文化节的吗？”

国内知名的翻译官不多，基本出自外交学院和京市外国语大学，唯有周宴京出自B大，所有外院学生的偶像几乎都是他。

许杏瞪着眼睛：“你看，郑芯苒那边全是人。”

因为这个突如其来的意外，之前就透露消息的郑芯苒变得奇货可居起来。

“芯苒，你和周师兄认识吗？”

“周师兄来学校是不是你请的啊？”

“你跟我们说说他下午几点钟到，文化节那天还会来吗？”

郑芯苒微微一笑，避而不答前两个问题：“具体回校的时间我也不确定，我帮你们问问。”问谁，她没说。

听到这种似是而非的答案，周围一下子热闹起来。

“我才不相信周师兄是她请来的。”许杏扭头，“老板，你怎么没反应？”

孟丹枝低头看手机：“有反应啊！”

许杏没看到，然后就听她“哼”了一声。

“……”这算什么反应。

孟丹枝当然最清楚周宴京回校的原因，B 大是他的母校，他昨天回来得晚，今天怎么也要过来的。至于文化节的某个环节，不知道他去不去。

“快到上课时间了，手机可以收起来了。”孟丹枝敲敲桌子。

许杏连忙收起了手机，笑眯眯地道：“这不是今天周师兄回校嘛，我想着怎么才能合上影，顺便问问他怎么才能成为翻译官。”后面的都成顺便的了。

孟丹枝自认为是个体贴员工的好老板，偷偷地给周宴京发消息：“你下午几点到？”

一分钟后。周宴京：“你要迎接？”

孟丹枝心想：这有什么好迎接的，但还有事要他帮忙，便温温柔柔地回复他：“对呀，迎接优秀校友周宴京同志。”

给个甜枣吃吃，才好提要求。

这番恭维的话说得孟丹枝自己都起了一身鸡皮疙瘩，这样温柔的师妹提出来的要求，周宴京他怎么好意思拒绝？怎么敢拒绝？

可惜，对面的男人是个“瞎子”。

周宴京：“不用这么隆重。”

孟丹枝瞧着这句话感觉意思好像不大对。

不过很快，对面的男人就给了她答案：“要低调。”

孟丹枝原本撑在柜台上的身子直接坐直。自己不去是一回事，被他拒绝又是另外一回事。她继续打字：“多我一个就高调了？”

此时，汽车距离 B 大还有十分钟的路程，外院主任坐在前面，说话的嘴一直没停过。

周宴京敛眸，回复她："嗯。"

孟丹枝："？"

依照她平时的性格，这人，她还接定了，让他看看什么叫高调。她怀疑周宴京是在使激将法，引诱她。

其实认真想想，可以把周宴京的话理解成恭维自己，孟丹枝这样想。她知道周宴京肯定猜到她那句迎接优秀校友是假的，所以才顺着她的话这么说。来学校有什么好迎接的？不过，孟丹枝还想看看学校到底是怎么接他的。她突然想起什么，问道："你是不是坐车来的？"

得到肯定的回答，孟丹枝弯唇，回复他："宴京哥，我马上去接你。"

收到这条消息，周宴京的眉梢一抬。无事献殷勤，非奸即盗。这么亲热地叫他，必然是有事。但他指尖轻敲，只回了两个字："两点。"

孟丹枝看看外面，还好今天多云，没太阳。得知具体时间，为了实现小员工的愿望，一点四十五分左右，孟丹枝就站了起来："走。"

许杏正打着字，回答道："好的好的，我刚才听她们说，郑芯苒他们已经在等着了。"

这回的接待人选是主任上午临时挑的。

店里的门刚关上，孟丹枝又接到班长的电话："枝枝，你现在在店里？"

班长每次打电话，必定有事。

"不在。"

班长直接无视这句话："院里买的花蔫了两束，你那边有个花店，帮忙买两束花回来，院里报销。"

许杏大声道："知道了！知道了！"

孟丹枝："……"

"是叫我的，你答应什么？"孟丹枝挂了电话，点点许杏的额头。

"我来买，我来买！"许杏笑嘻嘻地道，"说不定周师兄会看到我买给他的花呢。"

"学院出钱的。"孟丹枝提醒。

"没事，也经过了我的手。"

孟丹枝难以理解小迷妹的想法。

还真是，周宴京回校，全校的其他学生都比她积极。

因为去花店买花，所以她们迟到了十分钟。孟丹枝和许杏一人手持一束花，到达时，刚好快两点。

因为昨天回店里时下了小雨，她在店里换的鞋，找了个纸袋装换下来的高跟鞋。这个袋子本来是用来装衣服的，所以鞋有一小半在外面。再加上下午要用的书，两个人手上的东西真不少。

因为文化节开幕在即，许多知名校友都会回母校，或是捐赠，或是看望老师、留影。

听到后面的车声，她下意识地提前往旁边让，免得蹭到自己。是周宴京到了？她回头，看见院领导眉开眼笑。

许杏也往后看，可惜看不到后座的另一边：“周师兄坐的车比前几天的老总们低调多了。不过也是，工作原因嘛。”

孟丹枝听着这话，就想起周宴京的那句“要低调”。

接近校门口，车速放慢，几乎和她们走路的速度差不多。周宴京的目光落在孟丹枝怀里的花束上，虽然猜得出是学校安排的，但她竟然接受了。孟丹枝包里的手机振动起来。她腾出手把手机拿出来，微信上是一条刚刚收到的新消息，来自车里的男人。

周宴京：“花很漂亮。”

孟丹枝在心里翻了个白眼。她不信他不知道这是学院买的，还在校领导的眼皮子底下和自己聊天。而且，他能坐车，自己要走路。孟丹枝一下子不开心了。

正好车速不快，又离得近，她伸手敲了敲车窗。车窗没动静。

旁边的许杏瞪着眼睛，不知道孟丹枝要干什么，只觉得孟丹枝很勇敢。不过，她要是有自家老板这个颜值和身材，可能比孟丹枝还嚣张。

孟丹枝正想再敲一遍，车窗忽然打开。

院领导的脸出现在视线内：“孟同学，你有什么事吗？”

“……”

敲错车了？他们怎么不坐同一辆车啊？孟丹枝微微一笑，虚伪地道：“想跟周师兄打个招呼。”

对方并未怀疑。

孟丹枝抱着鲜艳的花束，眼角的余光瞥见后面那辆车的车窗缓缓下降。坐在里面的男人投来目光，他穿着西装，衬衫雪白，领带系得平整，鼻梁上架了副金丝眼镜。

两个人的距离不到一米。那道幽深的视线精准无误地落在她的身上，将她从上到下打量了一遍。

“斯文败类”“装模作样”，孟丹枝的心底立刻冒出这两个词。

蒋冬察觉到自从进入B大的范围后，周宴京的目光就落在了外面，自己却什么也没看到，于是他问：“您看什么呢？”

周宴京说：“迎接我的学生。”

蒋冬顺势往外看，正好看到孟丹枝敲他们前面那辆车的车窗，心想：B大的学生真是漂亮。然后他就看见周宴京按下车窗。

敲错车还被周宴京看到，孟丹枝庆幸还好之前没和他先提。乍看到他主动看过来，她“啧”了一声。

孟丹枝：“为了你的花，我自己的东西都落在店里了。”

周宴京：“你可以上车。”

孟丹枝才不要。

往外院去的路上，孟丹枝的手机再次振动起来。她本来以为是周宴京的消息，没想到是学院群里的消息。

郑芯苒：“孟丹枝，花还没买到？人呢？”

孟丹枝懒得废话，只随手将花拍了张图发到群里。

很快，郑芯苒又说道：“这束花和我们之前买的都不一样，你都不搞清楚的吗？”

孟丹枝笑了，班长托她买花时可没有提要求，这会儿郑芯苒倒是开始马后炮。

孟丹枝直接发了条语音过去：“这花呢，买是已经买了，如果你觉得不行，花店在校门外，你自己去买。”

有几个班委出来打圆场。

郑芯苒拿着手机咬着嘴唇：“这可是院里要报销的。”

孟丹枝挑的都是平价的，是最不出错的花，这会儿倒是被郑芯苒一直挑刺。

孟丹枝丢下最后一句话：“废话那么多，要不你去问问周师兄的意思，看他喜欢什么花？”

群里安静下来了。

许杏说：“她要真的去问周师兄，我立刻对她刮目相看。”

孟丹枝记得许杏昨天也做过这样类似的假设。

几辆车缓缓驶进校园。

主任坐在前面一直在侧着脸说话，没回头，也不知道发生了什么。蒋冬刚才眼观鼻，鼻观心，现在才有那么一点儿回过味来，欲言又止。

周宴京抬眼问道：“有话就说。”

蒋冬低声询问：“刚刚那是嫂子吗？”

“你觉得呢？”周宴京闭上眼睛，面无表情地回答了四个字。

蒋冬一本正经地道：“我觉得是。”

上午他还在遗憾没亲眼见过孟丹枝，如今算是明白为什么大翻译官对嫂子如此念念不忘。

“嫂子？”主任依稀听见这两个字，但又不确定，周宴京应该是单身才对，自己听到的应该不会是“嫂子”吧。年纪大了，耳朵不太行了。

他扭过头说道：“宴京，月底是文化节，到时你可一定要来参加，还是外院主办的。”

周宴京颔首：“一定。”

回校的知名校友很多，学校与有荣焉，没人敢小瞧周宴京。只是之前他一直在国外，这回学校终于如愿以偿。得到肯定的回答，主任脸上的褶子都多了一层。

不多时，“周宴京回校”五个字迅速成为校园热词。之前的流言得到证实，路上的人都变多了。孟丹枝如今腾出手来，一打开社交软件，全是刚收到的消息，没点开就迅速 99+。

“宴京学长真的来了！”

“我刚刚看见车往行政楼的方向去了！”

“唉！我还在上课，已经打算偷偷溜了。”

“请问外院同学，师兄待会儿出来就走吗？”

外院的同学心想：我们自己都不知道。

孟丹枝看完消息，一抬头，正看见许杳把两个快递一起夹在胳肢窝下面，手上打字打得飞快。她觉得许杳在店里收银都没这么积极。

“周宴京的魅力这么大吗？”孟丹枝问。

“老板。”许杳抬头，认真地看了她一分钟，“如果你不是这张脸，这个身材，你这话说出来，我还以为你是嫉妒。”

孟丹枝：“……”仔细想想，他好像……的确有。应该说，自己比她们更清楚他有多勾人。

等她们到教学楼下时，门口的人已经都不见了，老师们干脆把今天的课挪到了明天。

许杳放下书，兴冲冲地出去看男神。等天色昏暗，她才回来，脸上的表情一会儿兴奋，一会儿沮丧，变来变去的。

“笑死我了，郑芯苒打扮得好光鲜，结果周师兄的话都是对三班班长说的，她气死了。”又叹气道，“就是人太多了，我没靠近，早知道之前应该买个望远镜的。”

“又不是追星。”

“这是正能量偶像。”

孟丹枝忽然想起来：“人走了吗？”

许杳说：“应该没吧？这都快四点了，可能要吃晚饭。”

不行，今晚还有大事，孟丹枝赶紧发消息：“我哥让你晚上去我家吃饭。”

不多时，周宴京回复：“OK（好的）。”

周宴京收到消息时，刚走出教学楼。几个接待他的师弟、师妹面露崇拜之情，听他说晚上有事，不能应学校的宴请，又不禁失落起来。

“周师兄！”

周宴京转身问道：“有事？”

郑芯苒轻笑着问道：“周师兄，下周学校的文化节，想邀请你来参加，这一届有很多新活动呢。”今天主任说如果她真能邀请到周宴京，那这个环节就不用取消。

周宴京记得她叫郑芯苒。昨天晚上，孟丹枝还说起她，她是郑锐的妹妹。

周宴京平静地道：“之前答应了张主任，母校的文化节，我自然会来看。”

见周宴京会来，郑芯苒鼓起勇气：“这届文化节我们多加了一个校友互动的环节，周师兄，你能参与吗？”

“不能。”

周宴京拒绝得太快，郑芯苒一时没反应过来。

蒋冬开口：“那天的时间不多。”

实际上周宴京刚上任，确实比较忙，事情很多。

郑芯苒直觉不是这个原因。明明有时间可以来看文化节，却没时间参与这个环节。

上车后，周围顿时安静下来，周宴京捏了捏眉心，想起来孟丹枝的消息，于是掏出手机发消息问道：“几点？”

孟丹枝：“没说。”

她想了想，又暗示他：“好想成为校领导，这样就可以坐周师兄的车了。”

前一句是假的。

孟丹枝更进一步地问道：“周师兄觉得呢？”

几秒钟后，周宴京回复她：“来北门。”

目的达到，孟丹枝笑眯眯地叮嘱许杏：“你晚上不用去店里。明天再开店。”

见孟丹枝神采飞扬的模样，许杏问道："和谁去约会啊？"

孟丹枝唇角微弯，像是开玩笑的语气："你怎么知道我不是去见你的男神呢？"

"真是这样的话，"许杏想也不想地回答，"那我给你白打一个月工。"

孟丹枝没料到许杏居然这么冲动，心想：这可是你自己说的啊！

(3)

此刻北门外正热闹，算起来，北门比南门更热闹，这边有好几条商业街、小吃街，校门几十米外便是正道。

孟丹枝出了校门，走到路边还没见到车停在哪儿。她正打算给周宴京打电话，身旁一辆车的车窗忽然降下来，露出男人的侧脸。他脱了西装，这会儿领带也早已解掉，衬衫领口的一颗扣子松开，无端显得有些风流。

原来是换了自己的车。

蒋冬下来给她开门，孟丹枝今天见过他，但没说过话，对他浅浅一笑。在外人面前，她向来展现的是知礼、温柔的形象。上车后，一坐上柔软舒适的座椅，孟丹枝喟叹一声，掩唇打了个小哈欠。

周宴京侧眸看着她。孟丹枝率先发问："没见过仙女打哈欠吗？"

周宴京问："困了？"

由头给出来，孟丹枝立刻顺杆往上爬，抱怨起来："今天的午睡时间因为你，没了。"

"那你平时下午不用上课？"周宴京挑眉问道。

"我提前申请毕业了，不过有去旁听的时候，次数不多。"

"在课堂上打瞌睡？"

孟丹枝的眉眼一弯，颇为骄傲："我是好学生。"

周宴京"嗯"了一声，不是肯定，而是接着点明："所以你的困和午睡没有关系。"

孟丹枝："……"

她动了动，向他这边侧身："我总觉得你是在暗示什么。"

“暗示什么？”周宴京的眉梢略挑。

周宴京一直看着她，有种逐渐加重的侵略感，孟丹枝推开他一点儿：“非要我说明白，你这个人真有意思。”

“我后来停了。”

“之前就不过分了？反正都怪你。”

“这和之前没有午睡的原因完全不同。”周宴京说，“你也是学语言的，要严谨。”

孟丹枝懒得和他计较。她靠回椅背，窈窕的身形在旗袍的勾勒下一览无余。

周宴京忽然转移话题：“把你旁听的课程表发过来。”

孟丹枝打开手机，将课程表发过去，突然又回过神来，故意调侃他：“你要课程表做什么？难道要不务正业，陪我一起装作没毕业的学生去上课？”

“第二天你可以不用上课。”

大四的课早已结束，课程表上面基本都是空的。周宴京的视线在五颜六色的课程表上一掠而过，精准地挑出合适的时间。他的指尖在屏幕上一点：“每周三、周五，还有……”

孟丹枝听得困意全无：“这么频繁？”

周宴京没否认，也没承认：“是你自己要全选的。”

听见周宴京的话，孟丹枝瞪他一眼。她有必要和他好好交流一下：“是你自己念出来的，正常人不是都那么理解？”

周宴京道：“我没这么说。”

“我也没有。”孟丹枝往椅背上一靠，“就是你。”

原本他们两个人说话的声音不大，这一句反驳提高了音量，蒋冬把自己当作隐形人，他确实没听见什么。

孟丹枝也想起来还有别人在，一把遮住他的手机屏幕：“周宴京，别人还在，你别倒打一耙。”

周宴京将手机锁屏。

“你想选择哪天？”

选择？哪天？孟丹枝这会儿脑子里全是刚才的事，听他这么问，看了他半分钟："大庭广众下……"她伸手，指甲在他的手背上来回轻轻地刮。

孟丹枝没做美甲，指甲是健康的粉色，修剪得圆润漂亮，她知道什么样的刮法是撩人，什么样的是挠人。

"宴京哥，这种事有什么好讨论的？"孟丹枝暗示他，"一本正经地说，不合适。"

还排时间，他莫不是以为这是工作？她的时间是自己的，才不分给他。虽然合拍，但这么当作公事，真让人不爽。一想到这个，孟丹枝就觉得整个人都不好了，刚才还像勾引，这会儿就转手掐了他一把。

周宴京低头看了她一眼。她显然是为了出气，不过力气并不大。

"省得你怪到我的身上。"周宴京不为所动，也没收手，而是提醒她，"留下痕迹，你哥会看到。"

孟丹枝飞快地把手缩回去。

她天不怕地不怕，但是会怕像唐僧一样的哥哥。母亲再嫁后，很多事爷爷会顺着她，哥哥孟照青不一样，会教她，也会罚她。他最爱说教了。

孟丹枝特别好奇，周宴京和她哥怎么会成为朋友的。这两个人看起来就不像一路人。自她有记忆起，两个人就很熟悉了。而且，好像她哥哥也不占下风。孟丹枝仔细想了想，说不定周宴京也招架不住唐僧式的说教，她觉得自己有必要和哥哥学习一下。她想着想着就乐了。

周宴京偏过头看了她一眼。

"我睡了。"孟丹枝闭上眼睛，再也不搭理他。

不知道过了多久，再次醒来，孟丹枝有点儿迷糊，她身上盖了他的西装，一动便滑了下来。她抓住，看向窗外："还没到吗？"

这条路好像不是直接去孟家的。

"你要去哪儿？"

周宴京正一只耳朵戴着耳机，听着什么，头也不抬地道："你打算让我空手去你家？"

“你又不是没空过手去我家。”孟丹枝不知道想到了什么，没忍住笑，“是吧？”

“一样吗？”周宴京好整以暇地问。

孟丹枝认真地想了想，确实有点儿对。她凑过去看，发现他在看新闻，在她没醒来的时候，大概是在无声地做同声传译。如果从专业角度评价周宴京，他绝对全是满分。

孟丹枝本来以为周宴京是去现买东西，没想到是让蒋冬去店里取了两样东西，然后蒋冬就下班了。

孟丹枝一直看礼盒，见他又去看新闻，主动问道：“你买了什么呀，宴京哥？”这会儿语气倒是温柔起来。

周宴京笑了一下：“你自己打开不就知道了。”

孟丹枝眨眨眼睛：“这不太好吧？”这是要带去她家的，又不是给她的。

周宴京说：“你哥不高兴也是对我。”

孟丹枝一听，倒觉得有些不好意思起来。她总觉得去年那次意外是自己的问题，因为以前和陈书音她们喝过酒，她们说她喝了酒和平时不一样。是不是自己看周宴京太好看，自己主动的啊？孟丹枝不好意思问他，万一是真的，岂不是提醒他去记起那晚发生的事情。

她无事可做，和陈书音聊天。陈书音这会儿正在外面逛街，将包丢给身后的保镖，问：“昨晚过得怎么样？”

孟丹枝：“还行。”

陈书音还不知道自己的好友是什么性格吗？说“还行”，必然是很好了。她以前从没觉得周宴京会和孟丹枝在一起，可现实是他们确实在一起了。关键是，孟丹枝喝醉酒会断片。所以去年那场意外，她到现在都不知道是不是孟丹枝先动的手，还是两个人都主动了。这之间的区别可大了。

孟丹枝和她吐槽：“今天郑芯苒好像邀请他被他拒绝了。”

陈书音：“不错，说不定是因为你呢。”

孟丹枝：“不可能。”

怎么这么肯定？陈书音想说“万一”，但还是没发出去，毕竟她不是他们俩肚子里的蛔虫。

陈书音："那今晚你俩还一起？"

孟丹枝："应该不会，今天回家里吃饭，我可能就住在家里了，至于他，回他自己家。"

陈书音坐下来，回复她："枝枝，你们这么久没见面，就没有如隔三秋的感觉？"

孟丹枝确实没有。

陈书音："他既然回来了，应该离订婚不远了吧？"

车到了孟家门外，两个人看着又正常起来。

孟丹枝不知道他们知不知道周宴京昨晚和她在一起，但毕竟长辈们都同意他们订婚了，应该不会为难她。

周宴京拎着礼盒，朝她伸手。哪里想到孟丹枝下车后，直接往前走，已经控制不住想见家里人的心情。孟丹枝才走出去一步，就被他拉回来。

"干吗？"孟丹枝不解地回头，便感觉男人的手转了个方向，牵住了她。

周宴京说："领带松了。"

孟丹枝下意识地看过去，好像是有点儿松，可是和自己说干什么，让她帮忙？她绝情地道："自己弄。"

周宴京抬起另外一只手，示意她自己单手无法做到。

好歹这些礼物是带给自己家的，孟丹枝相当体贴，主动走近，伸手去帮他系紧点儿。她腹诽着，他真是高得过分。其实，她感觉周宴京如今周身的气质和这里的环境竟然十分融洽，也可能是出国几年的缘故，他特别像留洋归来的民国少爷。

从周宴京的角度看，她十分认真，纤细白皙的手指绕在深色的领带上，很惹眼。

"好了。"孟丹枝还给他轻轻拍了拍。

两个人就在门口说话，屋子里的人早就走了出来，将这一幕看得完完整整。

"咳。"

两个人一起看过去，孟照青正站在那里。

“哥。”孟丹枝立刻将手背到身后。

周宴京开口：“照青。”

孟丹枝松了口气，还好没直接叫哥。

三个人一起进去，孟照青似乎直接无视了刚刚看见的那一幕，而是问道：“工作怎么样？”

周宴京：“一切顺利。”

“我以为你要年底再回来。”

“原本定的是一个月后，不过……”

孟丹枝偷偷地听他们两个人聊天，男人之间的话题与他们平时聊天的话题不同，她也很好奇他在国外的事情。回到家里，她立刻就把周宴京丢到脑后。周宴京看她像逃脱笼子的鸟儿，直奔厨房而去，还能听见她的声音：“今晚有我爱吃的吗？”

“有有有，保证枝枝喜欢。”

“最爱李妈了。”

孟丹枝快快乐乐地回了客厅，笑着对周宴京说道：“宴京哥哥，这里坐。”

这黏人的样子，和昨晚试探他的时候完全不一样。

孟家的房子在这一带算起来不小，当初孟教授回来后请人做了修缮。

“宴京来了。”孟教授戴着老花镜，笑眯眯地说，“坐。”

周宴京微微一笑：“孟爷爷。”

孟教授“嗯”了一声。

整个家里对周宴京最满意的大概就是孟教授了。自从儿媳再嫁后，他就一直担心孙女的婚事会因为这个，或者自己眼光不行，出一些问题。

“这么久没见，变得沉稳了。”孟教授笑道，“我听说你今天已经去任职了，是不会再出去了？”

周宴京道：“暂时是这么打算的。”潜在的意思大家都懂，上面如果安排他有出国任务，他不可能拒绝。

趁孟教授和周宴京说话，孟照青示意孟丹枝跟他过去。两个人到了转角处，依稀只能听得见一点儿客厅里的说话声。

孟照青问：“昨晚你们住在一块儿？”

孟丹枝否认：“没有。”

“那就是有了。”孟照青面无表情地告诉她，“枝枝，你说谎的时候喜欢往右边看。”

“……”孟丹枝还真不知道自己有这个习惯，想说“我们什么也没做”，最后还是忍住了。万一又被戳破，多尴尬。

她无辜地开口：“这不能怪我，那是他的房子，他有钥匙。”

“之前就让你搬出来了。”孟照青睨她一眼，忽然又叹起气来，“还是怪我当初没注意，一开始就不应该让你住过去。”

那时候孟照青想着两家的关系好，正好周宴京的房子空着。谁知道会有现在这么一天。周宴京拿她当妹妹当了这么久，居然也下得去手，因为这件事，他当初还和周宴京打了一架。两个向来文雅的人双双受伤。

孟照青想起这件事，心情还是比较好的，因为孟丹枝是先给他处理伤口的，后来才帮周宴京，那是顺手。因为这件事，他稍微满意了那么一点儿。

半个小时后，几个人坐在饭桌上。周宴京以前来过孟家很多次，李妈知道他的口味，还为他做了几样他爱吃的菜。孟丹枝瞧在眼里，觉得这个待遇还真像对孟家的孙女婿。他们家没有食不言寝不语的习惯，孟教授的年纪大了，现在带着孙子、孙女，更希望他们和他多聊聊天。

十来分钟后，孟教授提起今天的重点，他咳嗽一声：“对了，知道你们很久没见，可现在还没订婚，要注意点儿。”他看向孟丹枝，老人说起这个还有点儿难为情，但他是家里唯一的长辈。

孟教授咳嗽一声：“毕竟以后有的是机会。”

不是，说这个看她做什么？孟丹枝立刻向他学习，看向周宴京。这句话该送给周宴京。借着桌子，孟丹枝用脚踢了踢周宴京，都怪他昨晚非要去那儿，还被家里人发现了。

“枝枝，说你呢，干什么呢？”孟照青出声。

“……我想吃他那个，够不到。”孟丹枝眨眨眼睛，指指周宴京面前碟子里的最后一块排骨。

周宴京将碟子推到她的面前。

这个男人，在长辈面前比较像人。她才感慨完毕，就见周宴京看了自己一眼，然后看向上首：“不瞒您说，我这次回来准备做的另外一件事就是订婚。”

桌上安静下来。

“你和家里人说了？”孟教授问。

“他们不干涉我的决定，表示支持。”周宴京颔首，又说道，“而且我妈一直很喜欢枝枝。”

“既然如此，就找个时间好好商议一下。”

“好。”

孟丹枝一块排骨才吃完，就听他们三言两语定了下来。这么快，这么迅速。这个订婚，该不会有什么阴谋吧？说不定他的行程太多，订婚也要提前预约占位。

“等等，你们怎么不问问我？”孟丹枝打断他们，“我是当事人，我还没说答应呢。”

孟照青问：“你自己一个人在那儿吃得那么开心，谁敢打扰你？你想说什么？”

孟丹枝：“？”

孟教授点点头，也想知道她要说什么。

餐桌上只剩下汤匙碗筷碰撞的声音，周宴京的唇角微弯：“如果枝枝不同意，这件事再说。”

似乎是也以为她可能会不同意，孟教授和孟照青全都看着她。

孟丹枝：“……”

爷爷和哥哥看她就算了，就连在厨房的李妈也耳力灵敏，端着一盘菜出来，目光炯炯地盯着她看。

周宴京是不是故意的？

第2章

CHAPTER 2

“高岭之花”公然吃醋

(1)

这会儿孟丹枝一句话都说不出来。虽然早已习惯万众瞩目的情况，可这种情况还是头一次！尤其是周宴京的假设出来，孟教授很明显是担心她拒绝，但他想的肯定是如果真拒绝也就算了。家里人当然是会支持她。

“……我没有不同意。”孟丹枝微微咬牙。她的确没说不同意，只是看他们讨论半天，自己都没张嘴，才开口的。和周宴京订婚又没有坏处。

孟教授笑起来：“那不就好了。”知根知底的人自然比旁人要放心得多，再加上周宴京如今的工作，更是安稳。

周宴京“嗯”了一声：“过后我父母会来商量订婚的事，这些事长辈们商谈比较合适。”

孟教授很喜欢听这样的话：“好，好。”单是周宴京自己说，他怕是周宴京一个人愿意，再者，当初的意外是他隐隐逼迫两家口头订婚的。他虽然不介意婚前的行为，但总是希望孙女第一次就能遇见良人。况且那次之后，他们又同住过不少次。

如果周宴京这次回来不同意，那周家，他也没有来往的必要了，就当不认识。接下来的吃饭时间，孟丹枝比谁都安静。等到饭终于吃完，她抓住周宴京的胳膊，问道：“你怎么不和我说一声，这么突然？”

“很突然吗？”周宴京问。

“当然。”孟丹枝的秀眉微蹙，“主要是你没跟我说。”

周宴京道：“我们目前的状态已经是未婚夫妻，提出订婚是为了完成仪式”

是这样的，没错，但是……孟丹枝松开手，道：“看你说的还算有理的样子。”她抬头左看看右看看，忽然笑起来，“饭桌上你是不是故意的，你就不怕我不同意？”

孟丹枝笑起来的时候很动人。

周宴京望着她：“不会。”

简单的两个字，孟丹枝一时没明白他指的是“他不怕”，还是认为“她不会不同意”。她索性不去想。

“天色晚了，宴京哥，你快回家去吧。”孟丹枝催促道，“一个人回去，注意安全哦。”她说着自己笑了。

周宴京明知故问：“你今晚在这里住？”

孟丹枝点头：“不然呢？”

她警惕地看着他，忽然暗示：“今天是周二。”这简直如同两个人之间的秘密暗号。

周宴京微微一笑：“好。”

他没再说什么，孟丹枝看着他和爷爷、哥哥说了两句客气话，便一个人离开了孟家。

“这两天你住家里。”孟丹枝一回去，孟照青就说。孟教授在楼上休息，客厅里只有兄妹二人。

“那我离学校好远，还要坐车。”孟丹枝大惊失色，撒娇道，“哥哥，你可怜可怜我吧。”

孟照青不为所动，并且开始说教：“没用，订婚前你都住家里，如果被我发现，就……”他皱皱眉头，改了主意，“我看看有没有合适的房子。”

“我都快毕业了，为了几个月买新房，有点儿浪费。”

“以后可以租出去，给你当零花钱。”孟照青说了一句，又问道，“今晚订婚的事，他没跟你说？”

“没有，我不知道。”孟丹枝坐下来，知道孟照青怎么想的，“不过也没什么，早晚的事而已，我没有勉强。”

见孟丹枝确实没有不乐意，孟照青才没说什么。

想起周宴京来时带的礼盒，孟丹枝心生好奇。两个礼盒，其中一个是送给孟教授的，另一个打开后里面是一对耳坠，流光溢彩，很漂亮。孟丹枝很喜欢。周宴京居然能瞒这么久，在车上问他还不说。看在礼物的份儿上，今晚的事就不计较了。

孟照青看在眼里：“一个礼物就能收买你。”

“你说得有道理。”孟丹枝一本正经地道，“不过应该是两个、三个礼物才对。”

孟照青：“？”

第二天回到学校时，孟丹枝便戴上了新耳坠。她的下颌线优美，脖颈细长，佩戴这种首饰最合适不过，走动间耳坠与肌肤微微碰撞。

许杏第一眼就瞧见不同：“老板，真好看。”

女生之间，这种夸奖最合心意。许杏看着孟丹枝精致的侧脸，忍不住感慨。孟丹枝是公认的 B 大校花，漂亮艳丽，一身旗袍勾勒出优越的身材，前凸后翘。别说男生爱看，学校里一半女生也爱看。

孟丹枝爱穿旗袍，若是穿素雅的旗袍，显得清纯无比，要是穿深色艳丽的，则显得性感窈窕。许杏毫不怀疑，就算是酒店迎宾那种红色的劣质旗袍，都能被她穿出绝世佳人的气质。

孟丹枝轻轻弯唇：“看来眼光不错。”

许杏还以为她是夸自己的：“有没有链接啊，我也想要。”

“没有，别人送的。”

“哦——”

孟丹枝敲她的额头：“哦什么，员工不得议论老板。”

许杏睁着眼，冲她眨眼睛：“我没议论，一个‘哦’字而已，老板，你是不是自己想多了？”

“……”孟丹枝懒得搭理她。

今天店里多了几个客人，许杏接待不过来，提议道：“说得我嘴皮子都干了，要不再招一个人？”

孟丹枝睨她一眼：“你确定？”

“惊枝”的面积不大，十几平方米，装修也很简单，店内摆了两个衣架，上面是成品旗袍。最特殊的是，店内的角落里摆了一架缝纫机和一个刺绣架。当初刚开店时，孟丹枝以为没有多少人穿旗袍，她也不打算忙琐事，就想从学校里招个兼职。她还特意备注了只要女生。人和人是不一样的，孟丹枝没想到有男生豁得出去，穿女装前来应聘，闪瞎了蠢蠢欲动的男生们的狗眼。好家伙，竟然还可以这样？当然孟丹枝毫不留情地拒绝了对方——即使对方自称心理性别认同是女生也没用。

许杏作为应聘者之一，对此记忆犹新，忙不迭地摇头：“算了，还是不要了，万一这回不是穿女装，是变态呢？”

下午也是巧合，冤家路窄。孟丹枝才到教学楼就迎面碰上郑芯苒，郑芯苒原本看起来垂头丧气的，看见她立刻变得趾高气扬起来。想到孟丹枝昨天没越过自己去接待周师兄，她的心里好受不少，但一想到之前周师兄的拒绝，她便怀疑是孟丹枝作祟。

“孟丹枝，是不是你干的？”

“……”什么毛病。

孟丹枝奇怪地看着郑芯苒：“我干什么了？”

郑芯苒生气地道：“怂恿周宴京不参加文化节！”

郑芯苒的用词简单，孟丹枝理解成他不参加所有的活动，连学校也不来，心想：拒绝得这么彻底？事关院里，她得劝劝。

“你有没有把学校放在眼里？”郑芯苒质问道。

一顶大帽子扣下来，孟丹枝笑了，上前两步，将郑芯苒几乎逼到了走廊上，因为个子比她高，孟丹枝垂眼看着她。

“我还能管着他不参加？你要是有本事，早在加上这一环节时就做到百分百成功了。”

郑芯苒喘不过气来。

孟丹枝走出去好几步，想起什么，又回头道："没有，说明你不行。"

郑芯苒瞪着眼。

孟丹枝冲她笑笑，头也不回地走了。

本来孟丹枝想发消息问问周宴京的，后来想着这种事还是当面问比较好。机会来得巧。周宴京就给她发消息，说待会儿接她去吃晚饭，有事要说。具体什么事，他没说。孟丹枝想破了脑袋也没觉得有什么其他事。现在摆在两个人面前的，除了订婚还有什么事？

她本打算旁敲侧击地问问周宴京，可同时陈书音约她去逛街，喝下午茶，孟丹枝就将这事甩到了脑后。

"大忙人啊！"陈书音抱住孟丹枝，"好几天没见你了。"

孟丹枝推开她："你应该找个男朋友，就不会想我了。"

陈书音说："胡说八道，男人哪里比得上姐妹。"

"……"

"我这次找你，是要给你介绍生意的。"陈书音挑眉笑笑，"一个电影剧组，要不要？"

孟丹枝说："你先说说。"

陈书音解释道："这个人是个导演，准备拍部民国背景的电影，电影里面的女主角要穿旗袍，他们想找旗袍店合作。"

现如今市面上的旗袍店不少，知名品牌也多。孟丹枝有些心动，但没冲动。

陈书音笑起来："知道你不信，他是我新认识的朋友，你之前不是送给我一个荷包，那上面的刺绣他很喜欢。"

这就合理多了。孟丹枝没拒绝："哪天见面谈谈吧。"作为一个店主，她当然想宣传自己的店，和剧组合作，倒是简单、方便。

傍晚五点钟，她的手机响了。

周宴京：地址。

孟丹枝直接随手分享了地址给他。

"周宴京？"陈书音试探问。

“他有事要说，今晚不和你一起吃了。”

“好嘛，我也不会打扰你们约会的。”

孟丹枝搅了搅咖啡，忽然问道：“书音，我上次喝酒喝多后，做了什么？”

陈书音一听，立马来了兴致。

“不多。”她举手，“叫我美女，但是看到镜子后，又觉得你自己最美，不乐意叫我了。”

孟丹枝：“……”

陈书音随口说了几句，渐渐察觉出她的意图：“你想问去年的事，但我们不是当事人啊，你得问姓周的。”

孟丹枝靠回椅子上：“这怎么开口？”

陈书音想想也是，这怎么问都好别扭：“反正你们都快订婚了，刨根问底也没用。意外很正常呀。”

周宴京走到孟丹枝的身后。

陈书音只是被周宴京瞄了一眼，就觉得呼吸有些急促。她在桌子下碰了一下孟丹枝的脚，对暗号。

几乎是同时，孟丹枝的第六感精准地察觉——

她刚刚说得太尽兴，忘了自己之前给周宴京分享过地址。

姐妹同心，其利断金。

咖啡厅里比较安静，孟丹枝镇定地喝了口咖啡，回过头去，“惊讶”地道：“这么快就到了？”

“刚到。”周宴京脸上的表情很平静。

孟丹枝摸不准他到底听见了多少，顺势说：“音音，我先走了，下次再聊。”

陈书音挤眉弄眼地道：“OK，OK。”她害怕再待下去，周宴京会把她列入黑名单。

孟丹枝跟着周宴京一路出了咖啡厅，两个人的颜值高，气质出众，来往客人的目光不时投过来。上了车后，她没看见蒋冬。

“蒋冬不在？”孟丹枝问。

“下班了。”周宴京说。

孟丹枝“哦”了一声，没再说话，打算打开手机和陈书音通个气，问问她什么时候看见他的。

“你刚才来了怎么不出一声。”孟丹枝问。

“要出什么声？”周宴京瞥了她一眼，平静地开口，“插入你和你闺密的聊天？”他不明显地笑了。

孟丹枝说：“那不用。”见他好像不打算算账的样子，她立刻放心下来，又言笑晏晏地道，“你之前说和我说什么事？”

“订戒指。”周宴京没卖关子。

孟丹枝后知后觉地感觉到，她是真的要订婚了，戒指都安排上了。她偷偷地张开自己的手，因为不喜欢戴东西，她平时连手链、戒指什么的都基本不戴。但如今手腕上有个透明的翡翠镯子。这是外婆以前戴的，她在宁城住的时候，外婆送给她戴，孟丹枝一戴便戴到了今天。镯子平时冰冰凉的，和她穿的旗袍也很搭。往后要是戴上订婚戒指，那就真的对外宣布，她是有未婚夫的人了。

周宴京眼角余光瞥见她欣赏了半天她自己的手，心满意足地收回去，然后装乖地问他：“这么破费不好吧？”

“不破费。”周宴京挑眉。

孟丹枝今晚的问题尤其多：“你怎么不直接买一个送给我呢？”

周宴京耐心回答：“你挑一个自己喜欢的。”

别的不说，这个答案孟丹枝觉得很满意。

到店里时，看见琳琅满目的首饰，她一时挑花了眼，想起陈书音的购物癖，她很理解。漂亮的东西，谁不喜欢？但孟家平时不爱高调奢侈，她从小养成了习惯，看归看，真正买的时候是很谨慎的。

“你觉得这个怎么样？”孟丹枝试戴上一款，伸出手。

周宴京点头：“挺好。”

孟丹枝又戴了另外一款：“这个呢？”

周宴京说：“也不错。”

孟丹枝怀疑他是在敷衍自己，就像男人总是不爱和女朋友逛街，说每件衣服都漂亮一样。她喜欢第一款，又抓住他的手：“伸手。”

孟丹枝给他戴上男戒，果然和她想的一样，周宴京的皮相顶好，手也好看，戴戒指效果也好。她试了好几款，和他的手并在一起看，其实没有特别喜欢的，都是感觉还可以。

周宴京望着她，她正弯腰挑选下一款。

“枝枝。”

“嗯？”孟丹枝扭头。

周宴京低头和她对视：“你可以自己设计。”

孟丹枝的眼睛一亮：“真的？”

周宴京：“真的。”

孟丹枝立马给出最热烈的反馈，抓住他试戴戒指的手，浮夸地吹捧：“宴京哥哥，你戴戒指真好看。”

“和我很配。”想着是订婚戒指，她又说道。

“……”

周宴京听笑了。

因为来时并没有想着怎样设计，所以孟丹枝和店员加了微信，过后几天和她谈就好。孟丹枝平时刺绣时大多是自己设计图案，轮到设计戒指时，一时犯了难。直到回到住的地方，她的脑子里还是各种小图案。

“你要住车上？”周宴京清冽的声音唤醒她。

孟丹枝“哦”了一声，下车往楼上走，发现他和自己一起回去，大惊失色：“你不回去吗？”

“回哪儿？”周宴京反问。

“回你家。”

“这也是我的家。”

孟丹枝无力反驳，深感昨天亲哥的担忧是真的，住在人家的房子里，没有赶人的权利。她想的是……大不了一起睡呗。但现实是，才到楼上，她就被后面的周宴京抱住，连旗袍拉链都没来得及拉。

灯没开，她感觉到他的手在捋着旗袍下摆边缘。孟丹枝的后背靠在墙上，惊慌地道：“周宴京，你干吗？”

周宴京的动作没停：“这不是很明显吗？”和他淡定的表情对比，他手下试探的行为让孟丹枝整个人都反应不过来。男人可能在这方面都天赋异禀。孟丹枝看不清周宴京的表情，只感觉到他亲吻自己。

“你是不是听见了我和音音说的话？”

周宴京的声音有点儿低沉：“我什么时候说了没听见？”

“我说的都是假的。”

“我听着像真的。”

“心疼哥哥是真的。”

等真正开始睡觉时，孟丹枝已经不想再动一下，就连被子也是周宴京给她盖上的。

次日清晨，周宴京起床时，身边的人连眉头都没动一下，睡得安稳，也就这时候显得乖一些。他顺手把客厅里昨晚落下的旗袍拣了起来。

蒋冬早就等在楼下，顺势递上手中的袋子：“刚出笼的。”他刻意提醒。

周宴京的眼皮都不抬一下，仿佛没看见蒋冬的调侃：“下午和 B 大那边，你去沟通。”

蒋冬：“好的。”

上午十一点，孟丹枝终于醒来。床边已经没了人，家里也没人。孟丹枝打开手机，看到周宴京十分钟之前发的消息：“好消息，今天你不用去学校。”

……狗男人！

陈书音的消息是昨晚半夜发的：“亲爱的，还活着吗？”

十二点之后，她又发消息：“看来你没时间回我的消息了，良宵一夜值千金，唉！”

孟丹枝回复道：“一边去。”

陈书音早就醒来，看到她终于回复，先回了一串“哈哈”，然后问：“如何？”

孟丹枝：“不告诉你。”

陈书音：“哈哈哈。”

孟丹枝无语。她不可能在家里待一整天，三点多时就去了店里。许杏看见她，说：“大礼堂那边正在彩排，我们去看看吧。”

孟丹枝正觉得无聊，说道：“行。”

两个人才到大礼堂外，一个身材高大的男生从里面走出来，看见孟丹枝，脸上一红：“学姐。”

孟丹枝没记起来他是谁，但仍露出一个无懈可击的笑容：“是来彩排的吗？”

男生点头：“嗯。”

周围的人不多，但有人似乎也注意到了这里。男生的手上还有一枝从里面顺出来的花，冲动之下，塞给了孟丹枝：“孟学姐，我喜欢你。做我的女朋友吧。”

孟丹枝没料到自己来看个彩排，还能被告白。她现在对其他男人没兴趣：“抱歉。”

男生不死心地道：“学姐，你好像一直都没有男朋友，可不可以给我一个机会？”

校园里的人最爱看这种热闹，纷纷起哄。

“不可以。”孟丹枝不想多废话。

这个结果其实在他的意料之中，男生又问道：“那你喜欢什么样的男生？”他的脸上露出疑惑的表情。

“师弟，咱们孟师姐喜欢年龄上有点儿差距的男生。”许杏说完飞快地拉着孟丹枝走了。

由于刚才的告白事件，大礼堂外面围观的人数突然变多。许杏的话只说了半截儿，以讹传讹之下，内容就发生了一点点改变，并且越传越真。

蒋冬有心偶遇孟丹枝，说说周宴京参加文化节的事儿，可惜没那个运气。

“这次我们增加了一个优秀学生和优秀校友合影表彰的环节，不知道宴京打不打算参加？”张主任全权负责，知无不言，言无不尽。

蒋冬微笑着道："这件事我需要回去问一下。"

张主任点头："理解，我们打算的是，在优秀生中投票选出来几名，至于校友，可以选择同院的。"

一些细节敲定后，蒋冬便接受邀请和他一起去大礼堂看一下今天的彩排。

大礼堂此刻有很多凑热闹的人。不过大家的关注重点都不在舞台上，大多数人都在低头看手机，或者和旁边人议论。

"帖子里的事是真的假的？"

"都说亲耳听见的，应该是真的吧？"

"孟丹枝真喜欢那样的，学校里还不得炸锅啊？"

蒋冬的脚步一停，这个话题好像有点儿不对劲，喜欢什么样的？什么帖子？他目视前方，耳朵却听了一茬。

在回去的路上，蒋冬打开 B 大的校园论坛，看见上面的标题，忍不住深吸一口气。而另一边，周宴京坐在那儿，听他们一一复述或翻译刚刚的考核内容，脸色淡淡的。一旦他抬起眼皮去看人，对方的心里就咯噔一下——说错了。

"刚刚那句，你重新翻译。"

现在轮到的是张乐，他沉默下来。

周宴京见他十分紧张，温和地道："大多情况下，不这么用，应该……"

张乐恍然大悟："我懂了。"

好不容易结束这场苦不堪言的考核，目送周宴京回办公室后，所有人都长出一口气。

蒋冬把张主任的话基本重复一遍："……至于新增加的环节，看您的想法。"然后又补充道，"可以和优秀学生合影。"

周宴京露出似笑非笑的表情，明白了他的意思："你怎么不越俎代庖，替我答应了？"

"这我哪儿敢。"

"行了，你去工作吧。"片刻后，周宴京抬眸，看向脚都没挪一下的蒋冬，漫不经心地问，"怎么不走？"

蒋冬：“还有一件关于您的私事。”

周宴京：“下班再说。”

此时已经下午五点，蒋冬欲言又止。

“可能下班后，这件事就无法挽回了。”想了想，他的语气沉重，把手机递过去，“这是今天 B 大的校园头条。”

周宴京的视线移过去。

手机屏幕上是 B 大的校园论坛，此刻一个飘红的帖子正牢牢地挂在第一的位置。

“刚刚在大礼堂外，我亲耳听见孟学姐说她喜欢姐弟恋！”

后面的帖子紧跟其后：“孟学姐，我刚上大一，你看我怎么样？”

周宴京自动无视前面的内容，目光定在大一上，才上大学就想谈恋爱。

屋外的黄昏霞光透过窗户洒进办公室，明明是温暖无比的色彩，蒋冬却感觉有点儿冷。这……该不会真的是无法挽回了吧？不至于啊，老大的性格虽然高冷了点儿，但是那是对别人，他和孟小姐站一起，养眼极了。蒋冬还在思考，周宴京已经伸手点开帖子。

主楼写着一段话：“难怪学姐四年都没恋爱，现在大四，这个年龄差刚好可以。我比他们都小，我已经在准备表白了，大家祝我成功！”

底下盖了上百层楼。粗略一看，便能知道孟丹枝在学校有多受欢迎。

周宴京驻外多年，对于国内的事了解得更多的是国家大事，B 大内部的消息，多数是从周景的口中得知。但周景和孟丹枝并不是同年级，也不全知道。

“嫂子在学校里真受欢迎，哈哈。”蒋冬尴尬地笑了两声。他眼睁睁地看着上司对着手机屏幕看了半晌，脸上却瞧不出什么明显变化来，仿佛另一位主角不是自己，然后十分冷静地将手机还给他。蒋冬摸不准周宴京是什么意思，“我猜，肯定是朋友之间的玩笑话，不能当真的。”

“这没出校园，年纪小，经验少，不知道人与人之间的差距有多大，太过理想化。”他的漂亮话一句接着一句。

周宴京看了蒋冬一眼，冷冷地出声：“你还不去工作？”

蒋冬收到周宴京的眼神，“哦”了一声，猛地想起来，自己刚刚那句话是不是有点儿像在内涵周宴京的年纪大？他真没这个意思啊！周宴京一点儿也不老！正值当年！虽然和嫂子差了好像五岁，但那是因为嫂子的年纪小，不是周宴京的问题，青梅竹马还要考虑什么年龄？

“去，马上去。”蒋冬这会儿恨不得变成一个锯嘴葫芦，出去关门时，又想起来还有正事没问完，“对了，张主任的邀请要拒绝吗？”这事儿要是真的……那两个人见面，岂不是很尴尬？

周宴京说：“不用。”言下之意，他会去。至于上次拒绝的，那是拒绝别人，不是主任。

论坛里的帖子谈论度正高时，周景还在和朋友们打游戏。宿舍里十分热闹：“孟丹枝真的喜欢学弟吗？”

“谁喜欢学弟？”周景的椅子一转。

室友：“就外院那个孟学姐，穿旗袍特漂亮的那个。”

周景：“怎么可能？你们别造谣。”

“哎，这可不是我造谣的。”室友把帖子翻给他看，“有人听到了学姐亲口说的，有证人。”

周景看清楚，一下子站了起来。

“你要去追学姐吗？对哦，你们好像说过几次话。”室友忽然想起来，“近水楼台先得月。”

“你懂什么？”周景翻了个白眼，“这件事可关系到本少爷的家庭和谐。”

室友：“？”怎么每个字都认识，组合在一起就听不懂是什么意思了？

周景找到孟丹枝的时候，她正在和陈书音打电话，找个合适的时间约那个导演见面。

“枝枝姐，学校里的传言是怎么回事？”

“什么传言？”孟丹枝被周景问得一懵。

周景松了口气：“看你这个样子，还不知道论坛上的帖子吧？”

孟丹枝稍微一想，就猜到是大礼堂门口的那段对话被人听去了一半，断章取义了。不过这也太离谱，怎么会变成这样，她说道：“假的。”

周景：“好嘞，我回去打游戏了。”这位少爷风风火火地来，又风风火火地走了。

许杏一开始对周景的印象全来自学校里的同学的口述，后来因为孟丹枝，她才发现这位少爷人还挺好的。据他狡辩，传闻是假的，他还是受害者。

“他这么上心，怎么也不见追你啊？”许杏好奇地问道。

孟丹枝想想那个画面，周景会第一个拒绝，虽然是堂兄弟，但他是最害怕周宴京的。

“因为幼稚。”她随口道。

许杏感慨：“谁不喜欢美女呢？”

孟丹枝上学期拍了宣传片，新生入学时，来围观她的学弟、学妹一波接着一波。一个个年轻有活力，脸上的胶原蛋白充足。

孟丹枝笑吟吟地道：“你说得对。”

等周景回去好半天，她才想起来发微信问他：“这件事你没告诉你哥吧？”

虽然不是什么大不了的事，但让周宴京知道也有点儿奇怪。

周景：“没呢，我必须跟你一边啊！”

孟丹枝：“OK。”

周宴京不知道就行。

(2)

陈书音下午到了店里。

“剧组下个月到这边来拍摄，取景点都租好了。”她往柜台后一坐，“好像离你家有点儿近。”

孟丹枝笑道：“那我有机会看电影是怎么拍的了。”

陈书音端详她的脸：“我怕你进去，他不放你出来。”

“不过他这个人，”陈书音提醒道，“可能要求多。”

孟丹枝说："实在太麻烦，就不接了呗。"她是当老板的，又不是当受气包的。

陈书音说："你当初怎么不宣传一下，你自己当模特拍照，还用得着我介绍生意？"

孟丹枝没那个兴趣："之前我在学校，没想着做大，现在比较有时间，这个以后是我的事业。"她放下手中的东西，"不过你说得有道理，改天我约个模特，先把社交账号弄起来。"

这一系列事情，还真得再招人。孟丹枝突如其来的壮志雄心——周宴京都升职了，她居然还开着屁大点儿的小店，不行，要做大！要当就当大老板。许杏拍手叫好："老板，你自己当模特吧。"

孟丹枝拒绝："我是老板。"当什么打工人？就是要当甩手掌柜。

陈书音说："哎，要的就是这种氛围。"

说做就做，整个一下午，许杏作为店里唯一的员工，忙着申请了四五个账号。其实孟丹枝有自己的微博号，她以前绣点儿什么，会拍下来发到微博上去，积累了一些粉丝。只是后来开店，微博号就搁置了，如今再拾掇起来也能用。

店里以成品旗袍居多，布料是孟丹枝当初自己选的，和市面上常用的并不重复，漂亮到有些人乍一眼看见，还以为是原创的。

约模特的事，孟丹枝交给了周景，他的狐朋狗友最多，认识的模特圈的人也不少。

傍晚，夕阳落山。孟丹枝坐在店里，看店外的小巷里人来人往。

天黑前，孟丹枝将订婚戒指的设计图发给了首饰店那边。她顺带问了一下大概多久能看到成品，对方说半个月。孟丹枝还有点儿小期待。

结束对话之后，她才想起来好像没给周宴京看——算了，反正不是他戴。

许杏已经回学校吃晚饭，还说要给她带一份晚饭回来。

孟丹枝站起来伸了个懒腰，随即将头发放下来，感觉头皮都放松了不少。她从柜台后面出去，打算关门回去。乌黑的长发披在背后，随着走动微微晃动，旗袍缎面上的刺绣用的线带了细细的闪光，她踏出那道门时，就像民国小巷里的美人。

青巷里的店面都不大，虽然“惊枝”是在 32 号，但其实距离巷口也就不到八十米。此刻巷口侧边停了一辆车，车窗大开。

暖黄色的路灯照着孟丹枝出来的路，她拎着一个包，丝毫没注意到那边有一道视线正在注视着她。从她踏出“惊枝”，到和许杏打电话时惊喜的神色，都被周宴京看了个正着。

“老板，你要吃什么？今天有糖醋里脊呢，好好吃！”

“要——”孟丹枝的眼睛一亮，她的话还没说完，就被一个低沉的男人的声音突兀地打断。

“孟丹枝。”

孟丹枝扭头，对上周宴京漆黑的眸子。他怎么过来了？

周宴京的视线从她的脸上落到她的手机上，不知道是男生还是女生的电话，最后又移回她的脸上。

孟丹枝看不出来周宴京什么意思，感觉有点儿不对劲。过了半天，她才发觉，他刚刚是叫她的名字，连名带姓，不是小名。必然有问题。

“我在外面吃，不用帮我带了。”孟丹枝对许杏说了一句，挂断电话，看向车内。

看了孟丹枝几秒钟，周宴京的语气淡淡的：“上车。”

孟丹枝这回走正道，从另一边上车，带着傍晚的风，微弱的香气传进他的鼻子里。

“要请我吃饭吗？”孟丹枝勾了勾唇，对他扬起下巴：“宴京哥，我可不保证给你省钱哦。”这时候还调侃人。不可否认，此时的孟丹枝是蛊惑人的妖精。

周宴京丝毫没有回应她的引诱，而是说：“吃饭的事不急，有件事需要解决。”

孟丹枝问道：“什么事？”她实在想不到有什么重要的事需要在吃饭前讨论。

周宴京看着她，眸中情绪不明，轻描淡写地说出一句话：“待会儿说。”

非要吊人家的胃口。

“你不说我下去了，我室友还等我吃饭呢。”孟丹枝伸手就把他的西装拽过来，搭在自己腿上。她今天穿的是一件盘扣旗袍，浅黄底搭配绿叶，还有些小图案，盘扣是深色的。清新雅致，但腰身又显得妩媚。

周宴京忽然说道：“没盖好。”

孟丹枝：“什么？”

她还没从跳跃的话题上过渡回来，就见他伸手过来，手指拈着衣服拉了拉。他的手刚好碰在旗袍开衩的地方。有点儿热。孟丹枝要挥开他的手，却感觉到周宴京的指腹在那块皮肤上摩挲了两下，她的心跳忽然快了起来。一小块地方的触觉飞快地传到全身，车内的空间狭小，更是让人的感觉明显。借着衣服的遮挡，他就如此肆无忌惮。

孟丹枝听见周宴京倾身靠近道：“今晚请你吃饭。”温热的气息呵在耳朵上，他好像在低笑。

孟丹枝觉得这个男人是不是知道自己哪儿最有魅力，如此精准地挠在她的心头上。她被蛊惑了：“好。”

然后孟丹枝就感觉到那只作怪的手消失了，身旁的男人也坐了回去，靠回椅背上。

“？”

司机发动车子出发了。孟丹枝看看腿上的西装，又看看在旁边闭目养神的周宴京。仿佛刚才发生的都是错觉。

孟丹枝的胸口气鼓鼓的，她咬咬牙，和陈书音吐槽。

陈书音惊讶地问道：“咋了，宝贝？”

孟丹枝：“你敢想象，他居然为了一顿饭勾引我，我一答应就当无事发生！”

陈书音的关注点在于——为了一顿饭，周宴京的牺牲也太大了吧。

作为姐妹，陈书音先是附和：“呜呜呜！心疼我宝贝！”然后又问：“你被勾引到了吗？”

瞧这反应，没跑了吧。

孟丹枝气的就是这个：“……勾引到了。”她想到刚才周宴京说的那句话。声音好性感，这谁能挡得住。

陈书音：“很正常。”

陈书音：“那你和他去吃饭呗，烛光晚餐。”

孟丹枝的关注点已经转移：“他这么熟练，肯定不是第一次，我一定不是第一个被他勾引的。”

她莫名觉得不爽了。

陈书音只是回了个聊天软件自带的表情，大概是单身，对于这种事无法回答。她和周宴京只是表面熟悉，私下里他是怎样一个人，她都是从孟丹枝的口中得知的。但她感觉这两个人可能有所突破了。其实在她看来，孟丹枝在其他人的事上都很聪慧，对自己的事却显得有些漫不经心。就像醉酒意外的事，如果是别人，可能会害怕、惊慌、后悔，或者大闹一场。陈书音记得，孟丹枝得知对方是周宴京时，松了口气，嘀咕了两个字：“还好。”

“……”一般人说不出这样的话。

而孟丹枝现在在琢磨着哪天给陈书音介绍一个对象，学校里那么多优秀的学弟，说不定就看对眼了。

“周宴京。”她忽然叫道。

周宴京偏过脸，目露询问。

孟丹枝往边上移了一点儿，问道：“你是不是抹了香水啊？我好像闻到了薄荷的味道。”因为移动，原本搭好的西装和她的旗袍裙摆错开，大片白皙的皮肤从开衩的两片布料中露出来，线条顺着往下，小腿又细又直，倒精致得足。

周宴京移开视线：“没有。”

“做翻译的其中一个忌讳就是香水。”他补充道。

孟丹枝不知道这个，但仔细想想，似乎很对，翻译官出入正式的重要场合，万一有人对香水过敏呢？那她刚刚闻到的——刚才周宴京靠近她的时候，她明明闻到了一种很淡很淡的味道，很像薄荷，又冷又让人上瘾。总不可能是沾上别人的香水，他自己说作为翻译官不用香水，那不可能有人明目张胆地在他的眼皮子底下犯忌讳。

孟丹枝"哼"了一声："我饿了！"

陡然转移话题，周宴京点头："好。"

周宴京没说要带她吃什么。

孟丹枝感觉周宴京今晚有点儿反常："我今天把设计图发过去了，半个月后就可以拿到。"

周宴京也没料到这么快。

孟丹枝看了一下外面是在哪里，问道："学校边上有几家好吃的店，你要带我去哪儿？"

"太近了，人多眼杂，你想在那里吃？"几乎是在说完这句话后，车就停在了一个胡同口。

周宴京给她打开车门，孟丹枝下车后，一抬头还看见几个路人在盯着他们两个人看，目露惊艳。她看看周宴京，又从车窗玻璃上看看自己。孟丹枝心想，帅哥美女，确实绝配。

周宴京带她去了一家私房菜馆，店面藏在一个胡同里，距离 B 大并不远，在这儿上了三年多的学，孟丹枝都不知道还有这家店。这家店的菜色不错，尤其是樱桃肉，酸酸甜甜的，让人胃口大开。

"你是怎么找到的？"孟丹枝不知道这块儿还有这么正宗的樱桃肉，从宁城回来上大学后，学校里最多也只有糖醋里脊。

周宴京吃饭时显得很斯文，回答她："很早就知道，以前同学里有宁城来的。"

古语果然没错，秀色可餐。

孟丹枝说："早知道，这几年我可以吃很多次了。"

"现在知道了。"周宴京知道她喜欢，但不清楚她喜欢到这个程度，"以后可以经常来。"

这话才好听。看在樱桃肉的份儿上，孟丹枝决定大人不计小人过，罕见地比平时多吃了一点儿。当然，她也怀疑是不用自己出钱的缘故。

吃完饭，一上车，孟丹枝原本打算借口回宿舍不回公寓住，没想到许杏送来完美借口。

许杏：“今天傍晚的时候，主任暗示周师兄大概会来参加文化节，还同意了郑芯苒增加的那个流程，她现在不知道多得意。”

许杏：“她要我们今晚都来重新改流程。”

许杏：“看见她就觉得好烦，老板，你别来了吧，我看她肯定要跟你炫耀。”

孟丹枝心想这个人有病，还好她提前毕业了。她一撩头发，看向罪魁祸首，问道：“你又要参加文化节的活动？”

周宴京“嗯”了一声，说道：“张主任邀请，不好拒绝。”

孟丹枝本来还打算他如果不参加，她还要说服他来，现在倒是不用了。也不知道郑芯苒有什么好得意的？

“托周师兄的福，我可能要加班了。”

周宴京挑眉问道：“这么忙？”

孟丹枝莞尔一笑：“我身兼数职，忙得很。”

周宴京都能猜到她的想法。

这里距离学校不远，孟丹枝打算下车，没想到周宴京直接让司机开车：“送你回去。”

“我又不是没长腿。”孟丹枝说。

“危险。”

孟丹枝低头看看自己，没感觉在自己学校的周围有什么危险的，这条路她都穿旗袍走了三年多了。她本来以为周宴京送到校门外，没想到他直接把车开了进去，甚至还让司机降下车窗登记。

孟丹枝的心头微跳：“会被人知道的。”

周宴京的唇角弯起来，又很快压下去：“我见不得人？”

孟丹枝：“什么？”

她好像真的没听到，周宴京只是笑了一声。

虽然想象中的画面没出现，但是等到了大礼堂外，孟丹枝才刚下车，就听见各班班委的打招呼声。

“孟丹枝？”

“你回来了呀？”

孟丹枝一把将车门关上，露出完美的笑容：“是你们啊，都是刚吃完回来吗？”

她手背在身后，朝他摆了摆。

“要走吗？”司机问。

周宴京目视着孟丹枝跟着同学们一起进去，才收回视线，平静地回答道：“不用。”

这是要等女朋友一起回去？司机便将车往边上停，在晚上看起来没那么明显。

孟丹枝一路无惊无险地进了大礼堂。隔壁班的班长笑了一声，凑过来：“刚刚在楼下的是不是你男朋友啊？送你回来的。”

“怎么不让我们看看？”

“我想看究竟是有多帅，让大美人都藏着不敢带出来。”

孟丹枝弯唇：“你们都看到了啊！”她其实没打算瞒着，严格来说并不是男朋友，都没有经历过恋爱过程，她也不好说其他的。这么大大方方地承认，其他人反而不知道说什么。

许杏早就知道蛛丝马迹，毕竟这几天自家老板的反应一看就不像独自一人的状态。

“那论坛上的那些学弟可要失望了，今天在帖子上还在展望，这才不到半天。”

孟丹枝问道：“什么帖子？”

许杏：“就咱们今天聊天被人听了一半，被断章取义地发到了论坛上，大家都以为你喜欢学弟。”

“……”还能这么传？

“你今晚没吃到糖醋里脊，我问他们了，要下周才会再有呢。”许杏想起来。

孟丹枝说话都带着笑：“没事。”

“你以前可不是这么回答的。”

“因为今晚我吃了更喜欢吃的。”

(3)

进入大礼堂的后台，大家没再说笑。

郑芯苒正笑着在和人说话，看到他们进来，说道：“你们到了呀，那我们快点儿准备吧。”

“怎么又是晚上？”

郑芯苒说：“因为白天要彩排，所以赶到晚上。”

这个理由倒是恰当，大家无法反驳。主要是因为时间不够，下周便是文化节，外院主办的，不可能允许在这一届出错。

“周师兄真的要来？”有人问。

“真的。”郑芯苒说着，往孟丹枝的方向看了一眼。

因为只是一个流程而已，她自己之前也参加过，所以其实工作量不大，讨论一下就能结束。孟丹枝像是来打酱油的。

许杏小声说：“她为什么每次说话都看你？”

孟丹枝说：“看我长得漂亮吧。”

许杏忍住笑，郑芯苒真要是这么想，她今晚就不吃夜宵。

半小时后，大家准备回去。

“孟丹枝。”孟丹枝回头，郑芯苒正朝她走过来，“周师兄要来，你知道吗？”

孟丹枝翘起嘴角，骗她：“不知道。”

郑芯苒听着再忍不住笑意。

孟丹枝走出去几步，又想到了什么，故意问道：“听说周师兄是因为你才来的？”

“……”

孟丹枝这话听起来很平常，但郑芯苒听着就觉得像是在嘲讽自己，于是反唇相讥：“反正不是因为你。”

孟丹枝不置可否。

等孟丹枝快出去时，郑芯苒又问："文化节期间，学生的家长也可以来学校，你的父母从来不来，这次也不来？"她这回说的不是周宴京。同校近四年时间，她从没见过孟丹枝的父母。郑芯苒听说过，孟丹枝平时也只提过父亲，至于母亲，从来没有提过，好像资料上也是显示父母离异。这还是她不久前才发现的。

许杏皱眉："郑芯苒，你有病吧？人家父母来不来关你什么事？你有空不如多挤点儿时间，别每次都晚上叫我们。"

孟丹枝懒得和郑芯苒多说一个字。她这个表现，郑芯苒反而更加确信，她又道："我们考上大学，为的不就是让父母不失望吗，你是不是觉得他们——"

"你多大了？"孟丹枝转过身，俏生生地站在那里。

"什么？"

孟丹枝面无表情地道："知道别人会怎么称呼你们这种人吗？多嘴。"

许杏笑着道："我知道！"

郑芯苒回过神来，气得不知道怎么回嘴，一直瞪着她俩离开大礼堂。

此刻已经快到八点钟了，大礼堂外没什么人。其他人已经走出去一段距离，许杏问："老板，你今晚在宿舍住，还是回家住？"

孟丹枝刚想说"回宿舍吧"，就看见路边的车很熟悉。周宴京的车？她又仔细看了一眼，确实是他的。

孟丹枝改口："回家吧，你先回去。"

许杏似乎也看到了，露出一个暧昧的笑容："好嘞。"

许杏走后，孟丹枝才走到车边，司机下车给她拉开车门，她这才完全确定。

周宴京正坐在里面，拿着平板在看什么。

孟丹枝坐进去，眼角的余光一瞥，是今天的例行记者会视频。她以前也刷到过类似的视频，不过从没主动看过，她看的一般都是高光片段。

"宴京哥，你怎么还在这里？"孟丹枝明知故问，就想听回答。

周宴京抬眸，让她如愿以偿："等你。"

孟丹枝刚刚因为郑芯苒低落的心情消失一半：“我都打算回宿舍了，不过现在就回家吧。”

有人等的感觉还是很好的。至于刚才的事，她没打算说。

周宴京慢条斯理地关了平板：“听说你们学校有很多学弟都打算对你以身相许？”

这可谓平地一声雷。以身相许？这么奇怪的形容。孟丹枝被他说得莫名其妙，不知道他怎么会这么想——不对，应该说是不知道他从哪儿听说的。

“听谁说的？”她问。

“很多人。”周宴京轻轻地笑了一下，“大家都这么说。”

“……大家？”

“他们说是你亲口说的。”

“……”

孟丹枝一时间摸不准这是真的还是假的，车停在这儿半小时就听说这么多八卦？但她对上周宴京的眼睛，觉出点儿味来。是论坛上的事？他看到了？这是兴师问罪吗？难不成吃醋了？

孟丹枝微微倾身靠过去，男人穿着衬衣，领带还在，西装放在车里的座椅上，让她有一种下班后没换衣服就过来的错觉。

“好像我是说了吧？”她改变了辟谣的主意，而是装模作样地回想。

周宴京挑眉：“然后呢？”

孟丹枝对他浅浅一笑：“学弟们活力十足。”

周宴京没有说话，只是静静地看着她和窗外沉寂的夜色。

孟丹枝被他看得换了个坐姿，直到他忽然开口：“我懂了。”

孟丹枝：“懂什么就懂了？”

可接下来的路上，孟丹枝都没听见周宴京说什么，他懂了什么，她也不清楚。

沉默来得十分突兀。

孟丹枝的脾气并不好，他不说，她也就不吭声。她觉得自己的话没什么，依照他的智商，能听得出来是玩笑话，难道这也要道歉吗？

司机在前面好像也没听见吵架，但后面回去的路上，两个人一句话都没有说，安静得不正常。他从后视镜里偷看两个人，一个人看平板，一个人看手机，各忙各的。

到公寓楼下后，孟丹枝掀开了腿上的西装外套，径直下车，头也不回地往外走。

司机看着她的背影："先生，这……"

周宴京拎着衣服："你不用管。"

司机点点头，最后又忍不住开口："女生闹别扭，哄哄就好了，孟小姐还是很温柔的。"

周宴京随意"嗯"了一声，便上了楼。

电梯一开，才过转角，他便看见孟丹枝站在门口没进去，应该是忘了带钥匙。这套公寓买的时间太早，当初没有换密码锁。

孟丹枝偷偷瞥了他一眼，面上装作视而不见，盯着他拧动钥匙的手，骨节分明。门一开，周宴京只感觉一道身影从面前扭过，淡淡的香味也随即消失在空气中。他的眉梢微微一动，也走了进去。

孟丹枝直接回了房间，听到他进浴室的动静，瞪了门一眼，给陈书音打电话。

"咋了？这么晚打给我？"陈书音问。

"才九点不到。"孟丹枝随口道，"周宴京好像被我惹生气了，但我觉得不太可能啊！"

陈书音一下子来了兴趣。

"他又不是笨蛋。"孟丹枝三言两语地说完，还不忘评价他。

"可他是正常男人啊！"陈书音无语地道，"要是把你和学妹们比较，你高兴吗？"

这么一代入，孟丹枝确实理解了他为什么不高兴。周宴京难道是真生气了？成熟男人也怕关于年龄的话题？

孟丹枝的手指在墙上戳了戳："那我给他道歉？感觉没必要啊，郑重其事地说……"

陈书音不知道在忙什么，手机传来窸窸窣窣的声音。过了几秒钟，她才开口：“你们都这样那样的关系了，随便一两句不就解释好了。男人很好哄的。”

孟丹枝：“你怎么这么懂？”

陈书音打哈哈：“没吃过猪肉还没见过猪跑吗？”

正好浴室里传出开门的动静，孟丹枝挂断电话，往那边看一眼，周宴京穿着浴袍出来了。他虽然在这边过了几次夜，但没在这边放太多衣服。

孟丹枝想着怎么哄哄他，她对家里人撒过娇，哄过哥哥和爷爷，还没哄过别人。

周宴京洗漱结束时，她抱着睡衣过来。有那么一秒钟，孟丹枝感觉——这个冷淡的男人也太性感了吧。他要走时，孟丹枝突然叫住他：“宴京哥。”

她抓住周宴京的手，对方的皮肤有点儿热。

“我之前的话没有说你不好。”孟丹枝趁机解释，“学校里的事也是谣言……”

“宴京哥哥，你别生气了。”她放柔声音。

孟丹枝头一遭对他这样撒娇，自己的头皮都发麻了，又飞快地松开，打算去浴室。

周宴京定定地看了她一眼，忽然转身，将她抱上了洗手台，她吓了一跳，抱住他的脖子。

“干什么？”

“你说呢？”周宴京反问。

孟丹枝下意识地要下去，似乎预料到她的动作，周宴京的力道比平时要大，她没挣脱开。她被困在他和洗手台之间，他靠近她的下颌，男人的呼吸灼热地洒在上面。

孟丹枝的关注点还是在生气上面，膝盖抵在他的腰上：“你没生气吧？”

周宴京没回答她。后面孟丹枝就没机会再说话了，她以为发生的没有发生，以为不会发生的却发生了。

水龙头好像没关紧，有微微的水滴落下来，滴答滴答……

孟丹枝的身形纤细，遮不住他，背后的镜子映出两个人的身影。

离开洗手台这个危险的地方后，孟丹枝又被周宴京抱回床上，浑身绵软无力，脱了水一般。

“关灯，关灯。”她在被子里发出声音。

等过了一会儿，孟丹枝探头出来，看见明亮的卧室，愣住：“你在干吗？”

周宴京故意说道：“养生。”

“……”孟丹枝在被子里踢了一下他，“你就比我大五岁，养什么生？”

周宴京不为所动：“防止以后来不及。”

他一本正经的话，孟丹枝反而听笑了。关灯后，孟丹枝忽然坐了起来，拿着枕头要去床的另一头睡，远离这个危险人物。她还未移走，脚腕就被抓住。

周宴京将她整个人拽了回来：“你去哪儿？”

夜幕西沉，搁在床头柜上的手表一直在走动。

等再次睁开眼睛时，外面已经天色大亮，阳光灿烂。

孟丹枝在床上发了会儿呆，才终于下床，屋子里没人，不用想也知道周宴京是去上班了。但桌上有吃的。她立刻发出感慨，周宴京这个男人还是很好哄的嘛。

九点时，蒋冬和司机出现在楼下。蒋冬不动声色地看了一下周宴京的表情，看不出来什么，但好像没有不开心。所以昨天是不是一个误会？毕竟以他的了解，如果忽然没了未婚妻，就算是自律的周宴京，也会露出一点儿破绽来才对。可能是久未见面，嫂子的小情趣。

新的一周，陈书音终于约孟丹枝见面，将之前说过的电影导演和女主角也带了过来。孟丹枝到约定的地点时，其他人已经到了。

“枝枝，这里。”

张骋宇首先见到的便是一袭素雅的旗袍，随后是那张漂亮的脸。

“你好，我是张骋宇。”他自我介绍道，“这是我电影的女主角，叶似锦。”

叶似锦的目光一直定在孟丹枝的身上：“你好。”

孟丹枝也回以微笑：“孟丹枝。”

有陈书音在其中，他们的交谈很顺利，尤其是见了孟丹枝穿旗袍的样子，张骋宇基本已经做了决定。

只定制女主角一个人的旗袍而已，工作量并不大，整部电影里加起来需要五套旗袍。临走时，张骋宇问：“孟小姐有没有想过进娱乐圈？”

孟丹枝摇头：“没想过。”

张骋宇又问：“参演一个角色呢？”

这个孟丹枝倒是有一点儿兴趣：“多长时间的？太长了不行，有个镜头还是可以的。”

“没问题。”张骋宇笑起来。这种无关紧要的角色，一部电影里可以随便加。

陈书音和孟丹枝一起走，问她：“你真拍啊？”

孟丹枝说：“他说不定转头就忘了，客套话大家都会说。陈大小姐今天有没有空陪我逛街？”

陈书音摇摇头：“没空。”

孟丹枝怀疑地看着陈书音：“你又不工作，能忙什么？”

陈书音笑眯眯地道：“我昨天看上了一个帅哥，他好像是商场的工作人员，今天去看看是不是。”

孟丹枝：“？”果然男人是阻碍姐妹情谊发展的障碍。

陈书音想起今天出门碰见的人，又问：“你和周宴京订婚的事，告诉你妈了吗？”

孟丹枝没什么表情：“没有，她要是有心，早就知道了，怎么会等我去说。”

“好吧。”她都这么说了，陈书音自然也不好多说什么。

既然逛街不行，孟丹枝干脆去了珠宝店，店员看见她立刻笑起来：“孟女士。”

“戒指怎么样了？”孟丹枝问。

“快好了，还要两天左右。”

“这么快？”显而易见，他们十分重视。

孟丹枝想起来一个问题：“你们好像没问我的手指尺寸。”

店员忍不住笑起来：“周先生之前就给了我们尺寸，您要是怕不对，再测量一下？”

孟丹枝看了看自己的手。她没告诉过周宴京，他是怎么知道的？用眼量？这么厉害？

从店里出来后，孟丹枝直接发消息问他：“宴京哥，你跟我说，你怎么量的尺寸？”

彼时，周宴京正在忙，下个月初有个世界级别的活动在国内举行，他会作为其中的翻译官出席，这两天都在忙这件事。

他随手回复：“目测。”

孟丹枝没动静了。

蒋冬敲门进来：“这是半个小时前 B 大那边传过来的名单。”

名单不长，总共八个学生，资料里都有备注他们曾经获得的成绩，比如奖学金等。按姓名首字母排列，孟丹枝在中间。但其实她的履历并不逊色于其他人，成绩优异，年年拿奖学金，唯一缺少的可能是社会活动。

“我上次问过了，张主任说可以自己选择。”蒋冬暗示。

周宴京“嗯”了一声道：“你知道怎么回。”

蒋冬答应了一声：“好的。”

这件事好办，只要回复 B 大那边就行。他快出去时，又见到周宴京看手机，然后就放下了，似乎没有看到想看的内容。蒋冬忽然停下来。张主任跟他说的是双向选择，万一被别人抢先多不好。还有，万一嫂子拒绝呢？蒋冬暗示性地开口：“您母校那些来参加的校友里面，嫂子会不会有更崇拜的人？”作为助手，他想的总是更多，“毕竟嫂子和您的关系这么亲密，相处机会不差这一点儿时间，但别人不一样。”

周宴京放下手中的资料，抬眸看他。

蒋冬熟练地从上司的眼神里提炼出一个意思：你在说什么不可能发生的东西？盐吃多了？

“……”

蒋冬：“我脑抽了，您别在意。”

周宴京颇为直接：“确实抽了。”

第3章

CHAPTER 3

师妹的戒指不错

(1)

孟丹枝去店里时，许杏正在看电视剧。

孟丹枝敲敲桌子 :“下个月店里估计不接单子了，我得忙另外一件事。”

许杏问 :“什么事啊？”

孟丹枝把电影剧组定制旗袍的事说了下。

许杏倒是对这个很感兴趣 :“这次需要多久？”

孟丹枝去柜台后整理东西，随口说道 :“你问我，我怎么知道？到时候看情况。”目前只是粗略地和张骋宇聊了一下，一些细节上的事压根儿就没有谈，肯定要根据剧本来，甚至可能要进剧组。

文化节还有几天，这两天学校里已经装饰上，到处都是标语，显得十分热闹。孟丹枝正百无聊赖，忽然接到陈书音的电话 :“你订婚前，我们给你办个单身派对？”

“派对可以，单身派对不要。”孟丹枝说。

“这有什么区别？一个名头而已。”

“你都说了，名头的区别。”

陈书音不知道说什么好 :“OK，OK，你说不可以就不可以，咱们办姐妹派对可以吧？”

“可以。”孟丹枝确实好久没有和姐妹们一起玩了。

傍晚在食堂吃过饭后，孟丹枝和许杏去了大礼堂，几个班委都在台下第一排坐着说话。

“没想到最后这还真加上了。”说话的是和郑芯苒一向不对付的班委李华，“虽然和她看起来没关系。”

“学校是周师兄的母校，他答应也不奇怪，而且也不是只有他一个人，这样对学校挺好的。”

“我也想跟周师兄合影，可惜我估计选不上。”

有人看见她来，问道：“孟丹枝，你在名单上吗？”

孟丹枝稍稍一想就知道他们说的是什么：“不知道，可能在吧，等学校公开名单就知道了。”

“你的成绩那么好，应该有你的。”

“你上台和周师兄站一起，多养眼啊！”

孟丹枝只是笑笑，没说什么。要是他们知道他们的周师兄马上就和她订婚了，还不知道会闹出什么笑话来呢。

不知道过了多久，她收到周宴京的消息：“今晚有事，不去接你。”

孟丹枝第一个反应是自己哪里需要接了，十分钟的路程，走回去就行。第二个反应就是他有什么事？回国后的这段时间，周宴京好像除了忙公事，便没有其他的。

她拐弯抹角地问：“那你直接回家？”

周宴京：“不回。”

还要到公寓来啊！孟丹枝没再问，她对周宴京下班后干什么并不是都想知道，毕竟每个人都有自己的生活空间。就好像在学校里的事，她也不会全告诉周宴京一样。她又打字发过去。

发完“不回”二字后，周宴京推门而入。他做什么事都习惯将时间提前，这是做翻译时养成的习惯，以避免因为意外而造成迟到等事故。

包间里此刻已经坐了好几个人。大家都是多年的朋友，时隔许久未见，都有点儿感慨，但很快便熟悉起来。

“宴京来了。”苏侃站起来，他留了寸头，和以前风流倜傥的模样截然不同。

周宴京点头，粗略一瞥：“都到了？”

“差不多吧，咱们好不容易抽的时间全给聚齐，也太不容易了。”苏侃给他倒了杯酒，“照青没来，说是有事。”

“下班后喝酒可以的吧？”他问。

周宴京笑：“当然可以。”

不过几句话而已，他们就回到了几年前的状态，话题除了国际上发生的大事，便是这几年发生的变化，比如谁脱单了，谁去做什么工作了，等等。苏侃最为活跃：“去年宴京回来，我都不知道，我还被我爸罚在农场里改造。”

孟丹枝的消息传来时，周宴京正抿着酒听苏侃说话，他的指尖一点，看见上面的内容：“那你回来得迟就小点儿声哦。他几乎可以想象到孟丹枝说这话时的模样。”

周宴京正要回“好”，苏侃一扭头：“周大翻译官，你当着我们的面玩手机不太好吧？”苏侃敲了敲桌子，提醒他。

周宴京抬头，随口道：“谁让你们没人搭理我。”

“杀人诛心啊！”苏侃“哟”了一句。

虽然许久不见，但彼此熟稔，三言两语之间就已恢复以往的氛围。

“当时那边的男人们都喜欢看新闻，有一次正好是宴京在工作，我就说这是我朋友。”苏侃笑嘻嘻地道，“一个相信我的都没有。”

其他人纷纷笑成一片：“你太不可信了。”

他们说的都是些周宴京知道的或不知道的小事，酒过三巡，大家仿佛又回到当初的时光。

“你这回回来是不是不走了？”有人问。

周宴京“嗯”了一声：“差不多，最多出差。”

易可崧凑过来：“上次你回来的消息透出去后，好几个女生找我要你的微信。”在学校里时，周宴京便是风云人物，如今增添了履历和经历，更是吸引人。

“你给了？”周宴京问。

“没有，那不得经过你的同意？”易可崧耸耸肩，他和周宴京是室友，自然知道他的性格。有些人从不让别人做自己的主。

周宴京微笑着道：“以后都不用给，不久以后我就是有家室的人了。”

一语惊起千层浪。

“家室？”

“你要结婚了？”

“不是吧，你居然是我们中第一个步入爱情坟墓的人？”

周宴京放下酒杯：“不是结婚，是订婚。”他去年回来得匆忙，走得也匆忙，什么都没说。

有人立刻就精神起来，就说之前几次约他都没约出来，猜测道：“等等，不会是国外的金发美女吧？”

“不可能，宴京的审美倾向还是亚洲人的。”易可崧不信。

“那如果对方是小国公主什么的,也是可以接受的嘛。”有人笑着调侃。

周宴京听他们说完：“中国人。”

苏侃说：“还是自己人比较舒服。”他见周宴京没有回避这个话题，本来想问到底是谁，最后还是忍住了，只是离开时，几个人落在后面，他还是忍不住压低声音问，“我认识吗？”

“认识。”周宴京敛眉看了他一眼。

苏侃在脑海里回想了一下，他认识的女孩那么多，究竟是谁这么厉害，能摘下周宴京这朵“高岭之花”。他还是没想到：“谁啊？”

本来以为他不会回答，但周宴京居然说了：“枝枝。”

“谁？”苏侃瞪大眼睛。

这两个字的杀伤力太大，苏侃一拍手：“难怪孟照青不来，他是不是想杀你的心都有？”

周宴京想了想：“不至于。”

孟照青和他最大的争执就是打了一架。大家都是同学，苏侃对孟丹枝的印象还停留在上大学时偶尔来找哥哥玩的女孩。那时候孟丹枝多大?

苏侃问道：“不会是那个时候？”

周宴京踢了苏侃一脚："不是。"

苏侃松了口气，又好奇起来，既然不是以前就有心思，那到底什么时候有的？现在居然还要订婚了？还好他没有妹妹。不过说起来，孟丹枝确实长得漂亮，性格又好，他对她的印象都还停留在以前。

过了一会儿，苏侃又开口："周宴京，你是这个。"他不敢明说，但他会内涵，拿着手机敲出两字——禽兽。

对于苏侃的评价，周宴京不置可否。

两个人出去时，走廊上有人开门。直到对方叫自己，周宴京才移过去一点儿视线。对方有些惊讶，十分熟稔地问道："你们今晚也在这边吃饭吗？早知道我们不如一起吃。"

苏侃微笑着道："这不是不知道你在这儿。"

郑锐说："我也是和朋友一起，宴京回来是不是有一段时间了？大忙人啊！"

周宴京简短地"嗯"了一声。

"你还没结束？"苏侃忙道，"那我们先回去了，这会儿还有人在楼下等。"

郑锐还想说什么，只好作罢。

上回郑芯苒跟他说周宴京回学校了，他还想着苏侃他们怎么也会给周宴京接风洗尘的，没想到到现在才聚，自己还不在里面。其中的关系远近几乎不用明说。

"我这次没叫他。"进电梯后，苏侃随口问道，"你还记得他吧？"

"他的妹妹和枝枝一个系。"

"……"原来是这种记法吗？苏侃都不知道郑锐的妹妹叫什么名字，至于学什么专业，那更是从来不放在心上，"你是回家还是？"

周宴京说："回公寓。"

苏侃以前还去过那个公寓："我以前不是和你买的同一栋楼吗？去年刚卖了。你那套房子是不是有人住啊？"

周宴京点点头："还用我说？"

苏侃无语，翻了个白眼："回去吧你，别乐极生悲。"

由于孟丹枝之前的提醒，回到公寓时，周宴京刻意放轻了声音。但当他打开卧室门，看见坐在床上看电视剧的人时，他就知道，她的提醒只是提醒他的。她才不会早睡。

孟丹枝抬头说道：“这么早？”

周宴京回：“不然要到什么时候？”

“你们男人不是喜欢聊天侃地，吃完饭喝完酒，约个足疗啊什么的。”孟丹枝开始胡说八道。

“……”周宴京懒得搭理她这种无厘头猜测。

孟丹枝支起上半身，闻到一丝酒味，端详他的脸，除了好看，还有些轻微泛红。还真喝酒了。

周宴京从浴室出来时，放在床头的电话响了。孟丹枝本来以为是他朋友的电话，探头看一眼，上面写着“苏姨”二字，她愣在那里。

“你的电话。”她坐回原位。以前这上面的备注是“孟姨”。

周宴京察觉到她的情绪不对，看见电话上显示的名字时了然，他接通电话：“苏姨，这么晚了，有事吗？”他坐在床边，浴袍松散，头发没擦干，有种说不出来的感觉，怪吸引人的。

苏文心说话很温柔，先是问候了他一下，然后才进入正题：“听说你和枝枝要订婚了，日子有没有定下来？”

“可能下个月。”周宴京沉声道。

“那还有一段时间，到时候跟我说一声，我好有个准备。”苏文心停顿了一下，“枝枝从小被宠得脾气大，你多担待。”

周宴京没开免提。孟丹枝不知道他们在说什么，只听到他低沉的声音：“我觉得刚好。”

什么刚好？

“那天您肯定是要出席的。”周宴京对外一贯知礼，语气平静地道，“如果定下来，我一定通知您。”

孟丹枝的心思都不在电视剧上，但偷听又不太好，她下床去洗手间拿了一条干毛巾，上床后蹭到他的背后。起码面上有个好借口吧。

头上有人在为非作歹，周宴京自然清楚，尤其是孟丹枝还在另一侧

耳朵边小声说 :“宴京哥，我帮你擦头发。”

“……”

手机里依旧是苏文心在说话 :“我知道当初的事是个意外，但现在已经是这样的结果，所以你们以后要好好过日子。”她没多说，很快结束话题。

电话一挂断，孟丹枝就打算扔了毛巾，继续去看她的电视剧，没承想，还没动手，就被抓住了手。

“干吗？”她问。

周宴京说 :“偷听完就跑？”

两个人对视着，孟丹枝有些心虚 :“我又不是擦头小妹。自己动手，丰衣足食，知不知道？”她有些心不在焉。

周宴京松开她的手，好似无意地道 :“你妈妈说你的脾气有一点点大。”

刚刚就是说这个吗？

“瞎说。”孟丹枝反驳。

周宴京问道 :“所以刚刚听到想听的没有？”

她现在学会忍住好奇心了。孟丹枝不说话。

周宴京望向她 :“枝枝，你想知道她说了什么，可以直接问我。”

周宴京突然这么温柔，孟丹枝还有点儿反应不过来。

她坐下去 :“算了，也没什么好问的。”对面的人到底说了什么，能打电话来问周宴京的，无非是自己的事，就像陈书音当初问的一样。

周宴京没动。不过片刻，孟丹枝又扭过头来 :“你刚刚说什么下个月？”

周宴京说 :“订婚。”

孟丹枝“哦”了一声。如今已经是下旬，快月底了，这周过去就是下个月，确实最快也是下个月了。

“戒指快好了。”她笑起来，“不知道什么样子。”以前的设计都是从自己的手下出来，一针一线都是她自己绣的，她比谁都清楚。这回直接看到的是成品，她不紧张才怪。

“你自己设计的，不喜欢也没用。”周宴京关了灯，没再继续刚才的话题。

“你这意思是要逼迫我戴吗？”孟丹枝问。

“我没这么说。”

“你是这个意思。”

“确实。”

“……”

两个人拌了会儿嘴，孟丹枝毫无睡意，今晚周宴京似乎也没有和她深入交流的想法。难得平静的一晚。黑暗中，身边响起男人的声音：“刚刚我们说好了，订婚那天，你妈妈会出席。”

孟丹枝愣了一下：“她是我妈，不可能不出席。”再怎么关系不好，也是亲生母女，就算她不说，孟教授那边也会让她来的。能听说订婚的事，想必消息也够灵通。可专门打电话和周宴京说她的脾气差又是什么情况，以一个不管她的母亲的身份？孟丹枝“嗤”了一声。

“是这样。”周宴京道，“不开心？”

孟丹枝说：“哪有，我听起来像不开心的样子吗？”

周宴京想了想：“有一点儿。”

孟丹枝转移话题：“你今晚去哪儿了？之前不是下班后没有应酬的吗？”她这个样子像极了是妻子在质问丈夫。

周宴京溢出一声笑：“和苏侃他们聚了下。”

原来是苏侃他们，孟丹枝记得他们。苏侃的家境优渥，以前他们上大学时，她去他们宿舍，苏侃喜欢拿各种东西给她吃，是真把她当妹妹了。

“他说我是禽兽。”周宴京低声说。

孟丹枝慢慢回过味来，大概是苏侃知道是她了，她没忍住笑起来：“你就是。”每次这样那样时最禽兽。

“不过你这么早告诉他们？”她翻身，趴在床上支起上半身，“还早呢……”主要是后面会变成什么样，她自己都不知道。

周宴京“嗯”了一声，说道：“让他们提前准备礼物。”

孟丹枝：“……”确实是很恰当的理由。

有了这一茬，孟丹枝的注意力被转移，虽然睡前还是会想苏文心的事，但她很难全心全意。她睡得迷迷糊糊的时候，感觉有人碰她，她伸手打了一下，没打掉，便懒得再动。

也许是睡得早，也许是其他原因，孟丹枝做了一个梦。梦里屋外下了雨，她在自己的旗袍店里，玻璃门被推开，男人将伞放在门边，逆着光走进来，穿过一排挂着旗袍的衣架。他停在了柜台前，深色的西装上沾了一丁点儿水渍。孟丹枝坐在柜台后，眼睛一眨不眨地看着他。她不知道他怎么会突然过来，还出现在她的面前。

男人低头和她对视，深邃的眼眸盯着她，忽然开口叫她的名字："丹枝。"声音低沉，仿佛裹着雨气。

孟丹枝问："你怎么来这里了？"

她听见男人温柔地开口："我们结婚吧。"

窗外的雨好像停了，这句话如钟声一般敲进她的心里，孟丹枝问："这么快？"她没能得到答案，因为一切都变得模糊。旗袍店里的颜色模糊成色块，融在一起，连带着面前的男人也逐渐消失不见。

"周宴京……"

醒来时，身旁无人。孟丹枝摸了摸起伏不定的胸口，这个梦也太奇怪了，显得是她在催婚一样！周宴京才不会叫她丹枝，所以是个梦。

她下床去客厅看了一眼，桌上放着小笼包，今天不是水晶虾饺了，可能是觉得天天吃会厌烦。肯定是蒋冬来时买的。

孟丹枝早就熟悉周宴京的作息时间，他上班的时间类似朝九晚五，她在学校也差不多。两个人的见面时间大多只有晚上。

今天学校里的课不多，下午才有两节课，下课后已经快四点钟了，她便回店里看剧本。给女主角设计旗袍，自然要符合她的出场环境。

张骋宇发来的剧本里，女主角第一次出场是在一场舞会里，这个场景孟丹枝最熟悉。

她画了张草图发过去："你觉得怎么样？"

张骋宇惊呆了："这么快？"

图里的旗袍没上色，但勾勒的线条足以看出有多优雅漂亮，又有种吸引人的魔力。

张骋宇："可以，非常好。"

张骋宇："我会先拍其他场景，所以衣服出来得迟没事，但一定要出彩，要合适。"

孟丹枝："OK。"

（2）

两天后，孟丹枝将两套旗袍的设计图发了过去。张骋宇除了提出一些细节上的建议，便没有再说什么，似乎是很满意这个效果。她准备接下来的一周主要忙这个工作。工作上的繁忙几乎让孟丹枝忘了之前答应陈书音的事，陈书音气急败坏地打来电话："派对女主还不出现？"

"……今天就办派对了？"

"难不成真等你订婚的前一晚啊？我怕姓周的想杀我。"

才关上店门，她就接到周宴京的电话："今晚一起吃饭，可以吗？"

他的问题有些奇怪。孟丹枝拒绝道："我和音音她们忙呢。"

周宴京停顿了一下："苏姨约我今晚见面。"

时隔几天，再次听到这个称呼，孟丹枝的心跳加快了一些："她让你去，你就去呗。"又没叫自己去。

孟丹枝闭上眼睛，深呼吸几次，干脆地道："我今晚回家住。"

话题转移得太快，周宴京捏捏眉心："她想让你也去。"

"不去。"孟丹枝说完，挂了电话。

因为这个突如其来的插曲，孟丹枝到派对现场时，心情着实不算好，也心不在焉。周宴京会和苏文心说什么？是要聊她的事吗？苏文心怎么自己不来问，要通过别人？

陈书音是个千金大小姐，对办派对这种事手到擒来，也不知道今天是怎么回事，现场装扮的主色是粉红色。孟丹枝一进别墅，浑身的鸡皮疙瘩都起来了。还好，这只是给自己办的单身派对，要是订婚派对，她得把这个场子给掀了。

“周少也来了。”

“今天来的人好多，是什么重要日子吗？”

“陈小姐没说啊，只说是单身派对……”

孟丹枝进去时还听到几个没见过的女生在那儿聊天。她一踏入别墅，就吸引了周围人的视线，被人从头到脚，就连头发丝儿都给打量了一遍。

“陈书音人呢？”孟丹枝拉住一个熟人。

来人笑嘻嘻地指了一下：“喏，在那里呢。”

孟丹枝还没过去，陈书音已经小跑着过来：“枝枝，快来快来，站在这里，欣赏一下。”

“……有点儿欣赏不来。”

“别呀，你看这帅哥美女，看上哪个尽管说，今晚你是主角。”

陈书音指了一圈，离得近的听见她话的人都不自觉地看向孟丹枝，这俩人的关系看来很近。虽然不认识，但都对她的定位有了认识。她们是被请来热场的，至于其他的，没必要想，因为看起来就不在一个水平线上。

孟丹枝冲陈书音翻了个白眼。

陈书音显然是个人来疯，捧着她的脸，说道：“真好看。”

“……”

来到二楼，孟丹枝的耳边终于安静了会儿。这里是个露台，可以看到楼下的超大泳池，一群男女在下面聊天、玩耍。她还看到周景在那儿喝酒，一副大人的模样。小屁孩也装深沉。孟丹枝忍不住笑起来，这位弟弟和周宴京虽然是堂兄弟，但活像两家人，性格完全不同。

“你怎么在这里待着？”陈书音从后面过来，“怎么心情不太好的样子？”

“不好吗？”孟丹枝问。

“也还好，就是心不在焉。”陈书音说，“你看楼下的人笑得那么开心，你就很平常。”

“我这叫安静。”孟丹枝对这种派对不是那么热衷，家风如此，只是也不会拒绝好友的心意。

“我的订婚戒指快好了，都时候你跟我一起去拿。”孟丹枝靠过去，“去不去？”

“去。”陈书音最喜欢这种事了。说起订婚，她想起来另一位主角，“你今晚喝酒了没？”

孟丹枝的手一顿，声音轻轻地道：“喝了一点点。”她摸摸自己的脸，应该还没醉吧，感觉思维很敏捷。

陈书音长出一口气，这个反应让孟丹枝很不得劲：“我喝醉又不耍酒疯。”

陈书音说：“我怕订婚前，你弄出来第二个周宴京。”

“……”

孟丹枝无语地道：“你看这里有人像第二个他吗？”

陈书音仔细辨别了片刻，感慨道：“确实，像周宴京那样的，实在难得。”

“你今晚的心情不好，难不成是周宴京知道你要来，却不带他，他不乐意了？”陈书音猜测。

“什么呀？”孟丹枝觉得好笑，过了一会儿才说，“这时候他大概和我妈在吃饭吧。”

陈书音“啊”了一声：“你不去吗？”

孟丹枝反问：“我去干什么？”

楼下的欢声笑语传了上来，陈书音说：“我上次碰见阿姨了，她还问我你最近怎么样。”

“你怎么回答的？”

“还能怎么回答？就说很好呗。”

陈书音说完，见孟丹枝沉默下来，认真地想了想：“她好像挺喜欢我说你的事的……枝枝。”

“说不定今晚还会问姓周的。”男人的名字在好友的面前不值一提，没用身高代替，有个姓氏作为代号已是难得。

“周宴京敢说多，他死定了。”想到这儿，孟丹枝立刻拍了张泳池的照片发过去。

被“关怀”的周宴京此刻正坐在包间里。他和苏文心约的地点从外面看是一座百年前留下来的欧式建筑。角落里的柜子上摆了台唱片机，这会儿正放着舒缓而轻柔的轻音乐。手机响了一下，周宴京打开微信。孟丹枝发来的照片里，满屏的莺莺燕燕和男人，角度是自上而下，没有她本人。他的唇角微勾，正要回复消息，门外传来轻微的动静。对方是长辈，又是孟丹枝的母亲，他忙起身去迎接。

来人不止苏文心，她的身边还站着一个年轻女孩。周宴京面不改色：“苏姨。”他的目光微微停顿了一下，大概猜到了对方的身份。

“宴京，你来得这么早。”苏文心笑着说，为他介绍，“这是我丈夫的女儿，你叫她若烟就好。”

陈若烟乖乖地站在苏文心的边上，跟着她一起进去，眼神落在了对面的年轻男人身上。年轻的男人不光容貌清俊，就连气质也是出众的，透着股矜贵知礼的感觉，和她曾经见过的那些男人全然不同。原来他就是周宴京，看样子应该很好相处吧。

周宴京只是轻轻点头，并没有和她说什么。在他看来，苏文心应该很清楚，今晚带继女过来并不合适。总之，有些奇怪，不过与他无关。周宴京的神色淡定，语气平静地道：“苏姨，我以为您要谈的事，没必要让无关人员参与。”

周宴京说得很直接，陈若烟脸上的笑容僵硬了一下……这么不好相处？可是听说他和孟丹枝的关系很好啊！

这件事由小辈指出来，苏文心却没有生气，而是转向陈若烟：“若烟，你先回去吧。”

“阿姨……”陈若烟出声。

周宴京打量着苏文心的表情，若有所思地道：“陈女士，你可以先离开吗？”他说话的时候没什么耐心的样子。

陈若烟这下意识到他是说真的。

“今天的事我回去会说的。”苏文心压低声音，并没有说具体，但两个人都听得懂。

陈若烟咬了咬嘴唇，只好出去，关上门后便狠狠地瞪了门一眼，过了几秒钟，她打通电话：“我没进去！”

对面的中年男人说：“怎么会？你阿姨拒绝不了的，你是不是没坚持啊？”

“被赶出来了。”

“……”对面的人沉默了一会儿，“你再进去试试？”

“我都被周宴京赶出来了！”陈若烟的心中满是郁闷，她在这边堵到苏文心，本来都成功了，结果谁知道问题却出在周宴京的身上。

周宴京，周宴京。

包间里只剩下两个人，苏文心放松下来，她将包放在椅子上：“还好你出声了。”

“您可以严词拒绝。”周宴京并没有委婉。今天这个场合，陈若烟这个局外人的出现，就是对孟丹枝的一种挑衅和不尊重，即使孟丹枝不在。

“我在外面就拒绝了，她非要跟着。”苏文心揉揉太阳穴，“不好僵持太久。”她都不知道陈若烟是怎么知道自己和周宴京约在这里见面的，除非是她丈夫说的。不管怎么说，这件事回去她一定要问清楚。

周宴京对此不置可否。他对长辈的性格不好评价，只是不会赞同这种做法。说起来，苏文心和孟丹枝的性格差别有些大。苏文心的温柔甚至有些过头，而孟丹枝的小脾气多，但很好哄。

“枝枝没跟你一起来吗？”苏文心问。

周宴京替苏文心倒茶：“她今天和朋友有约。”他没提孟丹枝知不知道这件事，也没提她拒绝的事。

苏文心叹了口气：“我大概也猜到了，不来正常，我们的关系估计也就这样了。”她转移话题，“你和枝枝的订婚仪式，打算怎么办？”

“目前是打算通知亲朋好友，不会太过夸张。”周宴京微微一笑，“毕竟只是订婚。”更何况他的职位摆在那里，要以低调为主。他想到什么，又说道，“订婚戒指是她自己设计的。”

听到这里，苏文心露出一个笑容：“枝枝和她外婆一样，对这些东西很喜欢。”她将包里的一个小盒子拿出来，“这是我给你们的订婚礼物，没什么，两块手表，是一对，你们应该能用上。”

周宴京礼貌地道谢。

“虽然我不知道你们到底是怎么回事，但既然在一起了，就好好过日子。你比枝枝大，平时让着她点儿。”苏文心又停顿了一下，“别像我。”她不止一次后悔了。

“会的。”周宴京垂眸，语气认真，复而轻笑，“说不定会是枝枝让着我。”

苏文心果然开心起来。

派对进行到一半，大家都知道主角是谁了。孟丹枝今天穿的是改良的旗袍，白色的，有蕾丝点缀，领口处有水滴形的镂空，两侧香肩裸露在外。这个出场着实惊艳了众人。本来好几个公子哥打算去搭讪的，结果陈书音一直在旁边，孟丹枝又面无表情的，看着就觉得很难搞定。

“你看，他本来想来找你喝酒的，被周景赶走了。”陈书音在一边看得津津有味，“别说，周景这个保镖当得不错。”她又冲着周景喊，“周景，干得漂亮！”

不远处的周景回头，比了个“OK”的手势。

孟丹枝笑：“我可出不起那钱。”

“开店的大老板还会缺钱？”陈书音挤眉弄眼地道，“哎，你们学校那个文化节，我能去不？”

“能去，又不会检查学生证。”

“太好了，我老早就想去看了，那天肯定很多帅哥。”

“不止有帅哥，周宴京也会上台。”孟丹枝早熟悉她的性格，“你上次商场里关注的那个呢？”

陈书音耸耸肩：“别提了，我就见过一次，不知道是不是被辞了，毕竟除了脸，看起来就不像是销售做得很好的。可怜啊！我的爱情。”

“……这就爱情了？”

“这有点儿像 crush（迷恋）。”陈书音忽然压低声音，“你和周宴京在一起时，有这种感觉吗？”

对于这个词，网络上有种解释：和一个人在一起的时候感到极具吸引力和独一无二的强烈渴望。

孟丹枝认真地想了想。她的脑子里闪过无数片段，但最近的还是昨晚。

“有。”孟丹枝坦然承认。周宴京这个男人的魅力还是很足的。

陈书音说：“那还行，像我就体会不到他的魅力。”接触过几次，她只觉得这个人深不可测，反正不是她能驾驭得住的，也不知道好友怎么安然无恙的。

孟丹枝偷偷地告诉她：“我今天早上做梦，梦见他和我说，我们结婚吧。”

陈书音：“……你完了。”

笑着闹了一会儿，她去招待人，孟丹枝一个人留在原地。

孟丹枝打开手机，发现十分钟前周宴京回复了她的消息。

周宴京：“她送了礼物。”

他没说是什么。

孟丹枝想了想，猜不到，她和苏文心相处的时间不多，也不知道她的喜好和习惯。她们两个人，大概只有脸长得相似吧。想到这儿，孟丹枝“哼”了一声，从路过的服务员那里端了杯酒，一个人坐在那儿品尝。

快到十点钟时，派对结束。陈书音没找到孟丹枝，抓了个人才问到孟丹枝在楼上，她找过去：“宝贝？枝枝？”

“叫我干吗？”孟丹枝问道。

“到点了，该回家了。”陈书音提醒孟丹枝，看到空酒杯，心里咯噔一下，“你喝了几杯？”

孟丹枝想了半天，伸出两根手指。

“老天。”陈书音没想到自己一不在就出事，她用孟丹枝的面容解锁手机，翻出周宴京的电话，拨过去，接通后不等对面出声就说：“枝枝喝了酒，是我送她回去，还是你来接？”

周宴京：“我过去。”

“很快。”周宴京又道。

陈书音把地址报过去，然后挂断电话：“好了，等你未来的老公来接你。”

未来的老公？孟丹枝迟钝的思维里开始将这个称呼和人对上号，早上那个记忆犹新的梦占据前排：“周宴京。”

“对。”

等周宴京的时候，陈书音又下楼去和人道别。孟丹枝跟着她一起下去，从泳池边往外走，路上遇到一个正打算离开的男人。

“你要回去吗？我送你。”对方见她一个人，便靠过来。

孟丹枝不认识他，说道：“我的老公过来接我。”

男人被“老公”两个字震惊了一下：“……你结婚了？”

结婚？孟丹枝摇摇头：“没有啊！”

她明显是喝醉了的表现，又媚又娇，穿着一身旗袍，显得格外漂亮。男人说：“没有，那我送你回去啊！”

“不要，你丑。”孟丹枝拒绝。

“丑？”男人被说得愣了一下，正打算带她离开，还没碰到人，孟丹枝就被人拉走。他扭头，对上对方的目光。

“让开。”周宴京冷冷地道。

男人被震惊到，下意识地退后一步。

孟丹枝抓着周宴京的胳膊站稳，看看他，又看看对面的男人，还是觉得自己身边的周宴京更好看：“周宴京。”她叫他。

周宴京对走过来的陈书音说：“我带她回去了。”

陈书音点点头，等他们走后，踢了一脚站在原地的男人：“你是不是有病啊？以后不用来了。”

别墅外的光线要暗许多。孟丹枝看见一辆车停在那里，司机站在外面，拉开车门。她没上去，而是问：“这是我们的婚车吗？”

周宴京：“什么？”

司机被震惊到，低头忍着笑。

孟丹枝已经松开周宴京，自己上了车，还拍拍旁边的位置：“宴京哥哥，快上来。”

她喝醉酒后和平时不太一样，周宴京自然比谁都清楚，但之前只有一次，这是第二次。这一次和上次又不太一样。

“为什么天黑了才来接我？”孟丹枝转向周宴京，拽了拽他的衣服，“你说。”

周宴京看她凑过来的脸：“因为白天要上班。”

孟丹枝“哦”了一声：“上班有什么好的？你给我上班，我给你发工资，当前台。”

“……”司机快要忍不住了，让一个高级翻译当前台，果然很有想法。他一看后视镜，上司正看着自己，连忙移开视线，假装自己什么也没有看见，什么也没有听见。

“你怎么知道我在这里？”

“你的朋友跟我说的。”

孟丹枝想起陈书音，她今天穿了一件粉色的小礼服：“就是刚刚那个伴娘吗？”

“……大概是吧。”周宴京弯唇。陈书音要是知道她被用“那个伴娘”来称呼，恐怕会气死。所以她为什么会以为自己是在结婚当天？难不成她今天参加的聚会是在玩角色扮演？想到这儿，周宴京皱起眉头。他本来想和她说苏文心的事，但看她这副模样，恐怕今晚是没有机会了。

孟丹枝靠近他，挽住他的手臂。回公寓的路上，孟丹枝都很安静，偶尔念叨也很小声，就连周宴京都听不到她在说什么。到了公寓楼下，她等不及要下去。刚伸出脚，孟丹枝就惊呼起来：“我的鞋不见了。”她光着脚，显得很委屈。

周宴京的视线从她雪白的脚上一掠而过，从车里拎出一双高跟鞋，明明是她自己踢掉的。

“上来。”周宴京背过身去。

孟丹枝不再纠结穿鞋的问题，乖乖地趴上去，凑近他的耳朵问：“到新房了吗？”声音却不小。

这种无形的撩拨最致命，周宴京叹了口气。

司机关门的动作一停，低头装没听见，飞快地离开原地，打算明天早上再来接他。不能打扰“新婚夫妇”。

此时已是深夜，公寓楼内十分安静。周宴京打开门，孟丹枝从他的身上跳下去，赤着脚往里走，被他拉住：“枝枝，你还知道你是谁吗？”

孟丹枝歪着头。脱掉鞋后，她比他又矮上许多，仰着脸看他，扒拉出混沌错乱的思维中的有限记忆：“我是新娘。”她掷地有声，不曾犹豫。

醉成这样！周宴京挑眉，眸色一深。他原本的问题到唇边临时又被吞回去，不知道想到什么，他弯腰，伸手掰正她的脸：“谁的？”他引诱着道。

孟丹枝挥开他的手，对他的身份很清楚，眼睛一眨不眨地看着他：“你、你、你。”说完，她对他抛了个媚眼。

她是他的新娘。

周宴京“嗯”了一声，勾着唇再问：“那你还知道待会儿要做什么吗？”

“什么？”

“洞房。”新娘和洞房，很正确。

孟丹枝丝毫没有怀疑，甚至还邀请他：“快点儿。”

周宴京低头：“你自己说的。”

孟丹枝问：“难道不是和我吗？”谁还会嫁给周宴京，是自己没错啊？

“是你。”周宴京给她答案，将她打横抱起来，一路直接回了卧室，孟丹枝都没挣扎。她只是被吻得晕头转向。原本就微红的脸，被热气一熏，红得厉害，增添一缕别样的风情，令人移不开视线。卧室的灯光下，穿着纯白色旗袍的她很漂亮。

孟丹枝眼前有人影重叠着：“宴京哥，你变成了两个。”她问道，“你怎么老了好多？”

“……”周宴京无语。

孟丹枝的记忆错乱到以前：“我哥哥呢？”

周宴京说：“他回家了。”

孟丹枝问：“那我怎么没回家？”

周宴京想到之前她的醉言醉语，轻笑了一声，随口说：“这是你的婚房。”

孟丹枝听得不好意思起来。一双漂亮的眼睛里水意盎然，穿着最纯洁的颜色，却流露出一种千娇百媚的感觉。

周宴京觉得自己不是一个怜香惜玉的人。他大概真是个禽兽。

京市的夜晚灯火通明。苏文心回到家里时已经很晚，客厅里没有开灯，她将包丢给保姆，然后上了楼。

“你阿姨回来了，你先回房。”听到楼下的动静，陈达海连忙说。

陈若烟噘着嘴：“哦，不过，爸，阿姨肯定是故意的，今晚都不帮我说话，还帮着他。”

脚步声逐渐接近。

卧室里没有人，书房的门没关严，有灯光漏出来。苏文心径直推开书房的门，语气不好地问：“是你跟若烟说我今天去哪儿的？”

“什么去哪儿？”陈达海装不知道。

“上次我打电话时只有你在身边，陈达海，别装了。”苏文心深吸一口气，“你不觉得好笑吗？”她去见未来的女婿，结果带了个继女。这事说出去简直是天大的笑话。被周宴京指出来的那一刻，她在想，如果枝枝知道这件事，恐怕会以为是她故意的。

陈达海站起来：“有什么不对吗？”他走过去，放柔声音，“文心，以周家现在的地位，我们和他们交好，只能靠你了。”

苏文心冷笑两声：“靠我？我和周家有什么关系？”真正和周家有关系的是孟老爷子。她挥开他的手，“你自己想搭上去，我不管你，别想打枝枝和宴京的主意。”让陈若烟堵她，目的再明显不过了。

“周宴京不行，他还有兄弟。”陈达海露出一个笑容，“文心，我也是为了这个家着想。”他没有再说周宴京，苏文心的脸色好看不少。

同床共枕多年，陈达海对她的脾气十分清楚，他拿出来一个礼盒：“这是给枝枝的订婚礼物，别生气了。”

“我也不知道若烟这么愚蠢，她可能是担心我生气。”陈达海捏起苏文心的肩膀，“小孩子，想得比较简单。”

“是吗？”

“当然。你今天和他谈得怎么样？”

苏文心却没有说细节，只是说道：“没什么，就问问，下个月我会去参加他们的订婚仪式。"

她说得简单，陈达海意识到这件事没有回旋的余地。看来周宴京这条路走不通了。

翌日清晨，艳阳高照。阳光从没有闭合严实的纱帘中透进来，落在床上躺着的人的脸上。孟丹枝蹙了蹙眉，慢慢地睁开眼睛。第一眼看到的是天花板，她习惯性地伸手摸了摸另一侧，温的——说明人起来没多久。她并不想动，因为感觉很累。她摸了摸小腹，有点儿酸胀的感觉，昨晚酒喝多了？没醒酒？等听到洗手间里传出来的动静，看着周宴京穿着浴袍出来，孟丹枝的神思才回来一些。

她一眼就瞅到周宴京脖颈上的红痕。有点儿明显，在喉结那个位置。孟丹枝的眼神不住地往那边瞟，很快就被发现，周宴京侧过头："醒了？"

"嗯……"孟丹枝大概知道昨晚发生什么了——一定又重复以前的某个晚上了。

周宴京当着她的面开始换衣服。因为衣帽间里全是她的衣服，所以他仅有的那点儿衣服都挂在房间的衣架上。

昨晚和苏文心见面后发生的事，显然不适合现在告诉她。至于有继女的参与，他不会瞒着，孟丹枝是独立的人，她有她自己的处理方式。他不可能替她做这样的决定。

男人精瘦有力的身体实在惹人注目，大清早的，看得孟丹枝心潮澎湃，直到看见他后背的抓痕。她心虚地握了握拳。自己现在身上穿的是睡衣，孟丹枝觉得应该谢谢周宴京，他还会给自己换衣服。她看着周宴京换好正装，眼见着人快要走了，忍不住问道："宴京哥，我昨晚做了什么？"

"昨晚？"周宴京停住脚步。他似乎在回想，孟丹枝的感觉有些不妙。

"昨晚发生了很多事。"周宴京看向她，慢条斯理地道，"你想知道什么时候的？"

"……"这还分哪个时候，当然是全都要知道。

孟丹枝坐起来："就睡前吧。"

周宴京“哦”了一声，语速很慢，像是在调侃一般：“昨晚，你说是我们的新婚。”

“……”

“洞房夜。”周宴京说。

孟丹枝听得头皮发麻：“不可能！”

周宴京淡定地道：“嗯，我应该提前录音的。”

孟丹枝扔了个枕头过去，周宴京接住，又随手丢回床尾。临离开房间前，周宴京又一本正经地提醒：“粥在锅里，记得起来喝，新娘子。”然后他神清气爽地走了。

孟丹枝躺回被窝里，用被子蒙住脑袋。这一定不是她！

半个小时后，陈书音发来消息：“起来没？”

孟丹枝一边喝粥，一边直接打电话过去：“昨天晚上是你送我回来的吗？”

“不是啊，某周姓‘雷锋’。”陈书音调侃。

胡说八道。孟丹枝喝了一大口粥：“你居然没让我睡你家！”

陈书音：“……没想起来。”

“现在听你的声音，宝贝，我有点儿后悔了。”陈书音追悔莫及，“呜呜呜！你是不是……”

“……没有。”孟丹枝说瞎话。

“我早晚有一天把你抢回来。”

“……”吹牛不打草稿。

陈书音恢复正经：“不过，你昨晚的表现挺正常的啊，有个人想搭讪你，你还自己赶他呢。”

孟丹枝来了精神：“其实我也觉得我喝醉后很正常。”所以周宴京说的肯定不是真的。

下午，孟丹枝去了学校，路上正好遇到周景，周景连忙打招呼：“枝枝姐，你什么时候去我家啊？我都知道你们要订婚的事了！”

孟丹枝说：“过几天吧，你怎么不去问你哥？”

周景嬉皮笑脸地道：“当然问你比较快。”

孟丹枝毫不留情地戳破他："你是不敢吧？"

"不用说出来啊！姐。"

周景读小学时还是一个很乖的孩子，后来被绑架过，差点儿出事，父母对他溺爱起来。读初中、高中时的他那叫一个叛逆，经常被请家长。那时候是孟丹枝冒充他的姐姐去学校的。对周景来说，这叫革命友谊，属于他们之间的秘密，所以他对孟丹枝格外亲近，都不叫嫂子，而是喊姐姐。

孟丹枝摆摆手。周景哼着歌儿离开。

"周少！"

周景停都没停。同班同学追上去，没敢揽住他的肩膀，而是问道："周少爷，是打算开始追孟学姐了？"

"与你无关。"周景看了他一眼。

"怎么就没有关系？孟学姐是大家的学姐。对了，我记得你不是说不可能追她的吗？"

周景心想：当然不可能。

对方说："孟学姐喜欢什么？你跟我说说。"

周景不耐烦地道："喜欢丑男离远点儿。"

"……"

"其实我怀疑孟学姐早就有男朋友了，我之前看到有车过来接她，车里面坐的是个男人。"他压低声音，"该不会是吊着你呢吧？"

周景："她有男朋友和我亲近她有什么关系？"

话里的意思太让人感到震惊，同学都惊呆了。

(3)

关于孟丹枝，又多了一个传言，孟丹枝本人还不知道。下午四点钟，外院各班委和优秀学生齐聚一堂。

"这么说我可以和周师兄合照了？"

"外院的应该比我们优先吧？"

“虽然我院的师兄是钻石王老五，但我还是选外院的周师兄！”

孟丹枝听着乱七八糟的议论，扭头问许杏：“名单什么的，已经下来了？”

“就下午发的，老板，你没看群消息吗？”许杏说，“你也在上面呢，咱们外院有三个人。”

外院的男生少，这回的名单里面就一个男生。

“这是同意参与的校友名单，你们先看一下。”郑芯苒将文件发到群里，“最好是选同专业的。”同专业的师弟、师妹，表彰合影自然是佳话。

孟丹枝之前忙旗袍店的事，不知道后面具体的细节，没想到这还能自己选。

有人问：“还可以自己选？”

团支书笑着说：“学校比较人性化嘛，参考学生的意见，但是不一定采用。”后一句大家都秒懂，说得好听，但最后没用的事又不是一次两次了。

“我发的是表格，你们自己填上名字，发给我就行。”郑芯苒说着看了孟丹枝一眼。

孟丹枝连头都没抬，专心看名单。周宴京的名字在上面，她知道。往下看，还有一个是研究人工智能的自主创业大佬蔺总，听说他曾在之前的发布会上，声称会研究出机器人男友。

“蔺师兄也在哎。”许杏惊讶地道。她没被学校选上，但不影响看名单。

“老板，你选周师兄还是蔺师兄？虽然都很好，但周师兄更好看，我会给你们拍照的。”

孟丹枝说：“是好看。”但是自己能天天见，在家里见够了，学校里还见什么见？而且她和周宴京的合照，以后应该不会缺，起码婚纱照要拍一堆——不对，怎么想到这里了？肯定是因为早上周宴京的那句“新娘子”。这个词从他的嘴里说出来，实在让她很不习惯。

孟丹枝低头，她对蔺师兄更感兴趣，说不定还能趁机要个联系方式，买到什么内部研究的机器人。而且据说蔺师兄为人温文尔雅。

“选周师兄吧！”许杏捧着脸。

孟丹枝还没把自己的名字打上去，郑芯苒已经在群里发了她填好的表格——她填的是周宴京那栏。

“听说前段时间，天天有车来接你。”郑芯苒坐到孟丹枝旁边的空座位上，不怀好意地道。

这件事迟早被人看见，孟丹枝的心里清楚。只是说的人是郑芯苒，就不同了。孟丹枝抬眸，唇角轻扬：“听说你昨天和一个年纪不小的男人一块儿走？”

郑芯苒一愣，咬牙切齿地道：“那是我爸，你胡说八道之前也调查清楚！”

孟丹枝“哦”了一声道：“我只是陈述事实，别激动。”双标不可取。

郑芯苒冷笑一声，见孟丹枝还没写名字：“你和周师兄不是一个专业，就不要和我们抢了。”

“思想觉悟高点儿。”孟丹枝往椅背上一靠，笑得明艳，“同是 B 大人，何必局限于同一个专业，同院也可以，我看周宴京师兄就很合适。”

郑芯苒瞪大眼睛：“你做梦！”

孟丹枝冲她笑笑：“你怎么这么胸有成竹？万一周宴京见我长得好看，选我呢？”说是这么说，她却填上蔺师兄那栏。

郑芯苒见状，感觉自己被耍了一通。

因为次日便是文化节，当所有事情被确定后，B 大就将文件分别发给了会参与其中环节的校友们。周宴京这边，自然是蒋冬代为处理。他收到 B 大再次反馈回来的文件时，微微一笑，只是当他看到上面的内容时，笑容停住。嫂子选的真是别人，自己是预言家吧。突然乌鸦嘴成真，蒋冬害怕起来，他还要和周宴京共事很长一段时间呢。要不要直接说？

周宴京抬头看见蒋冬杵在那儿，便敲敲桌子：“蒋冬，你在我的办公室里发呆？”

蒋冬立刻回过神来：“刚刚 B 大那边给了最终结果。”蒋冬的话说了一半，周宴京的下巴微微抬起。蒋冬把文件递给他看，蒋冬撇清关系，“嫂子干的事不是我怂恿的。”

肯定是您自己哪里没做好！现在反省，说不定还来得及，当然这话蒋冬不敢说出来。

周宴京一眼便看到学生那栏上面的自主分配。孟丹枝前面的名字是蔺自秋。说起来，他对这个人也很熟悉，因为是同届的，虽然不是一个院的，但都属于风云人物。蔺自秋早在大二时便创了业，毕业后也是去国外深造两年，如今在人工智能界也是数一数二的新秀。下个月的中外文化交流展览会，蔺自秋也在应邀之列。

周宴京平静地递回去："你想怂恿也怂恿不到。"

"不过，主任早就说了，以校友的意愿为先。"蒋冬明示，"哈哈哈哈。"

周宴京不置可否。这种事很平常，B 大明面上说双向选择，其实还是以他们这些已经毕业的校友优先，所以这份名单只是参考，而且他还有着同为外院的出身。

"先不急着把结果发回去。"周宴京唇角的弧度微微下压，"就明天上午吧。"

这个环节是在下午。蒋冬猜测，是不是要回去质问嫂子了？还是两个人对峙一番，最后分道扬镳？订婚订婚，这都还没有真正订婚呢，说不定就翻车了。那个蔺自秋，他上周整理展览会的相关资料，自然清楚，和闷骚的周宴京一比，人家那叫一个温文儒雅，女生应该都很吃这套。危险啊！

也不知道是谁泄露了孟丹枝选蔺自秋的事，现在学校里很多人都在讨论这件事。周宴京是 B 大外院的骄傲，而她作为外院的学生，选了别的院系的师兄，可见真情！

"原来孟学姐喜欢温柔的人。"

"别说，还挺配的。"有人嘀咕着，"孟学姐也很温柔。"

"不行，两个温柔的人是不适合过日子的。"

许杏鹦鹉学舌回来，孟丹枝在店里听得好笑。她只是觉得蔺师兄很厉害，人工智能对她而言又是很神秘的专业，她很好奇。

周宴京与之相比并不逊色，只是她和周宴京太熟悉了。

"学校那边不知道会不会让你如愿呢？"许杏撑着脸，"没感觉主任有这么好心过。”

孟丹枝说：“不是就算了。”

许杏说：“周师兄那么好！也很温柔呀！”

说到温柔，孟丹枝手上刺绣的动作一停，学校那边是不是会和他们对接流程——周宴京是不是知道了这件事儿？当着他的面选别的男人是不是有点儿不太好？孟丹枝思来想去，最终决定：今晚回家住。正好远离“新娘子”和“新婚”的尴尬。

她想好后立刻给周宴京发消息：“今晚我哥哥叫我回家吃饭，不回公寓了。”有哥哥就是好找借口。

周宴京收到消息时，冷笑一声。

孟丹枝从旗袍店离开时，又接到店员的电话：“孟女士，您的戒指已经好了，您看是自取还是我们送过去？”

“自取。”她正好路过那里。

孟丹枝迫不及待地想看到自己设计的第一款戒指，当下就留下许杏看店，自己当甩手掌柜，走了。

取到戒指是半个小时后。“这枚是女士的，另外一枚是男士的。”店员替她戴上，“我给您戴上，您看看满不满意。”

孟丹枝的手指纤细，戴上戒指显得格外修长。珠宝店内的光线明亮，孟丹枝伸手在眼前晃晃，戒托很简约，钻石在光线下显得璀璨夺目。

“男士的是这样的。”

周宴京的尺寸比她大，孟丹枝和自己的对比一下，忍不住笑起来，好像太过简单。还是自己的好看。

“好了，我带回去吧。”孟丹枝说。

店员没拒绝，之前周宴京就跟他们这边提过，全权交由孟丹枝。她微笑着建议：“结婚对戒也可以选我们家哦。”

孟丹枝一个人回家，孟照青很是怀疑。“周宴京没跟你一起回来？”他问。

“他来干什么？”孟丹枝挽住孟照青的胳膊，“哥，你妹妹一个人回来不好吗？”

孟照青面无表情地道：“我怕你们是吵架了。”

孟丹枝否认：“才没有。”这回不是撒谎，真没吵架，只是她有点儿心虚而已。

订婚戒指的事她只和家里提过，今天顺路带回这里，便拿给爷爷看了一眼。

“他自己同意的，应该没什么问题。”孟教授说，“不过你们平时还是低调一些。”毕竟周宴京的工作在那里，不宜炫耀。

孟丹枝点点头：“我知道。”

都没人知道她要和周宴京订婚了，而且她给他的戒指设计得十分低调。钻石大不大无所谓，主要是好看。孟丹枝其实并不是非常喜欢钻石，她更喜欢珍珠，以前和外婆住，审美也跟着耳濡目染。珍珠首饰配旗袍，是她最常见的搭配。但订婚戒指有点儿不同，是自己亲手设计的，她有些爱不释手。

孟照青发消息问：“你知道她回来了吧？”

周宴京：“知道，她说了。”

周宴京和他是多年好友，自然知道他在担心什么，又回复道：“没闹矛盾。”

这个回答没问题，孟照青这才放心。

因为两家都决定订婚仪式不大办，所以细节方面都打算下周敲定，这周孟丹枝和周宴京都忙。

吃完晚饭，孟丹枝陪孟教授看了会儿书，然后回房间。陈书音打来视频电话：“朋友，我有打扰你的夜生活吗？”

“无。”

“你在干什么？沐浴焚香？”

孟丹枝精心准备的氛围被她破坏：“我今天去取了戒指，喏，你看，怎么样？”

陈书音凑近：“好看。”好友的设计能力她从来不怀疑。

“不过，怎么两只都在你这里，‘周雷锋’呢？”

"周雷锋"如今已经神不知鬼不觉地成了他的新代号。

"他还不知道。"孟丹枝戴上戒指，"我要拍个照。"她刚刚就是在忙背景的事，因为之前有拍旗袍的经验，准备得就比较多。

"携款逃跑。"陈书音下结论。

"……"

孟丹枝："明天文化节，我选了另一个师兄合影，我怕他怀恨在心，所以溜回家了。"

陈书音："？"这对青梅竹马的相处方式她真是不懂。当年，她就应该时刻跟在孟丹枝的身边，那样也许这会儿她们还是共同富裕的单身姐妹。可惜啊可惜！

一直忙了几个小时，孟丹枝拍了上百张照片。手美，戒指美，收工。困意来得尤其快，她连戒指都没取下来，就这么睡着了。

次日上午，等孟丹枝离开家，李妈才招招手："照青，枝枝昨晚捣鼓了好久都没睡，我都瞅着那灯开了大半夜。"

她担忧地问道："不会有什么心事吧？"

孟照青："真的？"

李妈："真的！"

孟丹枝对此一无所知。因为今天是文化节，没有课，学校里的气氛不错，还有不少家长过来参观。孟丹枝为了下午的环节，特地换了件改良版的旗袍。白色提花面料，上面绣了隐约可见的小花，袖子有一点点灯笼袖的感觉，但不太明显，而裙摆则偏向荷叶边，既优雅，又乖巧，透着温柔的感觉。一路上她遇到好几个学生家长，都夸她好看。

去食堂时，孟丹枝远远地望见郑芯苒，她正和朋友们在一起，穿着一件无袖小礼服，精致漂亮。别的不说，她长得确实也好看。孟丹枝对美人是有容忍度的，况且郑芯苒都只是嘴上逞强，还说不过自己，勉强算是个笨蛋美人吧，给校园生活增加了些许快乐。

许杏也看见她了："昨天你不是填了蔺师兄嘛，这回没有人和她抢了。"

“不是还有师范英语专业的那个男同学吗？”孟丹枝没记住他的名字。

“人家被她说服，改了。”许杏说，“牛吧？”

孟丹枝点头：“还行，走正道的。”自己选别人，周宴京和别人一起合影，很公平。

想是这么想，吃完饭后，她还是给周宴京发消息：“学校安排的优秀学生，你选了谁？”

对面很安静。几秒钟后，周宴京回复：“看学校的安排。”

孟丹枝惊讶地问道：“你都不选的吗？这么佛系？”

不太符合他的性格。

她好像有所误会，周宴京回复：“不算佛系。”

他从来就不是一个不去争的人。

“名单已经发回给B大那边了，他们已经确认过，是嫂子。”身旁的蒋冬说，“可以出发了。”他腹诽，老大暗中截和，嫂子不会生气吧？还特地等到今天才把名单发过去，给嫂子一个措手不及，也是心机深沉了。

周宴京站起来：“走吧。”

下午，校门口不断地出现豪车。B大的校友多混迹商场，譬如蔺自秋这一类，像周宴京这样的翻译官，实属罕见，这也导致他的车出现时，平凡、低调得太过明显。

论坛上有人直播。

“蔺师兄到了，我看见他和人合照。”

“周师兄快到了，我听说的！”

“快快快，马上就要开始了。”

谁也没想到他们来得这么快，孟丹枝和许杏之前还在宿舍里，毕竟外面人太多。

今天天气好，阳光明媚，却不炎热。文化节的流程颇多，最开始是各种节目，而合影表彰被安排在压轴部分。

“孟丹枝！”

孟丹枝扭头，郑芯苒正瞪着她。

“我又得罪你了？”孟丹枝问。

郑芯苒正要说话，眼角的余光瞥见前方一行人的身影，其中周宴京的身影格外显眼。

“哎，小孟！”

一听张主任叫人，周围安静了下来。小孟是谁？他们来的人里姓孟的好几个，但大家都不觉得自己会被主任记住名字。其他人一起看向孟丹枝。

孟丹枝也有点儿迟疑：“主任，您叫我？”

张主任说：“不然叫谁？快过来！”他一个主任，肯定不可能一下午陪在周宴京的边上，就需要学生领着参观介绍。正好，孟丹枝被选中和周宴京合影，这会儿最合适。其他学生都激动得红了脸，他都不好意思拉她们过来，见孟丹枝俏生生地站在那儿，张主任的眼前一亮，瞧这身衣服穿着多精神，多漂亮！果然是外院的门面啊，多大方！

孟丹枝看向周宴京，他又戴了眼镜，显得很斯文，她感觉自己要被郑芯苒她们盯出两个洞来。接待这种事不是一向由学生会的人做吗？

“主任，我不是学生会的。”孟丹枝说。

“还分什么会不会？”张主任的眼睛一瞪，“思想觉悟要高，宴京是咱们外院的优秀校友。”

“……”

昨天还在说郑芯苒的思想觉悟不高，今天就轮到自己被说。思想觉悟低的孟丹枝乖乖地点头。说实话，有这么多人在，为什么选了她？好奇怪。

孟丹枝走过去的间隙，看见周宴京和张主任说了什么，男人的声音裹在风里，听不清。

她一步一步地挪过去，抬起头，便看见周宴京正好整以暇地看着她，任谁也看不出他们俩有什么不可告人的关系。不过是比演技嘛。

张主任转头笑眯眯地介绍：“这是孟丹枝同学，虽然比不得你，但也不得了，还会刺绣呢。”

周宴京的目光落在她卷翘的睫毛上：“我知道。”他微微一笑。

张主任的话差点儿卡壳，知道什么？不过他很快转移话题："小孟，这位不用我介绍，你也知道了吧？"

孟丹枝眨眨眼睛："知道的，大名鼎鼎的翻译官嘛。"估计隔壁的郑芯苒这会儿都想杀自己了。

张主任听得笑起来。

"师兄好。"孟丹枝主动伸手，清凌凌的声音婉转动人。她这才发现自己没取下订婚戒指，这一伸手就很明显，伸出去的手停顿了一下，现在取也来不及了。好在周围的人都没怎么注意她的手。

周宴京的视线掠过她的手，昨晚她取走戒指的事他知道，只是没想到她会这么快就戴出门。很漂亮，很衬她。他之前见过设计图，变成实物后更令人感到惊艳。当初她也不知道怎么选了英语专业的，以她的才华，该是学设计专业才对。

"百闻不如一见，久仰大名。"孟丹枝吹捧道，"我们外院的同学都很崇拜周师兄。"

"……"周宴京就听孟丹枝睁眼说瞎话，"都很"，不包括她吧。看她的样子，好像还不知道原先的打算已经落空。

男人的镜片映出她纤细的手指上的钻戒，戒指上的钻石在阳光下折射出耀眼的光芒，他伸手回握："你好。"

周宴京的声音很好听，他正经起来时的音色就像一滴水珠落在瓷盘上，溅开一圈水光。友好地打完招呼后，孟丹枝打算收回手。没想到，她抽不回手！对面的男人抓着不松手了。

至于张主任，他正眉开眼笑，丝毫没察觉到哪里不对劲。

周宴京不动声色地用手指刮了刮那枚戒指，随后似乎是不经意地夸奖："师妹的戒指不错。"

"……"孟丹枝感到震惊了。她从来没想过，周宴京居然当着主任，当着其他学生的面占她的便宜。好多人看着呢！难道是因为自己没把另一枚戒指给他？他小心眼了？

第4章
CHAPTER 4

幕布后的秘密

(1)

戒指？周宴京的一句话将周围人的注意力都拉到了孟丹枝的手上，她什么时候戴了戒指！婚戒吗？有稍微熟悉一点儿的人观察许久，认出来这枚戒指好像是戴在了订婚时才会戴的手指——左手中指上。

“孟丹枝订婚了？”

“戴着玩的吧……”

男生们的注意力显然更集中，孟丹枝是系花，也是校花，单身至今，没有人能摘下这朵花。忽然在今天，就疑似要订婚了？这比校友来学校还让他们激动。

孟丹枝的脸上不露声色地笑：“谢谢师兄的夸奖。”她用眼角余光瞥了眼周围的人，不是在看她，就是在看他。

“是这样的，孟同学，文化节的节目还有一会儿才开始，你就带宴京逛逛学校。”张主任也听到了戒指，但他对大学生的私生活不感兴趣，他放低音量，“半个小时左右。”

孟丹枝点点头：“好的。”

主任一走，呼啦啦一群人就冲了上来，有勇敢一点儿的就问周宴京各种问题。周宴京偶尔回答一句。至于孟丹枝，这会儿她的手机在包里振动个不停。

她看了一眼围观的女生们，提高音量："周师兄，您想去哪里看看呢？教学楼？还是就随便逛逛？"

周宴京思索了一下："看你选。"

孟丹枝怀疑自己要得选择困难症："好的。"

她在前面走得飞快，后面那么多人，说不定周宴京就要被她甩在身后八百米远。结果一回头，男人就在离自己半步远的地方。

这会儿周围没什么人了，孟丹枝终于可以开口："好了，这下全校都知道我戴戒指了。"她把戒指摘下来，递给他。

周宴京挑眉，没伸手："给我做什么？"

孟丹枝虚伪地笑："你不是夸好看吗？送给你吧。"

周宴京不为所动："把另一枚给我。"

"在家里。"孟丹枝把戒指放回包里小隔层，以防丢失："昨天取回来正好回家。"

周宴京当然知道。

孟丹枝想了想，又重新拿出来戴上，转头问他："宴京哥哥，你觉得怎么样？"这个称呼，必然是想听好话。

周宴京说："很漂亮。"

孟丹枝心满意足地道："谢谢周师兄啦。"

蒋冬落后俩人两米远，什么也听不见。

从这里到外院的教学楼有十分钟路程，会路过一座桥，桥下是 B 大最有名的湖，经常会有网络红人来拍照。很久很久以前，孟丹枝还没参加高考，就有来过这里。假装学生去听他们的课。

那时候她和周宴京还只是单纯的青梅竹马关系。

半小时倏忽而过。文化节正式开始，大部分人已经去了现场。

孟丹枝姗姗来迟，好在有她的座位，许杏一把拉住她的胳膊："老板！你什么时候订婚的？"

她看过去，纤细的手指被圈住。

“这个真是订婚戒指吗？”许杏问。

“是啊！”孟丹枝漫不经心地回答。反正都被大家看到了，摘下来也没用，瞧周宴京那样子，还挺喜欢她戴上的。

许杏早在半个小时前就围观了校园论坛和表白墙上的帖子。许多人不相信孟丹枝已经名花有主，坚持认为这枚戒指是她自己买来戴的，只是刚好选了订婚戒指该戴的手指而已。她其实刚刚也这么想。

“可是你的男朋友我都没见过，学校里的表白墙上还说你是为了拒绝他们才故意这么说的。”

这都大四了，忽然多了个“未婚夫”。

孟丹枝好笑地道：“我拒绝他们是从大一就开始了，现在大四，还有必要多此一举吗？”

许杏想想也是：“那你的未婚夫男朋友从来不和你约会？”

孟丹枝一本正经地道：“他忙。”

许杏摇摇头：“我才不信，忙到什么情况，会放着如花似玉的大美人女朋友不约会？”都到了订婚的地步，必然是感情浓厚。小情侣见面约会，不见面煲电话粥，这都是常见的操作。她之前怀疑孟丹枝有暧昧对象，可能快有男朋友了，谁知道今天来了个爆炸性新闻。

孟丹枝“哼”了一声。周宴京的这个操作，让她平静的大学生活又起波澜，男人的小心眼真的是来得猝不及防。

“学校里的同学还是蛮年轻的，就学生会长，还有之前得过十佳歌手的，都挺好的呀，起码在眼前。”许杏摸着下巴。

孟丹枝正垂眼看戒指，长长的眼睫毛轻轻扇动，又轻轻笑起来：“你这是在怂恿我退婚吗？”

“是吧。”

孟丹枝想了想：“那我改天见到他，和他说一声。”

许杏：“咦？”自己不会真的怂恿成功了吧。

许杏问：“你说真的呀？”

孟丹枝说：“假的。”

“……”

孟丹枝捏捏她的脸："好了，因为他之前在国外，回不来。"

许杏腹诽，那打电话总行吧，就算有时差，也不至于这样。可见不是真爱！

许杏："异地恋已经很没前途了，异国恋，更没前途。当然，如果是周师兄这样光风霁月的人，当我没说。"

孟丹枝的表情变得古怪起来。

学生和校友坐的位置自然不是一排。不过因为他们是外院的班委，再加上还有个优秀学生的身份，轮到坐在第二排。

孟丹枝的左边是许杏，右边是师范英语专业的那个男生，他前面就是周宴京。这会儿，周宴京正和院领导聊天。依稀可见侧颜，斯文败类，孟丹枝再一次内心感慨道。她从来没见他私底下戴眼镜的样子，都是在一些公开场合，很有味道。

"对了。"孟丹枝忽然想起来，"郑芯苒今天是不是又有什么毛病？"

许杏说："是名单的事吧。"她察觉到不对劲，"你没有看吗？主任中午都给我们发名单资料了，她才发火的。"

孟丹枝说："群消息太多，我开免打扰了。"

这句话倒是真的。学校群里一整天都在说文化节的事，分分钟消息显示就 99+，手机一直响提示音很烦人。

这会儿有空打开收到的文件，孟丹枝一眼看见最终安排，郑芯苒被安排与计算机专业的一位师兄合影，而她则是与周宴京合影。等等，蔺师兄呢？孟丹枝看向旁边的男生："你待会儿和蔺师兄一起合影？"

对方点头："是的。"

孟丹枝看着周宴京和领导们谈笑风生。他选了与自己合影吗？这么一想，自己选与别人合影，是不是有点儿不太好。孟丹枝昨晚的心虚又重新浮上来，也许是她看的时间太久，他察觉到她的视线。

周宴京回头："师妹。"

孟丹枝惊醒过来："……师兄？"

周宴京碰了碰面前的水杯，状似无意地问道："你渴了？"

鬼才渴了。孟丹枝摇摇头，还要温柔地回复："谢谢师兄，我不渴。"

旁边师范英语专业的男生看看周宴京，又看看孟丹枝，目露惊讶之色，片刻后又自己想明白。

任谁见到这么礼貌的师兄妹，这么感天动地的校友情，都得夸一句B大真优秀。

因为外院是主办方，所以将自己的人安排在最后出场，而其他院的人都按首字母排列。其实大多数校友能力都很强。很快便轮到蔺自秋上台。

孟丹枝还是头一次私底下见他，果然很温柔的样子。

许杏拿手机拍照："老板，我现在觉得，你选他也没有问题，蔺师兄好有魅力！"

孟丹枝笑："这么快就叛变了？"

许杏："允许我叛变一秒钟。"

两个人说笑着，周宴京虽然没回头，但依稀能听见。

等郑芯苒上台时，孟丹枝明显感觉到她对自己很生气，就差没用眼剜自己了。也是，偶像被截和，这谁能忍得了？之前她们坐的位置中间隔了人，所以郑芯苒没法发火，现在则不同，咫尺之遥，表情根本掩饰不住。孟丹枝觉得很无辜，都是男人的错。

很快，主持人在台上念词："……下面这位，是外国语学院至今的骄傲，周宴京师兄，有请。"

周宴京起身，掌声四起。孟丹枝看着他上台时从容的背影，忽然心跳变快了些。接下来的一些冠冕堂皇的夸赞之词，她听不清，男人站在台上的模样，才是令她印象最深刻的。

"到你了。"许杏推推她。

"……"孟丹枝回过神来，从座位上离开。

底下坐着好几千名学生，她以前不紧张的，今天却紧张得要死，尤其是周宴京盯着她上台。

主持人边上有人举着托盘。孟丹枝看到托盘上的奖状，龙飞凤舞的字，是校长亲手书写的，看起来很是唬人。还有个奖牌……乍一看，像奥运颁奖典礼。

她乖乖地站在那里，等着周宴京递上来。从孟丹枝的这个角度，也就见到他的喉结。昨天看见的红印消失了……

“难得见你这么安静。”周宴京的声音极低。

孟丹枝下意识地抬头，额头差点儿磕上他的下巴，这才发现他们已经离得近到一定地步。她能看见他的下颌骨，还有过长的睫毛，眼镜架在鼻梁上，一本正经的。别人有这么近吗？

“边上有人。”孟丹枝眨眨眼睛。

“低头。”周宴京说。

孟丹枝还来不及做什么，就被他从头套上学校定制的纪念奖牌。绳子，还有他的手指，刮过她的头发和耳朵。不知道是不是错觉，她总觉得他多停留了一秒钟。众目睽睽之下，孟丹枝的心尖颤抖了一下。一定是太刺激了。旁边的主持人又开始说话：“……合影留念。”

等拍照结束，孟丹枝下了台，许杏送上水：“老板，你的脸有点儿红，激动吧？”

孟丹枝：“激动。”

她打开微信，发消息：“你刚刚是不是摸我了？”

周宴京人在前面，却光明正大地看手机：“好像有。”

孟丹枝：“有就有，什么好像？”

周宴京并没有回答这句话，而是回复道：“你人就在后面，还需要微信聊天？”

孟丹枝心想：当然了，这么多人，她若是和他搭讪，岂不是给别人说闲话的机会？

表彰环节结束，剩下的就是校领导们的发言。孟丹枝听了一半，觉得没意思，离开座位，好在学校也不要求必须从头坐到尾。

“你和自秋两个人，去年都说忙，今年都赶巧一起来了。”校长乐得开怀。

周宴京和蔺自秋互相看了一眼。蔺自秋总觉得周宴京看自己的目光没那么平静，自己应该没有得罪过他吧！

而且下个月的文化交流展览会，这位翻译官还要去的。等于是他的首次公开露面。

等校长说得差不多，周宴京才推了推眼镜，轻声道："您继续，我去下洗手间。"

大礼堂后台通道此刻没什么人。

孟丹枝补了口红，从里面出来，就见到周宴京站在那边，像是欧洲中世纪的绅士。舞台边的猩红幕布成了他的背景。

"宴京哥，这是好久不回母校，迷路了吗？"孟丹枝出声调侃。

"透气。"周宴京随口问道，"你今晚还是不回去？"

他不问，孟丹枝可能回去，这么一问，联想到台上的行为，她就怀疑回去会遭遇什么。她当即点头："我要陪爷爷。"

孟教授被搬出来当借口，周宴京没话说，怎么着也不可能和老爷子抢孙女。

孟丹枝转身准备走："我先回去了。"她的手腕被抓住。

周宴京问："蔺自秋，想不想认识？"

怎么忽然说这个？他知道了？当面说别的男人不好，孟丹枝的危机意识很强："不想，认识宴京哥就够了。"

"……"

反正好话不要钱。

周宴京低声笑了一声，捏着她的下巴掰过她的脸，透过玻璃镜片和她对视。

孟丹枝睁大眼睛："干吗？周宴京！"

"好像听到有人叫周师兄……周师兄在那里？"

"刚刚看确实不在前面，走走走。"

不远处传来脚步声和男生们说话的声音，孟丹枝也不知道是怎么想的，把周宴京往幕布后一推。他整个人便被遮得严严实实。

周宴京："？"

孟丹枝背对着他，紧贴着幕布，看着两个男生渐渐靠近，眼睛一亮地和她打招呼："孟学姐，你怎么了？"同时，外面掌声雷动。

“没事，我出来透气。”孟丹枝笑盈盈地道，“你们忙你们的去吧。”

然后她就看着两个人越来越惊讶的表情，甚至还互相挤眉弄眼。孟丹枝感觉不对劲，身后的压迫感逐渐清晰，她微微转头，周宴京不知道什么时候拉开了幕布。

“周……周师兄？”他们的目光来回在两个人身上打转。

这俩人的眼神太过直接，孟丹枝想忽略都不行。她这一瞬间仿佛奥斯卡影后，立刻露出惊讶的表情：“周师兄！你怎么在这里？”情真意切到两个男生都怀疑自己是不是猜错了。

周宴京神态自若：“透气。”一模一样的借口。

两个男生你看看我我看看你，也不知道是什么情况，打个哈哈，飞快地溜走了。通道内又安静下来。

孟丹枝戳他：“你干什么出来？差点儿被人误会。”

周宴京低头看她：“这不是事实吗？”

孟丹枝一想也是，可她还希望最后这段时间的大学生活过得平静一些，而且她和周宴京还没有真正定下来呢。

“我回去了，你慢慢透气吧，宴京哥哥。”孟丹枝莞尔一笑，扭头就要走。谁料身旁的人再次拉住她的手，并且用了不小的力气，她立刻因为惯性往后撞进男人的怀里。孟丹枝还没出声，眼前一暗。厚重的幕布将他们遮个严严实实。

有人靠近：“校领导们的发言也太长了，我还等着结束了出去找师兄们合影呢。”

“唉……”

“……好像有人。”他压低声音，“你看那里……”

孟丹枝的背后僵硬，生怕他们忽然拉开幕布，那样自己和周宴京就会被抓个正着。这块幕布的后面一个人躲着可以，两个人就十分明显。

一片黑暗中，感官变得清晰。她能感觉到周宴京强劲有力的心跳，孟丹枝的脸上逐渐发烫，不知道是在狭窄的幕布后闷的，还是羞赧的。她从来没和人做过这样的事。在人来人往的通道边，人人都可能会发现他们，她居然和周宴京抱在一起。

来人的声音再次放低："应该是小情侣吧……啧啧，也不怕校领导们出来发现……"

好在他们并没有过来的迹象。孟丹枝逐渐平静的心跳，在被迫仰起脸，被周宴京吻住时再次紊乱，心仿佛快要跳出去。他的眼镜没摘，抵在她的脸上。

他们的呼吸声交织在一起。

"这儿还有人偷摸……"又是一个路人经过。

周宴京感觉到怀里的人呼吸越来越不稳，整个人紧张得要命，可这样更吸引他。许久，孟丹枝终于重获自由。

"周宴京！"她的气息不稳，"我们分开回去。"她一把将周宴京推到墙上，唰的一下拉开幕布就要离开，结果不远处有人过来，她忙又把他遮住。

等人离开，她才探头进去："我走了啊！"光线射进来，孟丹枝看见他嘴唇上的口红，耳朵一红，"快把你的嘴唇擦擦。"

周宴京靠在墙上，听到她走远的脚步声，他捻了下唇角，指腹上是诱人的红色。

他出来时，正好对上几个学弟、学妹的目光。

"周师兄你……"怎么在这后面藏着？

"没事。"

周宴京抬手推推眼镜，温和地笑笑，又恢复成 B 大学生们眼中那个光风霁月的师兄。

回到座位上时，正好台上的发言结束。孟丹枝装作无事发生一般，从许杏那儿借来小镜子，还好只是口红被蹭掉一些。

许杏问道："你和周师兄一前一后，就没碰上？"

孟丹枝说："我哪有那个运气呀？"

孟丹枝还了镜子，想到周宴京之前说起蔺自秋，便看向蔺师兄，该不会是……吃醋吧？吃醋的前提是很喜欢她吧？

孟丹枝盯着周宴京的后脑勺，猜测大概是占有欲作祟，毕竟凭他们的关系，她竟然选了与别人合影。这让他觉得很没面子。就像她不喜欢别人和她一样叫他“宴京哥哥”。

“今天的文化节到此结束，由衷地感谢来参加的校友们，还有同学们和家长们。”

伴随着音乐，众人离座。孟丹枝是和同学一起走的，至于校友们，则被校领导们请去吃饭，招待一番。刚走出大礼堂，她就被郑芯苒拦住。

“孟丹枝。”郑芯苒开口，“你和周师兄什么关系？”

许杏：“？”

孟丹枝气定神闲地道：“先不说我们有没有关系，就算有关系，和你有关系吗？”这话把旁边的人都绕晕了。

郑芯苒之前以为自己的哥哥和周宴京的关系不错，可后来才知道，周宴京回国后的聚会居然没请她哥哥。他哥哥压根儿就是碰巧知道的周宴京回国的消息。可笑当初她还在孟丹枝的面前炫耀，简直丢脸极了。

“郑芯苒，你崇拜周师兄没问题，和咱们枝枝有什么关系？你找错对象了。”许杏出声。

郑芯苒下意识地就要说“怎么没有关系了”，可周围的人太多，她硬生生地把这句话咽了下去。

等郑芯苒一离开，许杏就质问道：“老板，你实话实说，你和周师兄是什么关系？”

“……”这么快就被发现了？

孟丹枝还没开口，就听许杏的小嘴不停：“学校论坛上有人说见到你们俩一起在大礼堂后面聊天。”

“……聊天？”孟丹枝松了口气，她撩了撩头发，“聊天而已，你见到周师兄不想聊天？”

许杏一想也是，而且自家老板还是有未婚夫的，不可能和周师兄有什么关系。两个人看起来就不熟。

小朋友太好糊弄了，孟丹枝微微一笑。

“哎，周师兄出国这么久，也没交女朋友，真是稀奇。”许杏边走边说，“这才回国没多久，肯定还单身吧？”她看向孟丹枝。和平日的窈窕妩媚相比，自家老板今天显得十分清纯，但怎么看都像秀场上的模特。

“老板，你的男朋友和周师兄比怎么样？”许杏不死心地问道。

孟丹枝想了想用词：“差不多吧。”

许杏：“这样的人我居然不知道？”

今天食堂的人很多。孟丹枝和许杏是把饭带回宿舍吃的。终于安静下来，孟丹枝抽空上了学校的论坛。

今天的新帖很多，热度高的也不少。今天来了这么多知名校友，关于她的订婚戒指的帖子居然能在第一页牢牢地占据重要位置。

“不会吧！不会吧！”

“我还没出手，学姐就没了？”

“我认真看了，确实是订婚戒指，钻石应该是真的。”

“我的心死了！”

“我不信，一定是假的。”

孟丹枝还看到有人把她的手的模糊照片放了上去。虽然技术不行，模糊，但显得手长，还行吧。

孟丹枝退出去，看见周宴京的帖子，又点进去。主楼就是一张周宴京和张主任站在一起的照片，张主任非常悲惨地被糊了马赛克。

“啊啊啊！外院的周师兄真的好帅！”

“姐妹们，周师兄还单身！”

“别说了，要不到联系方式的，不然你以为你能快得过外院的那些女生？”

“……好有道理。”

翻了几页后，忽然出现孟丹枝的名字。

“我遇到孟学姐带周师兄逛校园了，真的好配啊！”

还有配图一张。照片上面是孟丹枝和周宴京站在桥上，她今天显得清纯，边上是显得斯文的周宴京，两张脸确实很配。

“情侣写真！”

“两个人差了五届吧？”

“看着好自然的样子，周师兄稳稳的，拍照片的人的手机行不行啊？但凡高清一点儿，我就保存当屏保了。”

孟丹枝关闭帖子。半天之后，她又把最后的截图发给周宴京。对方没回复，可能是和校领导们正吃着饭呢。

(2)

B 大的校园论坛只有真正的 B 大师生才能用，其他人都算是游客，只能看帖不能回帖。

周宴京去私下应酬，蒋冬作为助手，没什么事。他津津有味地围观了论坛上的帖子，恍然大悟：真厉害啊！一招就让全校都知道嫂子名花有主了。

八点时酒宴结束。蒋冬早等在外面，周宴京回到车内，他喝了点儿酒，被夜风一吹，清醒不少。

“今天 B 大论坛都在议论嫂子的戒指。”他偷偷瞄了一眼周宴京的手，上面空荡荡的！难道两个人还没和好吗？

周宴京打开手机，里面有孟丹枝的未读消息，他回复：回家了没有？

孟丹枝：在宿舍，等会儿回去。

周宴京靠回椅背，闭上眼睛：“去外院的女生宿舍。”

大四的女生宿舍楼并没有多少人，但对面就是新生宿舍楼，学生比较多。

车停在路边。

孟丹枝正打算出门，收到周宴京的消息：“我在你宿舍外面。”

孟丹枝：“？”

他这话说得太有歧义。

孟丹枝出了宿舍楼，看见是周宴京的车停在那儿，松了口气，她还以为是他人站在外面。那今天晚上恐怕就有爆炸性新闻了。

“我今晚回家，不回公寓。”孟丹枝上车，重复之前的话，又问，“你不是知道的吗？”

周宴京面不改色地道："不记得了。"

一个翻译官怎么可能记性差？孟丹枝正要再说什么，闻到他身上隐约的酒味，明白了，难怪和平时不大一样。

他摘了眼镜，他的眼睛很漂亮。说起来，她都不知道他醉酒是什么样子的。

"张主任过来了。"蒋冬忽然出声。

主任？孟丹枝往车外一瞥。张主任大概是看见周宴京的车停在这儿，过来看看。她赶紧把车窗关上。

周宴京的眉头一动："这么紧张？"

孟丹枝还没开口，车窗先被敲响，张主任的声音响起来："是宴京吗？还没走呢？"

"……"

孟丹枝和周宴京对视，她把他的西装拿过来盖住自己："都怪你非得叫我出来。"

下午大礼堂的情形再现，只不过倒了过来。周宴京一瞥，轻而易举地看见孟丹枝的旗袍露出来，被深色西装一衬，格外明显。他不动声色伸手移了一下，完全遮住。车窗缓慢地打开，张主任弯下腰，看见后座上周宴京正襟危坐，微笑着问道："张主任，怎么了？"

"见你还没走，过来看看。"

刚才总感觉听到了女生说话的声音，他就说，肯定是错觉，大概是年纪大了，耳朵不好使了。这边不是在路灯下，车里又没开灯，又有黑西装挡着，张主任没看到旁边的座位上有人。不过，怎么停在外院宿舍楼这边？

"正要走。"周宴京点头。

张主任笑着说道："下回有机会再来。"

他背着手，正准备离开，还没移开的视线中，只见周宴京旁边座位上的西装滑了下来。自己今天才夸奖过的得意门面正俏生生地坐在那儿，一看就坐了不短的时间。刚才就是她在说话吧？

孟丹枝："……主任，晚上好。"她表面上镇定地眨眨眼睛，看着比谁都乖，实际上心慌得厉害，偷偷地扯周宴京的衬衣。

这下好了，捉奸捉双。

周宴京都没料到这么巧。

张主任一愣。片刻后，他伸手一指，中气十足地道："孟丹枝同学，你给我下来！"这么晚了，成何体统?

在张主任的记忆里，周宴京和孟丹枝是今天下午才认识的，而且还是通过他的介绍。他还记得周宴京夸了句她的戒指不错。两个人一看就是不熟的嘛。谁知道自己今晚居然能看见两个人同坐一辆车，还是在外院的女生宿舍楼外。

是孟丹枝主动，还是周宴京主动？实在是天色太晚，张主任不得不想歪了，他是主任，自然不希望学生因为什么误入歧途。

"主任，您的声音好大。"孟丹枝看见不远处的同学回头看了一眼，要不是因为主任平时有威信，她们可能就走过来了。她小声地问："真要下车吗？"

张主任："？"还不想下车，这么舍不得？不是有传言说孟丹枝已经订婚了吗？脚踩两条船不好吧？虽然他对学生的私生活不干涉，但这个涉及道德上的问题，他不能看着学生跳入火坑。

孟丹枝慢吞吞地掀开西装，打算下车，周宴京拉住了她。

周宴京丝毫不慌："张主任，我和枝枝是认识的。"

张主任："我当然知道，下午就是我介绍的。"他突然反应过来，"等等，你叫她什么？"枝枝？这么亲密？张主任的第一个反应是两个人会不会是情侣？可是下午明明看着像第一次见面啊！他被弄迷糊了。

孟丹枝主动开口："主任，他爸是我爷爷的学生，我们两家还算是邻居。"

张主任以前是 B 大的学生，后来留校任教，最后又升职成为主任，对于孟教授自然是知道的。严格说起来，他也算是上过孟教授的课。其他人不知道，但他看过学生的资料，知道孟丹枝和孟教授是爷孙关系。

"……真的？"张主任将信将疑地问道。

周宴京道："真的。"

张主任松了口气："原来如此。"

误会一场，他比他们还尴尬，咳嗽两声，看向孟丹枝："那你躲什么？"正是因为她那样藏着，他才多想。

临走前，张主任还不忘说两句官方话："哈哈，那你们有事就说，我先走了。"他走路都比平时快了三分。

张主任离开后，车里安静了一分钟。

蒋冬深深地感觉到了刚才的尴尬，他比当事人还要尴尬，这难道就是传说中的社死现场，替人尴尬吗？

"还好主任好说话。"孟丹枝又把西装搭在身上。

周宴京关上车窗："先回去。"

孟丹枝拒绝："我要回家。"

周宴京不为所动："两个不都是你的家吗？"

他的表情有点儿意味深长的意思，孟丹枝有点儿后知后觉，他是不是在暗示其中一个是娘家。

"……"

"回家，戒指还在家里。"孟丹枝拖出借口，"宴京哥，你看，我都戴上了。"

周宴京又看了一眼："那就去拿戒指。"经历过刚才的事，他也酒醒了大半，"毕业几年，没想到学校里的师弟、师妹们的联想能力更上一层楼。"他开口。

孟丹枝知道周宴京是在说帖子的事："因为你优秀啊！"从一众外交学院和专业的外国语大学的毕业生中脱颖而出，成为如今的首席翻译官，自然称得上优秀。

周宴京侧过脸："我还以为我拿不出手。"

孟丹枝装没听明白："嗯？"

周宴京懒得戳破她，捏捏眉心。察觉到他的疲惫，估计是今天下午连带着晚上应酬太累，孟丹枝没有再打扰他。

到孟家已经是近四十分钟后。

这会儿家里的灯还没熄，孟照青今天没有手术，正好在家里，见到两个人一起进来，还有些惊讶。早上李妈才跟他说枝枝的心情不好。当时孟照青以为他们两个闹矛盾了。现在看起来两个人确实有点儿不对劲，有点儿别扭。

孟丹枝走过去："哥，你今天怎么回来得这么早？"

孟照青说："没有手术，下班就回来了。"他看向周宴京，"你们是打算今天住这里还是……"

"回来拿东西。"周宴京笑着说道。

孟丹枝已经上了楼，拿到戒指便下楼递给他："喏。"想了想，她又柔声说，"晚安，宴京哥。"

孟照青的目光在俩人身上打转，手放在嘴唇上咳嗽两声："枝枝，你今晚不回去？"

"我在家里住。"

"你明天没有旁听的课？"孟照青又问。

周宴京挑眉，觉出点儿味道来。

孟丹枝的脸微微一皱："有。"

孟照青"哦"了一声："你去公寓住不是离得更近？时间不早了，正好和宴京一起回去。"

"……"孟丹枝稀里糊涂地就被亲哥送出了门。

回到车里，对上蒋冬的眼神，孟丹枝十分温柔地笑笑。她现在怀疑周宴京把她哥哥收买了。

殊不知，这会儿孟照青思来想去，正给周宴京发微信："不准惹枝枝生气。"

周宴京："不敢。"他关上手机，慢悠悠地转头。

周宴京将男戒拿出来，款式比女戒简单很多，单看看不出来是订婚戒指，但两只戒指放在一起，就很容易看出来是一对。

孟丹枝盯着周宴京看，以为他要戴上，没想到他又放了回去。

“你怎么不戴呀？”难道是不喜欢吗？这可是她设计的。

周宴京垂眸：“不急。”

孟丹枝表面上很平静地“哦”了一声，心里却不住地想：自己一个人戴，显得多积极。于是偷偷把自己手上的戒指也取了下来。

和来时相比，回公寓的路上，车里尤其安静。到公寓时，蒋冬替他们打开车门，到孟丹枝这边时，他试探性着道：“老大今天喝了酒。”

孟丹枝点点头，她当然知道。

蒋冬意会地笑。但他没想到，孟丹枝没理解他的深意，因为看周宴京并没有醉酒的样子，压根儿不需要照顾。

趁周宴京去洗澡时，她又上了校园论坛。短短的几个小时，论坛上面又增添了新内容。

“我拿出我天天逛旗袍店的人格保证，孟学姐绝对没有男朋友，你要是她的男朋友，还不跟她天天约会？”

下面立刻有人附和。如今孟丹枝已经大四，他们从来就没见过一个男人和她走得近，唯一勉强算是的周景还是管她叫姐的。于是他们坚信要么对方见不得人，要么就没有这个人。比起前一个，显然后者更符合逻辑。

如果孟丹枝不是本人，她差点儿就相信了。

周宴京回校一次，她的绯闻和帖子数就足够超越前三年加在一起的总和。

“三栋的姐妹们，你们刚刚有听到张主任叫孟丹枝的名字吗？”

回复帖子的已经有上百人。

“我不是三栋的，但我听见了。”

“张主任好像发火了。”

“哈哈哈！但是我从教学楼回来，碰到张主任眉开眼笑的啊，没生气啊！”

因为没有瓜吃，帖子很快沉下去了。

孟丹枝觉得好笑。还好当时没有下车，不然这会儿帖子肯定得翻页。也幸好天黑，别人没认出来周宴京的车。

往下的一个帖子，居然出现了“惊枝”的名字，她好奇地点进去。

“我今天发现，孟学姐的旗袍店叫‘惊枝’，周宴京、孟丹枝，好配！”

“你发现了盲点。”

“笑死，这都能串联上？”

“很有道理。”

“这都能当成糖？佩服。”

因为今天俩人同台，所以楼里的图不少。

许杏：“视频。”

许杏：“老板，你真美，周师兄真帅！”

学校的文化节是有官方拍摄图片的，图片会放到官网、论坛、官博等上面。这会儿的图片和视频肯定是学生拍摄的。孟丹枝点开视频，果然是周宴京上台的那段。她的眼睛一眨不眨地看着，感觉心跳渐渐加快。

视频很长，后面就是他们同台的镜头。孟丹枝还是第一次从这样的角度看他，周宴京给她戴奖牌的时候，神情专注、温柔。她愣了一下。

身后的浴室传来动静，孟丹枝飞快地退出去，回到论坛界面，装出一副镇定的模样。

“好了吗？”她抬头问。

周宴京颔首，见她趴在床上，旗袍裙的下摆有点儿乱，蹭上去一截儿。

他神态自若地问：“你刚刚在看什么？”

孟丹枝说：“逛学校论坛。”

周宴京弯腰探过来，周身还未擦干净的水珠也连着一起散落到她的身上。他低头看屏幕。

“虽然今天下午的那个亲吻是谣言，但我已经脑补了一出周师兄把孟学姐按在墙上亲的画面！”

“这不比电影好看？”

“孟学姐的男朋友是真是假？就没人问一下吗？”

“求求哪个同学写个文吧！呜呜呜……”

周宴京没忍住，笑出了声。看到标题，眉宇间霎时生动起来。

孟丹枝看到周宴京笑，问他：“笑什么？”

从周宴京的这个角度，正好把她整张脸都看全，明艳、清纯交织在一起，他站直，悠悠地道 ：“原来你的店名是这个意思。”

惊枝。

孟丹枝低头一看，自己回到的界面正是刚才的那个帖子。

“……”学弟、学妹们！好好上学，不要乱造谣！

不知道是不是她的错觉，孟丹枝总感觉今晚的周宴京比平时要开心许多，笑的次数也多。其实他笑起来也很好看的。孟丹枝对他笑容的记忆大多还停留在他读大学期间，那时候他才二十岁出头，还不像现在这般沉稳。要是被学妹们知道，大概会觉得她更幸运吧。

孟丹枝洗完澡出来，发现房间里的大灯被关上，只余下墙壁上的一盏夜灯微弱地亮着。她暗自开心，面上不动声色。看来今晚是个和平的夜晚。孟丹枝悄悄溜进被窝里，见周宴京闭着眼睛，好像已经睡着，她又支起上半身去关灯。

这盏夜灯的开关在他那边。手还没碰到开关，身下的人已经睁开眼睛，幽深的眼眸盯着她，随后往下移了移。

“流氓。”她骂他，躺回原位。

“是我的错吗？”周宴京好笑地道。

“你怎么还没睡？”孟丹枝伸脚碰他，“关灯呀！”

和她刚才相比，他只是把手臂一伸，就把灯关掉，房间里顿时暗了下来。孟丹枝原以为的平静一夜也成空想。

大约是周宴京手下留情，孟丹枝睡得很好。她第二天早上很早就醒来，周宴京早已起床，还能听到他在屋外传来的动静。

上午的课在十点钟，孟丹枝打算再赖床一个小时，反正自己是旁听。不过十分钟后，她就躺不下去，洗漱后出了卧室。

周宴京在吃早餐，平板放在前方，正在放早间新闻 ：“醒了？”他看过来。

她没换下睡裙，经过一晚，揉得有些皱，看起来有点儿其他的意味。

“嗯。”孟丹枝坐下来。

因为这套房子没有书房，所以周宴京如果想处理公务，那就只能在客厅的桌子上。她面前的空位上还放着一份文件，上面写着“中外文化交流展览”几个字。

孟丹枝知道这个展览会，去年周宴京回国算是休假，但中途有个翻译官发生意外，他临时去了这个展览。

“今年是你负责总翻译呀？”她问道。

周宴京放下汤匙，慢条斯理地“嗯”了一声。

孟丹枝捧着脸：“你就把文件放在这里，不太好吧？”

“你要泄密？”周宴京问道。

孟丹枝飞快地摇头。

周宴京笑了，才解释道：“这些都已经在网上公开，是参与的企业名单而已。”他停顿了一下，“这一届展览会上有非物质文化遗产——刺绣。”这句话显然是说给孟丹枝听的。

孟家是书香门第，一直都在京市，但孟丹枝的母亲并不是京市人，她来自宁城，江南水乡。孟丹枝的外婆就苏文心一个女儿，女儿长大成人后远嫁京市，便只剩下她独自在宁城过活。后来孟丹枝回到宁城上学，跟外婆生活几年，从一个骄纵的女孩长成如今的她。

外婆常年一身素雅的旗袍，温柔如水。外婆生病过世后，孟丹枝好像突然懂事了，并开始穿旗袍。B 大学生大多知道她爱旗袍，热衷设计，也会刺绣，但真正知道她接受了外婆的传承的少之又少。

“这个展览参加的条件不太高。”周宴京说。

孟丹枝看了他好几秒钟，琢磨着他这是不是在肯定她的能力，认为她可以去参加中外展览：“是嘛。”她的声音温柔许多。

孟丹枝故作淡定地翻开名单。参与的大多是知名企业，还有个别的对外形象好的个人手工传承。一对比，就显得他刚刚说的话不怎么真诚。她这个传承人毫无名气，没几个人知道，作品也不像其他人的那样知名。最起码要官方那边都宣传她。

看到第二页，孟丹枝“咦”了一声：“蔺师兄也在啊？”

“今年你进不去。”

“……”

周宴京站起来，将衬衣扣好，视线自上而下落在她的身上：“也许明年你可以参加。”经过她的身旁时他停下，轻声道，“枝枝，你要努力。”鼓励突如其来。

孟丹枝还未说什么，又听周宴京说：“至于其他，大概你可以在新闻上看见一两个镜头。”

她怀疑他说的其他是指蔺师兄。

虽然是怀疑，但孟丹枝的第六感一向很准。况且前一句还在说展览会的标准不高，后一句就说她今年进不去，实在太绝情了吧？

只需要一个蔺师兄就可以做到。男人嘛，不喜欢比较，也不喜欢自己的身边人经常提别人，她刚刚应该是正好踩在雷点上。

孟丹枝古怪地问：“那你会有镜头吗？”

周宴京略一思索：“有。”

这一类的交流展览会他们不需要全程都待在翻译室里。如果恰好被拍到和重要人物同行，就算翻译官不是主角，也会有镜头。周宴京自然负责最关键的部分。媒体拍摄的重点都放在他要同声传译的人上。

孟丹枝还是第一次看这种交流展览会的新闻，去年因为酒后意外的事，她当时还在家里迷茫着呢。那时候家里人都在为到底是订婚还是就这么当作意外犯愁，最后是周宴京结束任务后回来一锤定音。一晃儿都一年过去了。

孟丹枝眨眨眼睛：“那你好好表现。”

周宴京回头看了她一眼。自然，在他的心里，对这句话并不满意。不过，能有这样的效果，说明已经离他想要的效果不远了。

周宴京到办公室后又很快出来，直接宣布开个早会，粗略安排翻译的人选。早会快结束时，会议室里安静下来。周宴京用眼睛扫了扫众人：“这次中外文化交流展览会的翻译务必做到万无一失。”

其他人点点头。

得益于和周宴京的一番谈话，孟丹枝被激发起了事业心。她真的明年就可以参加展览会？

外婆去世的时候，她快要参加高考，后来没有在宁城多待，非物质文化遗产传承人的身份都没来得及申报。这种官方活动，她自然是不会被选中的。

所以，孟丹枝目前的头等大事就是让宁城那边的官方认定她这个传承人的身份。接下来的三天里，她全都在忙这件事。

陈书音打电话来时，孟丹枝正在官网查认定条件。

“今天你不在店里？”

“我在家里，公寓。”孟丹枝随口回答，“在查资料。”

陈书音刚出门：“什么资料？”

“非遗刺绣传承人的认定条件。”孟丹枝莞尔一笑，“说不定明年你可以在新闻上看见我的镜头。”周宴京的话被她拿过来改改用了。

陈书音一直很认可孟丹枝的刺绣水平，也知道她外婆让她接下的担子，立刻问道：“真的假的？”

陈书音思考了两秒钟：“那我到时候必须带十个八个姐妹兄弟去给那条新闻增加收视率。”

“别瞎贫。”

“真的。那你今天还能出来吗？”

孟丹枝想了想：“两个小时后吧。”

得到肯定的回答，陈书音满意地挂了电话。

孟丹枝的胳膊撑在桌子上，支着半边脸看资料。

看着上面的条条框框很复杂，实则总结下来，不过几个要求——一要技艺精湛，毕竟不熟练当什么传承人？二要有影响力，“传承”二字，顾名思义，就像如今许多手工传承人都算网络红人，也算起到了向众人示范的作用；最重要的一个大概是，需要被推荐上去。

孟丹枝原本打算直接回宁城，但思来想去，还是太早，她拨通了一个电话。

“你好，请问有什么事？”对面是个中年女人的声音。

孟丹枝轻声说："我找骆先生，说我是孟丹枝就好。"

半分钟后，电话那头换了个人。

"枝丫头？"骆老爷子的声音带着笑意，"怎么想起来给我这个糟老头子打电话？"

孟丹枝被他逗笑了："骆爷爷，您哪里是什么老头子？"

她叫骆爷爷，但其实对方的年龄要比孟教授小上十来岁，主要因为他和外婆是朋友，辈分相同。当初骆老爷子还想撮合她和他孙子，他孙子都没见到她，以为是包办婚姻，连夜跑路了。孟丹枝当时琢磨着就算他乐意，她还不乐意呢。

"骆爷爷，我今天找您，还真是有事想问问您。"她直奔主题，"您知道我外婆打算让我当她的传承人，后来我回京市上学，宁城那边就没有继续。"

孟丹枝组织好语言："我最近查资料，见上面说官方的认定条件里需要有人推荐，就想到您了。"

"这个我还真帮不上你的忙。"骆老爷子回答道。

"既然如此，那就算啦。"孟丹枝的心里有点儿失落，但说话还是一如既往地温柔。

"瞧你急的，是不是下一步就要挂电话了？"

"哪有？"

"我帮不上忙，是因为你外婆去世前有向上面推荐过，她比我更有分量，只是没两个月你就回去了，这件事就搁置下来了。"

孟丹枝一愣。她的外婆常年身体不好，在她读高三的时候病情越发严重，直到去世时，她仍然记挂着孟丹枝。孟丹枝只知道她答应当外婆的传承人后，外婆感到很欣慰。但过后的事情，她都不知道。

"这件事她没有跟你说？"骆老爷子品出点儿意思来，叹了口气，"可能是没来得及吧？"

"嗯……"孟丹枝的眼睛酸酸的，声音也低下来。

外婆已经走了好几年，也不知道她快订婚了，对方还是她之前见过的人呢。那时候外婆还夸周宴京一表人才，让他多照顾自己。以后大概是真的会照顾很久了。

虽然这个不能帮忙，但骆老爷子还是说，自己要是去了那边，会催促一下的。不过也要她自己符合其他要求。

孟丹枝答应下来："我知道的。"

(3)

两个小时后，孟丹枝到达商场。这家商场是陈书音最近的最爱，每次打电话十有八九她都在这里，大概率是因为之前那位帅气的工作人员。

她到约会地点时，陈书音还在忙。

"你今天的时间属于我，不能跟我出去？"陈书音对着手机说。

"不可以。"对方回答。

"好吧。"陈书音转头就去接孟丹枝，"快来，我点了奶茶。"

孟丹枝揶揄着问道："你刚刚和谁在说话？"

"就那个身高186的啊！"陈书音挽着孟丹枝进奶茶店，"我本来想像电视剧里一样，买下他的时间，但是没成功。"

"太有原则了，我喜欢。"她笑眯眯地道。

"我记得……你好像说过他的销售业绩很差。"孟丹枝扒拉了一下自己有限的记忆。

"对，一个也没卖出去。"

陈书音想到什么："等你和周宴京订婚那天，我给你们送一份礼物。"

"什么？"

"提前说应该没问题吧？扫地机器人。"

孟丹枝想了想："应该有用。"

但整个公寓的卫生也不是她打扫，之前是李妈每隔两天过来一次，她自己也会收拾一下。周宴京回来了之后，周家那边安排的人每天都有打扫。

"你今天怎么突然想到非遗那件事了？"陈书音问。

"周宴京最近要负责中外文化交流展览会，展览会上有很多像我这样的传统文化传承人。”孟丹枝简单地说了一下，“他说我努力一下，明年可以参加。”

陈书音：“今年不行吗？”

说到这个，孟丹枝决定吐槽一番：“我只不过是提了一下蔺师兄，就感觉他变了。”

“嚯，一看‘周雷锋’就不懂事。”

不过，陈书音转而眨眨眼睛：“吃醋？”

孟丹枝不确定地道：“他会吃我的醋？”

“是从你的嘴里听到的，作为一个男人，从自己未来的老婆嘴里听到另一个男人——蔺师兄是一个好看的男人吧？”

“当然。”

“周宴京夸别的女人，你高兴？”陈书音“啧”了一声，“我记得，以前有人叫他哥哥，你都不高兴。”

这件事发生得很早。好友聪明是聪明，好像在自己的爱情上面不开窍。

奶茶店里人不少，好几个人过来要联系方式。陈书音不耐烦地把人赶走，看见玻璃橱窗外的人：“哎，你看，那个人是不是姓陈的？”能让她这么说的只有一家人。

孟丹枝的视线移过去，陈若烟和同学走在一起，说说笑笑的，当即说道：“不想看见她。”

但对方一转头正好进了这家店。

看见她们，陈若烟的眼神一闪，直接丢下同学走过来，叫道：“姐……”

“打住。”陈书音无语地道。

孟丹枝微微一笑：“你谁啊？”

陈若烟仿佛毫不在意对方的态度，重新开口：“听说枝枝姐快要订婚了，恭喜。”

“……”“枝枝姐”这三个字，孟丹枝听着都想改名了。

陈书音也起了一身的鸡皮疙瘩，搓了搓胳膊。

孟丹枝今天穿了一件浅紫色的旗袍，优雅随意，倚在奶茶店的吧台上，特别像一道风景线。陈若烟都能看见周围聚拢过来的目光。

“那位周先生我也见过，和姐姐很配。”陈若烟说。

周先生？周宴京？孟丹枝的动作停顿了一下，目光悠悠地看着她。这句话听着像没什么问题，可大家都是千年的狐狸，还玩什么聊斋呢？她抬手撩了下头发，手上的戒指格外显眼。上次陈若烟还没见到她的手上有戒指。

“这句话倒有点儿像人说的了。”陈书音评价道。

“……”陈若烟气得瞪了陈书音一眼。

两个人同姓，陈书音却看不惯她，而且她们家的名声也不怎么样，这都是私下里公认的。

“妈妈很想你——”陈若烟的话没说完就被打断。

孟丹枝斜斜地倚在木质的吧台上，疑惑得恰到好处又显得很温柔：“你对你的亲生母亲也这么亲近吗？”她垂眼，又轻轻抬起一点儿。

被点明的一刹那，陈若烟的脸肉眼可见地羞红了。奶茶店里早有人注意这里。孟丹枝懒得再和她说话，转头说道：“音音，我们走吧。”

“好的。”

等两个人离开后，陈若烟的同学才走过来：“刚刚那个……是你继姐吗？长得好漂亮。”

陈若烟：“是啊，可是漂亮有什么用？”

离开商场，孟丹枝的表情淡淡的。

陈书音吸了口奶茶。

“不要为这种人生气，再说，你妈什么性格你还不知道？就是个心软的，说两句就信了。”

孟丹枝最烦的就是这个。如果真是铁石心肠，那她就当没有这个母亲，可她不是。

“不过，她真见过周宴京啊？确定不是看的新闻？”陈书音怀疑地问，“说得像真的一样。”

孟丹枝不知道。上次周宴京和她的母亲见面，说的是订婚的事，她记得周宴京回来后还带了一对手表。陈若烟是怎么见到他的？两家没交集，而且周宴京平时算是朝九晚五，仅有的空闲时间都安排在晚上，大多还是和她亲密交流。

孟丹枝说 :“问问他就知道了。”

陈书音点头，以为她要打电话或者发微信。等走出去十来步后，她察觉出一点儿不对劲来 :“你不打电话问？晚上回去问？”

孟丹枝摇头 :“他工作的地方离这边不远。”现在距离周宴京下班也就十来分钟。

陈书音差点儿被芋圆呛住，咳嗽两声 :“那你去吧，我还有聚会呢，先走了。”她可不想耽误两个人的约会。

孟丹枝是自己走着去的，走到周宴京的公司门口，刚好是下班时间。

不少人从里面出来，路过她都回头多看两眼。

她给周宴京发消息 : 我在楼下。想了想，又重新补充 : 你这里的楼下。

周宴京收到消息时，原本和蒋冬说的话戛然而止 :“下班了，明天再说。”

蒋冬 :“？”然后他就见周宴京离开了。

等等，他的车还没开出来呢！

蒋冬火急火燎地赶到外面，发现了不远处的孟丹枝，旁边人撞了一下他的手肘 :“是女朋友吗？”

“还带着奶茶过来犒劳。”

“我听人说，她在这儿站一下午了。”

蒋冬有点儿懵 : 一下午？真的假的？他深思熟虑后说 :“是未来的老婆。”

还不知道自己已经成为议论中心的孟丹枝一见到周宴京，就想到陈若烟的话。一见到他，孟丹枝就把奶茶往他的手上一塞。拿这么久，都累了。她直接问道 :“你什么时候见陈若烟的？为什么我不知道这件事？你都不跟我说，是不是有什么秘密？”

周宴京接过奶茶杯，是空的！

他的视线瞥过她手上戴着的戒指，抬眸 :“和你妈妈见面那晚，她一开始也在。”

孟丹枝不知道是为“她也在”生气，还是生气他之前不说，反正先问道：“那你为什么不跟我说？”

周宴京叫她：“枝枝。”

旁边的同事路过，向他问好。

等对方走后，他才回答：“那天晚上你喝了酒，醉了。”

孟丹枝想起来，立刻又想到第二天他调侃的“新婚”一事。

“你确定让我帮你回忆吗？”周宴京停顿了一下，“在我上班的地方？”

她看到又有人朝这边走来，远远地就热情地叫：“宴京。”

“不准在这里。”孟丹枝抓住周宴京的手，小声说，“我们回去再说吧。”

孟丹枝实在没想到都下班了，还不停地有同事——应该是同事，和周宴京打招呼。他好像人缘很好的样子。而且每次有人打招呼，都还会看她。

孟丹枝只能微微一笑，表示礼貌，在外人面前，她还是十分有礼貌的。

孟丹枝抓着周宴京的手往外走，蒋冬看见，心说自己还要不要把车开出来？就见周宴京看他一眼。他意会，没有跟上去。周围很多人和他一样，看着两个人渐渐离开大楼。

“小两口的感情真好。”

“真没想到，原来宴京的女朋友这么漂亮。”

“他看起来这么严厉，对女朋友很温柔嘛，女朋友喝过的奶茶他都不介意。”

蒋冬默默地听着。他总觉得这些对话只有第二句是真的。

周宴京被孟丹枝拉着走，路过垃圾桶时，顺手把奶茶杯扔进去，发出不小的动静。

孟丹枝回头：“你干什么？”

周宴京说：“你的奶茶早喝完了。”

是吗，没了？孟丹枝自己都没注意，她来的路上一口接一口地喝，到门口也没看还有没有。那她岂不是把空杯子拿了一路，还塞给周宴京？突如其来的尴尬，孟丹枝想撩头发，这才发现自己还抓着周宴京的手。

她缩回手：“你刚刚怎么不提醒我？”

周宴京的下巴轻抬："和朋友逛街了？"

"和音音。"孟丹枝点点头，又想起正事，"不要转移话题，跟我说到底怎么回事。"

她今天这副样子还是头一次。

周宴京笑了一下："边吃边说。"

孟丹枝没反对。

因为是走路来的，而且对这边也不熟悉，所以孟丹枝就跟着周宴京走，进了一家餐厅，这家餐厅的客人少，小包间里十分清静。

"苏姨大概也是被蒙在鼓里的。"周宴京主动开口，"我没有让她参与。"他简单地解释了一下当时的情况。

孟丹枝还不知道能有这么离谱的事，比她一开始想的还过分，见未来的女婿还能和继女一起？不管是有意还是无意的，事实就是那样。

虽然周宴京的做法让她很开心，可想到与她血缘相连的另外一个人的说法，她还是心中一顿。连周宴京都知道维护她。

"照你妈妈的意思，她不希望我告诉你。"周宴京喝了口茶，说得轻描淡写。

孟丹枝："你现在说了。"

周宴京放下杯子："我又没答应。"

"……"孟丹枝摇摇头，"不想说她了。"

周宴京开口，语气轻柔却十分慎重："你们不可能永远如此，总有一天要面对的。我不好评价长辈，但确实，苏姨这一回的眼光不行。"

"眼光不行就已经是大问题了。"孟丹枝说道。

周宴京不置可否。

苏文心和孟丹枝的矛盾不是简单的你道歉，我接受就可以解决的。

从前还有她外婆在其中做润滑剂，而今中间人已经去世，便更加难以转圜。

"那就不要想了。"周宴京说。

孟丹枝怎么可能不想？尤其是今天陈若烟说的话，不知道的还以为她和周宴京见面说了什么。

“宴京哥。”孟丹枝叫他，盯着他，“你不准和陈若烟说话，我不喜欢她。”她的要求来得很突然。

周宴京弯唇：“我和她不会有交集。”唯一可能有交集的原因是孟丹枝。

孟丹枝很满意这个答案，又想起今天他的同事们：“他们应该不会瞎说什么吧？”

“瞎说什么？”周宴京反问。

“就是……”孟丹枝卡住，有点儿不好意思，“早知道等你晚上回来再问你了。”

上回他去学校而已，学校就在传他们的绯闻。她今天临走时还拉着他，岂不是会闹得满城风雨？

周宴京好整以暇地道：“他们不会多嘴，大家都很忙。”

至于私底下怎么议论，他一个上司管不到。当然，这句话没必要告诉她。不过，她今天出现，倒是令他感到很意外。

吃完饭后，孟丹枝开始想怎么回去。

打车？她还没把这两个字说出口，就看见周宴京的车和蒋冬都在外面等着。

孟丹枝小声问道：“他不用下班的？”

周宴京想了想：“应该要。”又补充道，“他自己过来的。”

听得一清二楚的蒋冬：“？”

孟丹枝被周宴京一本正经的话逗笑了，这下蒋冬觉得自己这口锅背一背也无所谓。

回到公寓后，孟丹枝就已经将今天的糟心事甩到脑后，她今天刚打印的资料还放在桌子上。

周宴京瞥见，伸手拿过来看了一眼。

“看什么呀？”孟丹枝问他，“不相信？”

“没有。”

“不知道要多久。”孟丹枝开始担忧自己的事业，“我要先向其他人学习，经营一下。”之前说宣传旗袍店，用自己的微博账号，耽搁到现在，大概现在可以真正启动了。

“至少需要有作品。”周宴京提醒道。

“当然。”孟丹枝闲暇时绣过不少东西，只是东一下西一下，都是自己喜欢的花样。她接下来的作品得考虑其他因素了。

她剩下的话被眼前的画面打断，男人将西装搭在椅子上，单手松了松领带，解开衬衣的扣子。有点儿性感。别的不说，这个男人是真的帅。

孟丹枝记得陈书音第一次见到周宴京后，足足惊讶了三天。

“你竟然有这么帅的哥哥？”

“这怎么不是我的哥哥？”

“你的哥哥为什么和你不是一个姓？”

后来见到孟照青时，陈书音思索半天：“我喜欢你这个哥哥，看起来很温柔。”

孟丹枝记得自己当时说：“宴京哥哥也很温柔。”

陈书音回答道：“是吗？”

时至今日，孟丹枝都不知道自己当初为什么会觉得周宴京温柔——她是不是被蒙蔽了双眼？

孟丹枝看得入神，周宴京挑眉：“怎么了？”

她回过神，随手一指：“我绣的比你这个好看多了。”

周宴京低头看手中的领带，在领带的尾巴尖处有品牌的刺绣，不过指甲盖大小。

“是吗？”

“是呀。”

孟丹枝笑起来，脚步自信、轻盈地回了房间。周宴京看着她离开时姣好的背影，随手将领带搭在西装上，视线一掠而过。

大约半个小时后，周宴京处理完一些琐事回房间。

孟丹枝刚洗完澡，他上下打量她，回来这么久，他还是第一次看见她穿这件睡衣，十分保守，就连锁骨都没露出来。图案还是可爱的，和她平时的穿衣风格实在有很大区别。最大的破绽大概是小腿露在外面。

见周宴京看过来，孟丹枝随口说："音音送给我的。"

周宴京将"音音"和陈书音对上号，之前孟丹枝喝醉了，还称她是伴娘，他的眉头一皱，很快恢复原样："嗯。"

孟丹枝卸了妆，唇色没那么红，看起来乖乖的。周宴京再次抬眸时，面前的人有些不一样。这件睡衣原本是长款的，直筒的款式，但她不知道从哪儿找来一根珍珠腰链，系了上去。这样就显得腰肢纤细，美感顿起。

周宴京觉得这样比较赏心悦目，不由得多看了两眼。

孟丹枝催促周宴京去洗漱，然后和陈书音聊天。她把周宴京当时让陈若烟离开的话重复一遍，还学着他的表情："他好绝情，但我喜欢他那么做。"

陈书音伸手："NO，这不叫绝情，这叫对别人无情。"对待"绿茶"，就要这样无情。

"其实，我现在觉得你和年纪比你大的人在一起，是不错的。"陈书音认真地开口，"阅历比你丰富得多。"

有周宴京在，孟丹枝几乎不需要考虑什么。就连她难以处理的家庭关系，周宴京也会帮她。

陈书音对周宴京的印象一下子改善不少："宝贝，他这样，你就没有一点儿表示吗？"

"奖励什么比较好？"孟丹枝问。

"……"这会儿陈书音开始好奇，周宴京到底喜欢不喜欢她了。他们在一起的契机，不就是那场意外吗？

陈书音问："他平时和你在一起，最喜欢什么？"

孟丹枝听见浴室里停下来的水声，猜他大概要出来了，便放轻声音："这你还要问吗？"

"……我懂了。"

陈书音大义凛然地道："枝枝，你主动一点儿？"

话音刚落，浴室门打开。

孟丹枝三言两语挂了电话。周宴京刚一抬眼，就看见她盯着自己看，一对视，她便对他笑起来，必然是有鬼。

孟丹枝从未主动过。在床第之欢上，她一向比较羞涩。陈书音的暗示，她听懂了。上床后，孟丹枝靠过去，声音十分温柔："宴京哥哥，你的生日是不是快到了？"

周宴京好心地提醒："还有两个月。"

孟丹枝蹙眉，这么晚吗？好像是这样的。

"那你有没有想要的礼物？"孟丹枝不管，反正这个借口比较正常。如果真说是谢谢他之前的做法，她会感到很别扭。其实她是一个好面子的人。

"不急。"周宴京嗅到她身上的香味，顺势关了灯。

"干吗？"孟丹枝的眼前一黑，骤然陷入黑暗，什么都看不见，只有身边的人是最真实的。

周宴京却行动自如，准确地亲了下来。

孟丹枝的身体一下子就软下来了。不知道是不是错觉，她感觉他比平时强势。

窗外十分宁静，风清月朗。

孟丹枝从头到尾被周宴京带着走，享受之余又羞赧，微微咬着唇瓣，诱惑十足。

次日清晨，孟丹枝感觉自己像跑了八百米一样。她下床时差点儿坐回床上，缓了几分钟，才去洗漱。

镜子里的人神色潋滟，一颦一笑风情自现。孟丹枝掀开领口，肆无忌惮的草莓印就搁在锁骨下，从外面看一点儿也看不出来。

人面兽心！

出来时，看周宴京跟没事人一样坐在那里看新闻，她就腹诽，为什么男人总是神清气爽的？两个人互相对视一眼，平静地吃早餐。

桌上放着一束鲜花，大约是清晨送来的，还沾着露水。

孟丹枝喝了两口粥，抬头看到周宴京用修长的手指弹了弹花瓣，花瓣抖了抖。她的代入感十分强烈，联想到自己昨晚就是这朵娇花。关键是一夜过去，她也没想到该给他送什么礼物。

“娇花”本人的注视十分明显，周宴京忽视不了，慢条斯理地道：“今天晚上，你把时间空出来。”

今晚？孟丹枝警惕地看着他，思来想去，率先堵住可能发生的事：“今晚我要回家住。”

周宴京的眼神从她的手上跳过，昨天她又戴了订婚戒指，今天手指上倒是空落落的。

“今晚要去我家。”

孟丹枝“哦”了一声，后知后觉地问道：“见家长吗？”

周宴京回来后，他们还没有一起去过他家，就连订婚的事，都是爷爷和哥哥去商谈的。作为当事人之一，的确要露面。

“确定订婚宴的细节。”周宴京起身从餐桌上离开，声音低沉，“晚上我去接你。”

孟丹枝点点头。她是真的要和周宴京订婚了啊，以后还会结婚。最令她自己感到难以置信的是，她竟然不排斥，甚至有一点儿紧张。

“还回家住吗？”周宴京的眼角眉梢染上一丝笑意。

孟丹枝摇摇头。

周宴京又问：“枝枝，你刚刚是不是想歪了？”

“没有。”她才不会承认。

周宴京问道：“是吗？”

明明只有两个字，孟丹枝总能听出点儿某种颜色的味道。

“……”

大清早讨论这个是不是不太好？

她看了一眼挂在墙上的钟表，九点十分，他九点半上班。不用想，蒋冬肯定等在楼下，孟丹枝放下心来，应该没那个时间做什么不可描述的事。

第5章
CHAPTER 5

感情生活——已订婚

(1)

正如孟丹枝所想，五分钟后，周宴京下楼。她走到窗边，就看见司机等在楼下，一旦进入别人的视线，他就和平时有很大的区别。

孟丹枝又振作起来，自己也要努力才行。她三两口喝完粥，又将电话打给周景："你之前那个模特找得怎么样了？"

周景正在教室，小声说："见面详谈。"

孟丹枝说："我今晚要去周家，你要是在，那就刚好说说，不在的话就明天说吧。"她今天打算把自己以前的绣品找出来。

"应该去吧。"周景也不确定，"你去干吗？"

"到时候你就知道了。"

周景正要再问，讲台上的老师已经往这边看了好几回，马上就要上课了，打电话还是不妙。

孟丹枝回浴室洗漱时，昨天的衣服还在洗衣篓里。她把自己的裙子拿出来，打算自己随手洗了，一打眼看见底下的领带。虽然男人的衣服看起来差不多，但她还是认出来，这条就是昨天他戴的那条领带。

她放下裙子，直接把领带拿过来。领带最下方的品牌刺绣在她的眼里就像线条，孟丹枝用拇指摸了摸——要不，给周宴京的领带绣点儿东西。

她坐回床上，这算礼物吗？他万一不喜欢呢？

孟丹枝又想，不管喜不喜欢，反正她绣过的领带，他必须得戴，不能告诉她难看。要是觉得丑，就出门后再取下来。

还未到正式上班时间，大家都比较随意。

“昨天谁说那个女生等一下午的，胡说八道，都不求证，就几分钟的时间而已。”

“不记得是谁了。”

“哎，宴京不是才回国半个月吗？就有女朋友了？”

一个女翻译路过，比他们猜得更准：“看两个人的相处就知道，肯定不是相亲认识的了，应该是很早以前就谈的吧。”

看清孟丹枝的脸的人是少数，但她一袭旗袍实在令人印象深刻。

原本今年刚入职的有女生，虽然周宴京平时很严厉，但那是对公事。谁能想到，她们还没近水楼台先得月，月已经被人揽下。

“我昨天看见两个人牵手，啧啧啧。”有人压低声音，“真没想到。”果然化为绕指柔，也不是不可能的。他昨天刻意去打招呼，还和孟丹枝对视了一下：“那个女孩一看家教就很好，气质出众。两个人站在一起，真是郎才女貌。”

“别说了，人来了。”

几个人飞快地回到自己的座位上。

下午，孟丹枝去买过礼物之后回了校。

今天本来有课，但后来被取消了。孟丹枝只好又转道去旗袍店，她大学几年绣的小东西大多在旗袍店里堆着。

许杏正坐在店里看电视剧：“老板，你要找什么？”

“我以前的东西。”孟丹枝翻出来一个木箱，这个箱子还是从外婆那儿带回来的。最近一个月太忙，她都没打开过箱子。最上面的都是些巴掌大小的绣品，孟丹枝没仔细看，待翻到下方那些稍微大点儿的，许杏凑了过来：“怎么还有花开富贵？”她的脸色十分古怪，实在觉得这些和风情万种的孟丹枝不搭。

“随便绣的。”孟丹枝丝毫不在意，看见两幅自己当初拿来展示刺绣技巧的作品，才露出一个浅浅的笑容。

“你看这个《鹤》怎么样？”刺绣上面是几只丹顶鹤在水边，每只丹顶鹤的动作、形态都不一样，有种惬意悠然的意境。

许杏惊叹道：“很像一幅知名的画。”她虽然经常见到孟丹枝在店里做刺绣，但其实她很礼貌，只是偶尔凑过去看，以免影响对方工作。

“好看的，让我拍个照。”许杏一边拍，一边说，“现在经常刷到一些类似的视频，要是老板你也这么做，早就走出国门了。”

这和孟丹枝的规划差不多。她把东西放下来，忽然想到什么：“你觉得，男生喜欢什么样的刺绣？”

许杏：“啊？男的？”她对上孟丹枝漂亮、晶莹的眼睛，确定自家老板不是在开玩笑，才思索半天。

“绣喜欢的篮球明星？”

孟丹枝皱眉，她没见过周宴京看什么篮球比赛。

许杏摊手：“这个你问我，我真是不知道，要不然就花草一类的普通东西。”

孟丹枝摆手：“我知道了。”

她坐在店里观摩了一下和她类似的非物质文化遗产传承人的视频，很多非物质文化遗产传承人在社交软件上都很火，被官方承认。她对自己未来的定位有了认知。

孟丹枝之前只觉得自己的手一辈子不丢针，那就是不辜负外婆的期望。如今她觉得，这种想法太狭隘。外婆一辈子教过的人无数，最后却把衣钵传给她，还为她铺路，她到现在才知道。

孟丹枝环顾“惊枝”。作为一个旗袍店，空间不小不大，刚刚好。但如果放置一些大的绣品，地方就有点儿小了，除非更改本店的定位。

她如今大四，可以挥霍的时间并不多了。

第一次尝试，孟丹枝花了两个小时。一开始是将手机放在那边，拍她的刺绣过程，但很快她就发现，离得太远，画面不够清晰。设备要高级一点儿才可以。

孟丹枝头一回如此雷厉风行，又是买相机，又是忙别的，忙到快五点钟，她猛地想起一件很重要的事。周宴京说要来接她。他这时候应该下班了。

“老板，怎么了？”许杏正蹲在那儿看手机上今天下午拍摄后不满意但还没删除的视频。刺绣好看，但她是俗人，更喜欢看老板的手。

果不其然，两分钟后，孟丹枝收到某人发来的微信：“在学校？”

她回答道：“店里。”

这才刚开始，孟丹枝就紧张起来。

周家对以前的她而言，就像是另外一个家。她家除了她和李妈，剩下两个都是男人。周家的女性很少，也不知道怎么回事。孟丹枝明明有很多选择，她那时却喜欢跟着周宴京。其实口头上订婚后，她也不是没有去过周家，但这回，一想到是去商谈自己的订婚宴……孟丹枝摸摸胸口，要冷静。

因为车进不来巷子，就只能停在巷口。不仅如此，孟丹枝还要周宴京小心一点儿，不要被人发现。明明是正经的未婚夫妻，周宴京感觉这会儿像在接头，他哂笑着发微信：“出来吧。”

孟丹枝交代许杏可以提前关门，但许杏觉得自己在宿舍还不如在店里舒服。

孟丹枝拎着几个袋子出了门。今天是周宴京自己开的车，孟丹枝想了想，把东西放在后面，自己坐在了副驾驶的位置。

“接你还要学会隐藏。”周宴京提醒。

“是你自己要来接的。”孟丹枝的下巴一扬，“我拒绝你，显得我很绝情的样子。”她如此傲娇，却很可爱。

“今天有哪些人啊？”她打听。

“你有不喜欢的人？”周宴京问。

当着周家人的面，怎么方便说这个！孟丹枝大义凛然地摇头：“宴京哥，你把我想成什么人了？”

“安全带。”周宴京看她。

“哦。”

孟丹枝乖乖地系好安全带，听见他说：“没多少人，只是一起吃个饭，叔伯他们只有一两家人过来。”

那周景应该是能来了。

显然今天孟家这边只有她来，是因为大事两家都已对接过，她只要说一些她喜欢的小细节就可以。名副其实的甩手掌柜。

去周家的路上，周景果然发来消息：“枝枝姐，我死缠烂打，终于让我妈带我一起来了。你快点儿！”

他顺手发来一张截图。大概是周宴京的父母在家族群里说了这件事儿，底下几个和她同辈的都冒泡发消息。

我也要去！

你去什么？多一张嘴吃饭。都多大了，连男朋友都没有，等订婚宴那天你再去也不迟。

…………

这是周宴京二叔的女儿，比她小两岁。孟丹枝觉得好笑。

几十分钟后，车子到了周家。孟丹枝下车后，礼物袋就被周宴京接了过去，他见她时不时地发呆：“看路。”

“我看路了。”说是说，她还是抓住周宴京的手臂。

孟丹枝今天特意选的古法无省旗袍，以玉石做盘扣，姜黄色，偏淡，这种平裁不像之前她穿的那些很突出身材曲线。现在的她看起来就像民国的大家闺秀。

门口早有人等着，见到他们来，笑着问好，顺便把礼物接过去：“人都在里面。”

孟丹枝挺起胸，周宴京看得清楚。

两个人一起进去，客厅里坐了很多人，周老爷子、周宴京的父母，还有周宴京二叔一家……

孟丹枝顺着一溜叫人，她在长辈面前最乖巧不过，才没有那些私底下的小脾气。

“快过来坐。”周母朝她招手。两家交往多年，她几乎是把孟丹枝当女儿的，都做好以后嫁女儿的准备了，谁想到有一天，要嫁来自己家了。她反正是很高兴。儿子哪有女儿来得贴心？尤其是周宴京早熟，做不来撒娇那套，她看二叔家有个女儿，平时就很羡慕。

“周姨。”孟丹枝抿着嘴笑。她的心跳很快，但面上一副镇定的样子。

“枝枝姐。”周令仪凑过来，“你们结婚的时候，一定要选我有空的时候。”

孟丹枝：“还早……”都还没订婚，就想着要结婚。虽然她今天早上好像也想到这两个字。

周令仪压低声音问道：“你和我哥什么时候谈的啊？我都不知道。”她想到了什么不该想的，“该不会是我哥威胁你的吧？”

“周令仪。”周宴京面无表情地叫她的名字，“你已经二十岁了，说话过过脑子。”

周令仪“哦”了一声，说道：“对不起，我瞎说的。”

孟丹枝不好意思跟别人说他们是意外导致的：“就……我以前也和他的关系很好啊，水到渠成。”她还“嗯”了一声，以示真诚。

周宴京只看她，也不戳破。

周令仪点点头：“那倒真是。”她和孟丹枝差两岁，记忆中，周宴京和她比跟自己这个堂妹的关系还要好。

好在菜已经准备好，大家就一起去餐厅。不用被别人追问，孟丹枝长舒一口气，她也觉得有点儿奇怪，周宴京没和其他人说他们的事吗？也是觉得不好意思？他也会不好意思吗？没见过。

孟丹枝想得多，回过神，听见周景在那儿慷慨激昂地道：“上个月，哥回母校，和枝枝姐还同台了。”

这下吸引了大家的注意力。

周景用他的三寸不烂之舌详细地描述了周宴京给孟丹枝发奖状、戴奖牌的场景。

“……”

孟丹枝在桌子底下扯扯周宴京的衣服，给他递个眼神：能不能让你堂弟不要说了？周宴京挑眉。他没说话，但她懂这个眼神的意思：你不是一向和他的关系更好？落在别人的眼里，就是未婚夫妻间的甜蜜小动作。

“枝枝。”周母忽然叫她，笑眯眯地问道，“你们学校今年是不是刚推出了夫妻宿舍？”就跟他们那会儿单位分房差不多，培养感情再合适不过。

周宴京看向孟丹枝，也意外，B 大现在还有这种规定？他毕业多年，就算才回过母校，但校领导们也不可能和他说这样的新规定。

“有。”孟丹枝下意识地回答。

她怀疑周姨下一句可能要说什么。果然——

“那刚刚好啊，在学校里面，你上学方便，离宴京上班的地方也不远，订婚后还能一起逛校园。”

“……”孟丹枝连忙开口打消她的念头，“周姨，那要真结婚的夫妻才行。”

周母试探着问道：“那要不你们先领证？”

先领证？孟丹枝不知道事情怎么发展得如此迅速，连忙说：“学校规定本科生不能住。”

“这样啊！”周母觉得很失望，其他人也很失望。

大约是这个话题太敏感，周老爷子笑着说：“先吃饭。”

“之前网上传的，我还以为没几个学校弄，原来 B 大也搞了。”周令仪感慨道。

“好像是硕士和博士才可以。”周景也没怎么关注，反正出什么新规定，都和他一个大二学生无关，他看过一眼也就忘了，“不过哥和枝枝姐现在也没区别啊！”

他的这句话令桌上的气氛突然回转。

孟丹枝和周宴京现在住一间公寓的事不是秘密，只是因为她还是学生，他们也摸不准她是不是回宿舍住。

小两口的事拿到明面上来说多尴尬。孟丹枝的耳朵都红了。

周宴京开口询问：“订婚宴有准备请帖吗？”

话题再次被转移，周母说：“有准备呢，你爷爷亲手写的，不过其实来的都是家里人，不给也行。”

“还是给吧。”周宴京说。

“听你的。”

周老爷子看向孟丹枝，温和地道：“你要是有想请的人，可以和我说。”

孟丹枝点点头：“嗯。”她不打算请好友来参加订婚宴，最多来一个陈书音。

一顿饭因为说这些事，比平时多用了十几分钟。

趁大人们去客厅聊天，孟丹枝碰了碰周宴京：“我还以为今晚爷爷和我哥也在。”继而又问，“阿姨怎么知道夫妻宿舍的事？”

因为离得不远，周宴京的声音放低：“大概是看新闻知道的。”

孟丹枝问：“那我们什么时候回去？”虽然很喜欢周家，也来过很多次，但换个身份，又被这么多人盯着，她觉得好不自在。

周宴京垂眸看她：“想回去了？”

孟丹枝点点头，又摇摇头：“也不是。”

她别扭的样子很少见，周宴京微微一笑：“你去楼上，我妈刚刚说想和你聊一会儿。”

“……”现在的周母不单纯是周姨，还是她未来的婆婆。

周宴京拍了拍她的头：“又不会吃了你。”

孟丹枝还没从这边走出去，就听周母在外面叫她：“枝枝呢？和宴京说悄悄话去了？”

“……”还真是在说悄悄话。孟丹枝瞪了周宴京一眼，和周母一起上了楼。

周令仪瞅准机会，挤过来：“哥，你跟我说，你怎么和枝枝姐在一起的？我就闭关了一段时间而已。”

“你是闭关，不是闭塞。”周宴京瞥她一眼，“管这么多做什么？”

“那是我未来的嫂子啊！”周令仪翻了个白眼。她仿佛想起什么，“哦，枝枝姐参加高考的时候，你是不是去宁城了？你那时候都在休假，还不回家！”

周宴京没否认。

周令仪：“所以那时候你就——”

周宴京只回答道："不是。"

周令仪："哦……"想从嘴巴极严的堂哥嘴里套出消息，真是太难了。

周家的二楼有好几间书房。孟丹枝小时候还进来过。她和周母进了最靠近楼梯的一间。

"宴京回来这么久，到现在才叫你过来，没生气吧？"周母随口问。

"怎么会生气？"孟丹枝浅笑。

"去年宴京只是回来休假，所以当时就口头上说了一下，今年总算是定下来了。"周母说完，接着笑了，"你们家里的几个人都是大老爷们儿，肯定不怎么能照顾到女孩家的心思。"

"这几天和他们谈的时候，好多时候注意的点不对。"周母拍拍孟丹枝的肩膀，"你有什么想要的可以和我说，比如什么花呀，你那天穿什么，希望有什么流程，这些我们都可以照你的想法来。"这么好的姑娘，周母还怕她跑了呢。

孟丹枝说："都听你们的就好。"

周母说："那行，你下周只要美美地出场就好了。"她拉着孟丹枝，越看越喜欢。自家儿子别的不说，皮相从小就出挑，不然枝枝小时候怎么从周家的几个男孩里选了他做玩伴。

"好。"孟丹枝弯唇。虽然和亲生母亲的关系不好，但总有人是真正喜欢她的。

下楼时，周景又贼兮兮地找她。

"这个是那个模特的微信，至于报酬呢，我已经付过了，所以你只要拍就行。"

孟丹枝好笑地说道："我还差你那点儿钱？"

"这怎么能一样？"周景灵机一动，"干脆就当我给你和哥的订婚礼物好了。"

他挤眉弄眼地道："枝枝姐，本科生虽然不能住夫妻宿舍，但是可以领证啊！"

"而且结婚证好像加分呢。"末了，他又小声地补充一句。

孟丹枝："……"

周景心满意足地离开。

孟丹枝一回头，发现周宴京站在自己的身后，吓了一跳："你怎么在这儿？"

周宴京："这是我家。"

这话孟丹枝听着耳熟，好像他回国那晚也说过类似的话。也不知道刚才周景的话他听到没有。她偷偷看他淡定的神色，大概是没听见吧。

从周家离开时已经是十点。孟丹枝一点儿困意都没有，一路在想订婚那天是什么样子的，就连安全带都是周宴京给她系的。近在咫尺的一张脸，让她呼吸都放缓了。

周宴京没直接退开，而是和她对视，问道："学校的夫妻宿舍是什么样的？"他的声音很平静，好像在问今天的天气怎么样。

孟丹枝轻声答道："不知道，我也没见过。"

周宴京又问："你现在毕业了，打算继续读研吗？"

孟丹枝最近已经基本确定了自己未来的事业："不打算往上读了，继承外婆的衣钵吧。"她伸手推了推他。周宴京坐回原位。

孟丹枝侧了侧身："宴京哥，你有纯色的领带吗？"

"没有。"

"你今天早上戴的不是吗？"

"你都知道了还问我？"

孟丹枝被他这话气得不行："反正你要给我一条。"

正在等红灯，周宴京偏过脸看了一眼："你要这个做什么？"

"先不告诉你。"孟丹枝故意卖关子。

周宴京却大致能猜到，眉峰轻挑。

深夜这条路上的车不是太多，沉默了一会儿，孟丹枝就靠在椅背上昏昏欲睡。

"枝枝。"

"嗯？"她迷糊着应道。

周宴京说："订婚后回宁城一趟。"

孟丹枝的瞌睡立刻不见了，她盯着他的侧脸半晌，没忍住笑起来：“好。”

应该让外婆知道的。

(2)

因为订婚宴的事，孟丹枝这两天就没有忙其他的，一边等网购的设备送来，一边设计电影剧组定制的旗袍。

订婚当天，她起了个大早。和周宴京一同坐在餐桌前时，她一直看他。

“从刚才到现在，你已经看了我五次。”周宴京不紧不慢地提醒她，“我的脸上有东西？”

“没有。”孟丹枝佯装淡定。

她问：“你今天还去上班吗？”

周宴京说：“请了假。”

那岂不是所有同事都知道他要订婚了？孟丹枝想起那些和他打招呼的人，怀疑自己是不是已经在他们单位那边留下了印象。

“你今天上午好像有课。”周宴京忽然开口。他对她的课程表了如指掌。

“两节课。”孟丹枝说。虽然如此，她一整个上午的心跳都很快。

下课后，许杏好奇地问：“老板，我总感觉你今天心不在焉的。”

“在想中午吃什么。”孟丹枝胡扯。

她打开微信，是哥哥发来的消息。

孟照青：“枝枝，你几点到家？”

孟丹枝：“十点半。”

回复完消息，孟丹枝直接站了起来：“我今天有事，就不去店里了，你自己看着就好。”

许杏一个字还没说，就见孟丹枝风风火火地出了门。

孟丹枝回到家里刚好踩着点：“爷爷，哥——”她剩下的话在看见客厅里的人时戛然而止。

苏文心从沙发上起身，目光紧紧地盯着她，柔声道：“枝枝，你今天很漂亮。”

孟丹枝今天选的是一件白色印花旗袍，斜襟上的盘扣是绿色的，显得她清新淡雅，柔情似水。

“枝枝。”孟教授开口。

孟丹枝扯出一个笑容：“妈。”她不想在今天这样重要的时候闹出什么不愉快的事来。

“一转眼你都订婚了。”苏文心听见孟丹枝的称呼，笑容越发明显，“宴京人不错。”起码从上次的事情来看，他很维护她。

孟丹枝胡乱地“嗯”了一声，又装不经意地看她。她们两个人长得真像，难怪外婆以前经常望着她出神，毕竟母女俩一个在宁城，一个在京市，相隔千里。

孟照青冷眼看着。

孟教授站起来：“走吧，别让周家人等久了。”

订婚宴安排在一个比较古典的餐厅，提前许久才能订到，亭台楼阁古香古色的，中间有一处池塘，可以看见锦鲤。

周宴京等在外面，身形颀长。四目相对，孟丹枝率先移开视线。明明早上才分开，不过几个小时，她就觉得他好像不太一样了，反正她觉得有点儿心慌。心脏就像辽阔的草原上的马儿在奔跑。

周宴京走近，沉声道：“爷爷，苏姨。”他又看向孟丹枝，“枝枝今天很漂亮。”

同样的一句话从苏文心和他的嘴里说出来，给孟丹枝的感觉却截然不同。说就说，还一直看她做什么？

几个人一起进去。

孟家的人来得不多，周家的人倒来得齐，除了叔叔，什么舅舅、姨母的，都来了，全都齐刷刷地看向孟丹枝。她下意识地一顿，肩膀被周宴京从身后扶住，他低沉的声音传来：“害怕？”

孟丹枝否认：“才没有。”她扭头就昂首挺胸，像只天鹅一样走进了厅里。大厅里面被装扮过，桌上还放着一些喜糖，总之，让人一眼就能瞧出是有喜事。

孟丹枝乍一看以为自己是在参加婚礼，还是她自己的。

苏文心粗略地打量，对这些很满意，又见孟丹枝和周宴京落在后面一前一后地进来，笑意更明显。

周母靠近她："是不是很般配？"

"确实。"

"真没想到你我还能成为亲家。"

两个母亲凑在一起说悄悄话。孟丹枝和周宴京坐在一起。

说是他俩的订婚宴，但大多数时候都是长辈们在说话，还闲聊起他们以前的旧事。

"我以前做过这事吗？"孟丹枝桌下伸脚碰他。

周宴京瞥她一眼："做过。"

孟丹枝不承认："我不记得，就是没有。"

周宴京不置可否。

这种宴会注定是不可能一吃到尾的，中途，正事便要开始，由周家二叔谈起。

"别光我们说，还要看宴京和枝枝呢。"

"之前说订婚戒指是枝枝设计的。"苏文心适时引出话题，"怎么今天没戴？"

周宴京的唇角微弯，拿出戒指盒。

孟丹枝还没反应过来，手就被执起，他的手微凉，令人很舒服的体温，肌肤相触的部分酥酥麻麻。等她反应过来，手指已经被套入戒指。

"枝枝，到你了。"周宴京开口。

她不会，没关系，他可以教她。周宴京主动伸出手。

孟丹枝的心跳漏了一拍。她不是第一次和周宴京牵手，这次却和以往的每一次都不一样，他耐心地等着她的动作。孟丹枝给他戴上戒指，盯着戴好戒指的手看了几秒钟，轻轻弯唇。自己设计的戒指真好看。早知道之前就让他戴着试试。难道他一直在等今天？

周宴京的手指在她的手背上刮了一下，像是不经意，又像是一个饵，有自己的意图。

两个人的手如今正交叠着，大小明显。任谁一眼看到，都能认出这俩人是一对——他们现在是真正的未婚夫妻了。

众人的视线移开，周宴京却忽然开口："枝枝。"

"嗯？"孟丹枝正吃东西，"干吗？"

他说："你刚才脸红了。"

孟丹枝觉得他的目光比这句话更直接，尤其是当着这么多人的面，太过明目张胆。她摸了摸脸："才没有。"接着胡说八道，"你也是。"

周宴京笑了一下，显然他不可能。

孟丹枝"哼"了一声，却又不由自主地看了他几眼，想抓住他的一点儿破绽，但每次都被他抓个正着。以前怎么没发现周宴京是这样的。

周围的长辈们早就察觉到这边的动静，纷纷互相对视着，笑起来："看来，再过不久就要商量婚期了。"

婚期？这就要商量婚期了？孟丹枝有些迷茫，不小心碰倒了杯子，发出清脆的声响。

大人们相视而笑："瞧这孩子激动的。择日不如撞日，不如就今天商量一下吧。"

孟丹枝震惊得打磕巴："这……这么快？"她看向周宴京。

耳边传来其他人的声音："我最近参加过婚礼，听说好的酒店都要提前一年才能订呢。"

"现在必须开始准备了。"

显然大人们对这些事了如指掌。他们互相交流自己参加过的婚礼，很快就达成共识："想要订好的酒店，必须提前一年订。"

最好的例子就是周母说的："我有一个老同学，前天参加婚礼时碰见的，她女儿结婚就因为酒店今年没空，不得不订了明年的，连婚期都推迟了。"

苏文心惊讶地道："这么难啊！"她看向孟丹枝，"好像确实需要早点儿商议。"

孟照青看了她一眼："妈。"

苏文心一愣，瞥见儿子的脸，被他叫得冷静下来，没再说话，她现在是不可能做得了主的，也没有资格。

周母仿佛没发现他们的暗潮涌动，笑着说："哎，也不一定，不过未雨绸缪总是好的。"

孟丹枝露出一个尴尬而不失礼貌的微笑。上次那个领证的讨论已经足以令她感到惊慌，这回更是直接商讨婚期，她感到有些不知所措。明明才订婚啊！

周宴京适时地开口："妈，这件事稍后再说。"

当事人之一发话，大人们也不好光明正大地继续讨论。

孟丹枝偷偷松了口气，为了表感谢，给他夹了块儿肉——是她平时喜欢吃的呢。

她的手机振动了两下。

孟照青："不用想太多。"

孟照青："如果不想，可以拒绝。"

哥哥的安慰让孟丹枝的心中轻松不少。其实不是想不想的事，只是这个速度也太快了，才订婚就要讨论结婚。她还没做好准备。在孟丹枝的心里，她和周宴京还没到这个程度。虽然有想过，未来是和他在一起的。她瞄着周宴京。

周宴京捏着酒杯，手指修长，只要稍微一动，戒指就在头顶灯光的照耀下发出夺目的光芒。孟丹枝放在腿上的手动了动，原本习惯了空荡荡的手指戴上戒指后，做什么都会感觉明显。

周宴京对这些好像一点儿陌生感都没有，和平时一样。

从订婚宴回去时已经接近下午三点。孟丹枝原本打算回学校的，可是大人们都笑眯眯地看着两个人，给他们定好了约会的基调。

可以在回学校路上的车里约会吗？她想。

"去看电影？"周宴京低头问。

"可以。"孟丹枝很少去电影院，因为平时投影仪已经够用。

看着他们走远，周家人又依次离开，孟教授才转头："今天麻烦你了。"

苏文心的脸一下子红了，不是害羞，而是被这么说的羞耻及难堪："我……这是我应该做的。"

孟丹枝是她的女儿，她来参加女儿的订婚宴天经地义。现在却被人感谢，搞得她像外人一般。

孟教授笑了笑："好了，他们去玩了，你也早点儿回去吧，免得那边误会你。"

苏文心看向孟照青。孟照青只是说："爷爷说得有道理。"

…………

两个人走进最近的影城。今天是工作日，但人并不少，大约是因为这家商场才开业不久。孟丹枝凑到他的面前看时间："还有十分钟。"

周宴京问："有和别人来看过电影吗？"

"你不是人？"孟丹枝调侃，"我可是老板，哪有时间出来看电影？都在家里看。"

周宴京轻笑。

"吃不吃东西？"周宴京问，"甜的。"

孟丹枝："吃。"她对甜食还是喜欢的，"但是吃多了容易胖。"

电影是她选的，一部文艺片。

两个人的手碰到。孟丹枝像被针扎了一样，飞快地缩回去。再伸手时，男人似乎已经等候多时。她的手被握住，其实她的个子在同龄人之中并不矮，但在他的面前，什么都显得小。他轻而易举地就将她的手裹住。

黑暗之中，孟丹枝的心怦怦直跳，能清楚地感觉到他的体温和戒指的碰触。周宴京的指腹上下摩挲两次。她像一瓶才开罐的蜂蜜，在引诱寻食的野熊。

看完电影，吃过晚饭，回到家里已经接近八点钟。外面天刚刚黑透，孟丹枝的心情很好，走在前面去开门："下次还是在家里用投影仪看吧。"周宴京走在她的后面。

孟丹枝的第一件事就是卸妆，素面朝天之后，有一种脱了一双磨脚的高跟鞋的轻盈感。自己今天真好看！她在那儿自拍起来。

许杏打来电话："老板，今天店里卖了两件旗袍，顾客没见到你，还很失望呢。"

"枝枝。"周宴京忽然进来。

“宴京哥。”孟丹枝捂住手机，做出噤声的手势。

“我怎么听到了男人的声音？”许杏狐疑着问道，又兴奋起来：“老板，是你男朋友吗？”

孟丹枝说：“小孩子不要管那么多，晚安。”

许杏：“？”咱们明明一样大。

电话一挂断，孟丹枝才起来，就被抵在梳妆台上，周宴京很少在床以外的地方对她动手动脚，至今也就上次门边那回。

她伸手去推他：“没洗澡！”

周宴京松开她，在她松口气时又说：“一起。”

“……不要！”

显然反对是没有用的，等一切结束，已经不知道是几点。

孟丹枝困得不行，任由他给自己清理，说什么都不愿意再来，拉过被子把自己裹得严严实实的：“你自己睡！”她闭着眼睛支使他。

周宴京没说话，只是静静地看她。

能感觉到他的视线，孟丹枝忍不住睁开眼睛，红着脸，声音有点儿软软的：“干什么一直看我？”

周宴京伸手关灯。“晚安。”他说。

因为只请了一天假，第二天周宴京还要去上班。

孟丹枝睁开眼睛时，他刚换好正装，又从夜里的人面兽心变得斯文起来，正准备出门。听见床上的动静，周宴京偏头问道：“醒了？”

孟丹枝“嗯”了一声，看了他几眼。随后在他来床头这边拿手表时，她发现他手上的订婚戒指不见了。才一个晚上，就不戴了？她的表情无意识地露出一点儿不高兴。

周宴京顺着她的视线，眼中带上不易察觉的笑意：“上班期间不方便戴。”

孟丹枝听懂他在解释，装听不懂：“什么？”

“虽然没有用很多钻石，但我工作的场合，很少有戴戒指的，就算有，也是女士。”

“……”孟丹枝不好意思，大部分钻石都在她那枚戒指上了，他的那枚戒指虽然素简，但也是她用心设计的呢，“你跟我说这个干什么？”她故作矜持。

周宴京说：“不想听那就不说了。”

“……”

一直到他走后许久，孟丹枝还有点儿回不过来神，她什么时候说不想听了？

吃完早餐，孟丹枝回了“惊枝”。许杏正在打瞌睡，见她来，连忙坐正：“老板，我刚刚没有睡觉，我在工作。”

“你不说的话，可信度更高。”孟丹枝觉得好笑。

许杏感觉她今天和平时不太一样：“昨天晚上，我听见的声音是不是你男朋友啊？”

“不是。”孟丹枝否认。

“啊？”

“是未婚夫。”孟丹枝慢悠悠地道，“现在是真的了。”

许杏恭喜两句，又开始感慨。

孟丹枝走到柜台后，见电脑上面的网页写着自己的名字，惊讶地问道：“我都有了？”

“我写的。”许杏眨眨眼睛。

“……”孟丹枝白高兴一场。她就说自己都没怎么经营自己的账号，旗袍店也没出名，怎么会有自己的网页。

“我昨天没事干，就给你写了信息资料，与其以后让别人写，还不如我来写呢。”

许杏想起什么：“对了，那些刺绣的专业知识我都是瞎写的，可能有错的，老板你自己改改吧。”

“可以改？”孟丹枝从来不关注这些。

“可以啊，能审核过就可以，很简单的。”许杏拎着包出门，“我回去上课啦。”

她走后，旗袍店里就只剩下孟丹枝一人。

许杏都搭好台子了，她若不管就等于辜负对方的心意。随手改好自己的信息，孟丹枝翻了翻网页，发现许杏忘了关的学校论坛的帖子。

"周师兄下回和孟学姐见面是猴年马月呢？看起来像是明年文化节。"

"真希望孟学姐的未婚夫放过大美人。"

胡说八道。孟丹枝关闭帖子，打开另一个网页，将周宴京的名字输入，很快就跳出来他的资料。孟丹枝点进简介里。周宴京的履历她比谁都清楚，但一排排罗列下来，还是让她震惊得说不出话来。孟丹枝拉到最下面，人物经历后，个人生活一项下大剌剌地单独列了一个栏目：感情生活。

"单身。"别的都对了，就这个是错的。孟丹枝都不用想，这个词条肯定是 B 大里他的迷弟、迷妹写的。她退出去，十秒钟后，又点回来，将这个错误信息修正，打上三个字——已订婚。

做完修改后，孟丹枝仿佛做贼心虚般，快速关闭网页。虽说明明许杏已经去上课，店里只有她一个人，不会有人知道，周宴京更不可能知道。

台面上手机振动了两下。看见名字是许杏，孟丹枝扑通乱跳的心放慢下来。许杏："对了，修改完要等审核的。"

孟丹枝："要很久吗？"

许杏："快的话几个小时，慢的话一两天吧，前提是编辑的是对的，有些还要编辑人上传资料的。"

这么可怕。想到自己刚才的做法，该不会还要上传周宴京已订婚的证据吧？

"……"要是这样，她就不改了。

蒋冬从办公室出来，便被人拉住："昨天老大请假，我听说请的是婚假！"

"什么？"

"婚假？"

一瞬间，周围原本还在无聊的人都感到震惊了。他们前不久才看到他的女朋友好吗？还有三分钟就到正式上班时间啦，得抓紧机会搞清楚秘密。最近大家都在忙各种会议的事，好不容易遇到一件和上司感情生活相关的事，众人当然好奇。

被围住的蒋冬："……婚假？"

对方一脸无辜地问道："你不知道吗？"

蒋冬："又没结婚，请什么婚假？"

原来不是啊，一群人又失望地坐回自己的位置。

蒋冬在心里说，虽然不是婚假，但请假去订婚，也差不多吧，这件事儿就没必要让他们知道了。

下午时，孟丹枝先回学校。她在宿舍楼门口碰见了郑芯苒。后者原本正和她的姐妹一起走，看见孟丹枝："你们先走，我待会儿再过来。"

两个人不和全校都知道。孟丹枝很想知道这回她能说出来什么话。

郑芯苒盯着她手上的戒指，再想到这段时间论坛上的帖子，问道："是不是周师兄？"

"你哥哥难道没告诉你吗？"孟丹枝好奇地问道。当初周宴京回国的消息，她都能提前知道，难道订婚的事，她不知道？说到这个，孟丹枝忽然想起，她从来没从周宴京的嘴里听说过郑芯苒哥哥的名字，还是从学院的资料上看到的，好像叫郑锐。

"我哥不会告诉我这种小事。"郑芯苒深吸一口气。

"哦。"孟丹枝点点头，"恋爱、结婚、生子，确实是再平凡不过的事。"

郑芯苒没气到她，又气到自己："你以为你和周宴京在恋爱？"她气笑了。

孟丹枝不置可否，而是说："他从来就不是你的，你凭什么问我这问我那？"明晃晃的"你没资格"摆在脸上。她又拍拍郑芯苒的肩膀："别气了，这样不好看。"其实有时候她觉得，周宴京不过是个借口，郑芯苒就是看不惯自己，毕竟郑芯苒在学校的风头被自己抢了。尤其是学院有事选自己的时候，郑芯苒最激动。

郑芯苒停在原地，被孟丹枝最后一句话搞蒙了，她什么时候对自己说过这种话？她冷哼一声，打电话给郑锐："哥，周宴京是不是订婚了？"

郑锐正在包间里，停顿了一下，问道："你怎么知道？"

郑芯苒："你知道？"

郑锐也是刚刚得知的消息，还是无意间从服务员那里知道的，苏侃他们聊天说起的，被服务员听到了。这些他当然不可能和她说，只是说："我是知道。"

郑芯苒问："是不是孟丹枝？"

郑锐想到之前想和周宴京说句话都没机会，敷衍着道："这我哪儿知道？我又没参加，可能是吧。"

"可能？"

要是孟丹枝，郑芯苒还能接受，毕竟这是她早就心知肚明的事，要是别人——不会吧？有人还能抢得过孟丹枝——那她和孟丹枝比高低比了这么久不等于白费时间，便宜了不知道从哪儿冒出来的新人？

郑芯苒一下子代入自己当初学校宣传片女主角被抢的情景。

接下来的三天里，孟丹枝全在忙自己的事业。至于给周宴京的领带绣点儿东西，她决定往后稍微推一推，反正也不急，离他的生日还有两个月呢。

她注册了短视频软件的账号。第一个作品就是张骋宇为其执导的电影的女主角定制的第一场要穿的旗袍，上面的刺绣是她自己操刀的。之前试验过，这回已经非常熟练。镜头中大部分都是绣架和布，只能看到一小半没被遮挡住的腰身和行云流水的双手。孟丹枝绣着绣着就忘了时间。

"老板！今天有糖醋肉！"许杏从外面跑进来，手里还拿着两串水果糖葫芦："走走走。"

孟丹枝起身，发现相机快没电了。她一边保存视频，一边说："等会儿。"很快，两个人便一起在柜台后面看视频。

许杏："老板，你的手真好看。"

孟丹枝翘起嘴角："看刺绣，看什么手？"

许杏"哦"了一声："视频光线调亮点就可以了，看起来好古典的风格，现代人都喜欢这个。"

孟丹枝觉得许杏在说真话。至于周宴京说的明年有资格，她此时信心十足，觉得他说得太保守，并且以为要是展览会今年再举办一次，自己肯定能参加。

两个人从食堂吃完饭回来，将视频发了出去。一直到回公寓后，孟丹枝还时不时地上自己的账号里看，却见播放量基本等于没有。

许杏："老板，要不要发到学校论坛上？"

孟丹枝："不要，别说出去。"

在她看来，那些热门的视频都是差不多的风格，自己拍的也差不多，肯定会有人看的。这个传播范围还不如自己开店。关键是这件事不能让周宴京知道。于是周宴京回来时，就看见孟丹枝躺在床上，一副了无生趣的木头美人模样，见到他进卧室，也只是眼皮动了动。

"……"

周宴京认真地打量半天，确定她今天起床了，出门了，才问道："困了？"

孟丹枝："没有。"

周宴京取下手表，放在床头柜上。孟丹枝的视线跟着他移动，看见早上还空荡荡的手指，现在突然有了订婚戒指。

"不是说上班时不能戴吗？"

"现在是下班时间。"周宴京见她转头，总算比刚才有活力。还是这样鲜活的她更好看一些。

孟丹枝的确心里有一丝不易察觉的惊喜。但她这会儿事业受挫被打击，纵有欢喜也转瞬即逝。

周宴京原本打算好好问她，不料从浴室出来，便接到苏侃的电话："对不住！兄弟，你订婚的事我不小心说出去了。"

"原本就没打算瞒着，又不是什么机密。"

"主要是今天我得知郑锐在打听这件事。"苏侃无语地道，"毕业前就没什么联系，他怎么觉得我们还能当兄弟的？"

当初，他们都是一个宿舍的。只是郑锐为人处世让人觉得不舒服，一开始拿周宴京当对手，后来得知他的家世，就开始变得趋炎附势起来。

周宴京看了一眼正在玩手机的孟丹枝："我上次回国的消息，他怎么知道的？"

孟丹枝听到这儿，竖起耳朵。

"我可没说，大概是他认识的人说的吧。他之前好像和谁搭上，还出国一段时间。"苏侃皱眉，"我会让人留意的。"

孟丹枝听不到对面的人说什么，但知道是他的朋友，往他的身后挪挪，又坐起来。他们肯定在聊郑芯苒的哥哥。

周宴京"嗯"了一声。

孟丹枝没想到自己一来，电话就结束了，她隔着睡衣戳了戳他的腰，以表示不满意。

"宴京哥，你刚刚在说谁？"

男人头也不回，只伸手向后一抓。孟丹枝好不容易挣脱，挪回自己原来的位置，这下空间足够，用脚碰了碰他的屁股："说话呀。"

"你猜不到？"周宴京反问。

"我猜不到。"孟丹枝的脸上带着无辜的表情，睁眼说瞎话："我一向正经，不偷听别人的电话。"

周宴京已经上了床，捏住她的脚。于他而言，她从脚踝到脚腕，都足够纤细、精致，修剪圆润的指甲上还染了红色。白皙和红色交织在一次，对比明显，沾染上别的意味。周宴京不动声色地揉着她的脚踝："你跟我说你今天遇到了什么，我就跟你说。"

孟丹枝犹豫了几秒钟，把之前发誓不让他知道的事甩到脑后："就……我今天拍了个视频。"

周宴京："没人看。"

孟丹枝抽回自己的脚："你才没人看。"

看来自己猜对了，周宴京想起她今天受挫的模样，微笑着道："所以有很多人看？"

"……"

孟丹枝用被子蒙住自己的脸，过了许久，才瓮声瓮气地道："没人看！"

周宴京勾起嘴角，拉下被子。孟丹枝的脸已经被憋得微红，只是落在他的眼中，此时她的脸娇艳若滴，眉眼含水。

“真的没人看？”

“其实还是有人看的，嗯，我和许杏。”

周宴京弯腰，捏捏她的鼻尖，很小巧，这样的动作很亲昵，他不喜欢她刚才蔫蔫的样子：“你之前看过的展览会，名单上有许多知名企业和个人，看起来相当多。”

孟丹枝点点头。

周宴京：“其实当初第一届展览会时参与的人数不到三分之一。”

孟丹枝后知后觉地发现他这是在安慰自己：“我没有失望。”

“你没有。”

双方都心知肚明对方在说瞎话。

孟丹枝不好意思起来，催促他：“关灯，关灯。”

周宴京没全听她的，留了盏小夜灯。

“宴京哥哥。”孟丹枝温柔地叫他，声音甜甜的，“你还没告诉我你刚才说了什么呢。”

“聊郑锐在打听我订婚的事。”

孟丹枝想起今天下午和郑芯苒的对话，该不会是郑芯苒受了自己的刺激，让她哥去打听的吧。她有点儿心虚。

身旁突然安静下来，周宴京垂眸，感觉她的心中有鬼。孟丹枝被他盯得久了，就有些不自在，又将被子往上扯：“看我干什么？”

周宴京只笑了一声，关闭小夜灯。房间顿时一片漆黑，孟丹枝这才探出头来，被旁边人抓了个正着，即使身处黑暗，她也知道他在看她。

“明天周六，你好像没有旁听课。”周宴京忽然开口。

如今“没有课”三个字仿佛成了房事的另一种替代暗号，比光明正大地说出来，更让人感到害羞。

孟丹枝再次蒙住嘴巴，小声说：“我困了。”

周宴京：“没关系。”

折腾许久，她觉得，今天的周宴京好像有点儿精力过盛。难道这就是上班族的周五晚上吗?

(3)

次日清晨，孟丹枝还在睡，便被周宴京叫醒。她没好脾气："还让不让人睡觉呀?"

男人丝毫没有愧疚之心，不仅如此，还让她起床："待会儿去飞机上睡。"

孟丹枝的瞌睡跑了一半，警惕地看着正在换衣服的他："去飞机上干什么？你想绑架我?"他今天穿的休闲装，看起来没那么一本正经。

周宴京："今天是周末，回宁城。"

孟丹枝突然记起来订婚前，他说要回宁城一趟的。当时她就打电话给那边的人，让人整理床铺，说她近期会回去。但这周太忙，她还以为他忘了这件事。她没了睡意，立刻下床，只是起得太急，差点儿从床上掉下去，还好被他扶住。

"站不稳?"周宴京问。

"没有!"孟丹枝却没有推开他，"是床太软了。"

周宴京意味深长地"嗯"了一声。

孟丹枝顶着他的视线进了洗手间，把门"砰"的一声关上，再出来时又是往常优雅的她。

出门时看到司机还是之前的，趁周宴京下车去买早餐时，她悄悄问道："你这算加班吗？有加班费吗?"

"先生。"司机往后看。

孟丹枝扭头，微微一笑："宴京哥，你怎么知道我爱吃水晶虾饺？好久没吃了。"

"你昨天才吃的。"

"……都二十四小时了，还不久吗?"

周宴京不置可否。

两个多小时后，两个人落地宁城。孟丹枝本来以为还要自己打车，但周宴京已经安排好一切。明明他以前就来过宁城一次，怎么这么熟悉的？外婆住的地方在老城区，那套房子现在在她的名下，她之前雇了个人，每隔半个月过来打扫一番。这会儿他们进去，里面还和以前一样。只是没了那个会早早准备好甜点的老人。花坛里外婆种的花还在肆意生长，孟丹枝看得鼻尖酸酸的，问："我们今晚住这里吗？"

"你想住在这里就住在这里。"周宴京说。

孟丹枝的唇角翘上去："不过这里的床很小，要不你睡我的房间，我睡外婆的房间吧？"

周宴京挑眉："行。"

这么容易就同意了？

将行李放下以后，两个人去买了点儿东西，随后就驱车前往墓园。墓园在郊区，距离老城区很远，将近一个小时才到。今天看守墓园的是老熟人，以前和外婆是认识的，不服老，不喜欢小孩子叫他爷爷。后来他的老伴去世，他就成了墓地巡逻员。原本是只有他的，但他现在患了阿尔茨海默病，他的儿子不放心，便也跟着入职。

"江叔。"孟丹枝乖巧地叫人。

江叔有限的记忆里还有她，笑眯眯地道："枝丫头，你怎么回来了？"

孟丹枝挽着周宴京，向他介绍："这是我的未婚夫，我们一起回来看外婆的。"

周宴京跟着她的称呼来："江叔。"

江叔眯着眼睛抬头看周宴京。过了一会儿，他小声地问孟丹枝："怎么和上次的长得不一样啊？"

只可惜老人以为的很小声，实际很大声。

上次的？周宴京偏过头，目光幽深地看了孟丹枝一眼。

孟丹枝："我不是，我没有……"

孟丹枝哪能预料到还有这样的意外发生，谁知道江叔上次看见的是谁……

该不会是自己的哥哥吧！外婆忌日的时候，她是和孟照青一起回来的，当时江叔也在，还一起吃了饭。

“江叔，你说的上回是五月吗？”她问。

“五月？几月啊，我不记得了，反正就是上次。”江叔还不知道自己的话被不该听的人听见，他对周宴京笑笑，还不忘夸他长得好看。

不远处他的儿子跑过来：“爸，您没瞎说什么吧？”

江叔不高兴地道：“我怎么会瞎说！”过了两秒钟，他警惕地看看对方：“你是谁啊？怎么叫我爸！”

“……”

孟丹枝小声告诉周宴京：“他好几年前就认知出现问题了，很多事都记不得。”

周宴京点头。

“所以刚刚说的可能是我哥。”孟丹枝说，“你们俩差不多高。”

“那不一定。”周宴京却说。

他摆明了是在调侃，孟丹枝不搭理他。

江叔的儿子看向两个人，尴尬地笑道：“我爸现在患了阿尔茨海默病，容易说错话，你们别介意。”

孟丹枝摇摇头：“没事。”反正她又没做什么。

“你去忙吧，我自己过去。”孟丹枝笑了笑。

等人离开后，他们才一起往里面走，没多久便到了外婆的墓碑前，他们将东西摆放在墓碑前。

孟丹枝扯了扯周宴京的袖子：“叫外婆。”

周宴京：“外婆。”

孟丹枝扬起嘴角。

外婆第一次见周宴京应该是在她读高三那年吧。那时候外婆生病，她一个学生，自然照顾不好，孟照青和周宴京一起过来的。当时周宴京在这里住了一周的时间。

上半年她过来时，只说自己可能要订婚了，现在回来，将这个人带了回来。“要是您能看到就好了。”所有人都很满意周宴京，外婆也一定会满意的。

从墓园回去时，又碰见门口的江叔。看见两个人，他过了许久才想起来他们是谁。

“要走啦？”

“嗯，有空会再回来的。”

江叔依旧笑眯眯地道：“快去吧。”

在外面吃过饭，回到老宅子里时，已经近两点钟，有熟悉的邻居们在门口闲聊，见到他们，都在打招呼。

“枝枝，这是你的男朋友啊？”

“带男朋友回来见外婆？”

“这么久不见，枝丫头又变漂亮了，眼光真好。”

周宴京觉得此刻自己像是菜园里的菜，被三姑六婆们品头论足。

“我和枝枝已经订婚了。”他轻声开口。

“订婚啦，这么快的，是要苏阿婆知道。”

“哎呀，那是不是很快就要喝喜酒啦？”

孟丹枝一路从巷子里走回去，被调侃到家门口，阿姨们都恨不得替她把把关。回到宅子里，她终于松口气：“太热情了。”

周宴京并没有搭话，他就像是重新参与孟丹枝的人生，被她带着熟悉她曾经的生活。

宁城这边比北方潮湿很多，但这两天的天气很好。

孟丹枝兴致勃勃地安排着自己这两天要做的事，第一件已经完成，第二件就是去拜访骆老爷子。

“我待会儿要去拜访骆老爷子，你要和我一起去吗？”她明亮的眼睛明晃晃地写着“一起去呗”。

周宴京望着她：“可能不行。”

孟丹枝有点儿失望：“你一个人待在这里？”

“这一届的中外文化交流展览会，有不少来自宁城的，我正好去看一下。”周宴京笑了一下，“结束后我去接你。”

孟丹枝悠悠地道：“宴京哥是大忙人，哪能浪费时间接我？”虽然如此，她还是蛮高兴的。

“不接你？”周宴京问。

孟丹枝作怪地“哼”了一声。

他不仅要接她，还要送她去骆家。

孟丹枝看着周宴京离开，身后传来声音：“枝丫头，刚刚那个是你的男朋友吗？”

她回头：“骆爷爷。”

孟丹枝伸手给他看：“我订婚啦。”

骆老爷子点点头，笑着说“不错”，心里有点儿惋惜，他原来以为自己的孙子还能有点儿竞争力呢，刚才只看了一眼，他就知道自家人不行。

两个人一起进去，孟丹枝和他说起自己拍视频受挫，没什么思想包袱：“估计还要一段时间才可以。”

“你一个年轻人，还有那么长的时间，急什么？”

“能快点儿，怎么会想慢点儿呢？”

骆老爷子一想也是：“不过你外婆十几岁就出了名的绣工好，大家都挺好奇你有多大能力的。”

他这么一说，孟丹枝更紧张了。外婆当初可是有竞争对手的，自己总不能把招牌砸了。比起之前电话里，孟丹枝这会儿又得知了一些其他传承人的认定方式和他们的选择。他们有的是开班教学，有的是自己开店卖东西。孟丹枝当然不可能是前者。

“等你的资料弄好了，先发给我看一遍，顺利的话，一个月就可以审核通过。”

“好！”

展览会展出的有一大部分是传统文化产品。宁城的相关协会得到周宴京过来的消息后，立刻安排陆洋过来接待。陆洋一进会客室，看见里面坐着的人，立刻笑了：“居然是你，我就说姓周的应该是你。”

“我以为你会留在京市。”周宴京也感到有些惊讶。

他们是同专业的同学，但他提前毕业，陆洋则是正常完成学业，差了一年时间。

“没办法，父母都在这儿。”陆洋说，“走吧，我带你去看看那些产品……你一个人过来的？”

周宴京：“不是。”

陆洋没继续打听。

“之前你出国时，我都没机会去送你。”路过一个地方时，陆洋想起什么，“几年前，我在这儿见到一个背影和你很像的人。不过你当时已经出国了，不可能是你。”

周宴京的目光落在车窗外。几年时间，这里的街道已经大变样了。

“可能是我。”他轻笑着。

陆洋这下震惊了：“真是你？”

周宴京“嗯”了一声道：“如果是八月份的话。”

陆洋“啧”了一声：“确实是八月份，我那时候毕业了，回来找工作，大热天的。”

不过周宴京来这里干什么？在陆洋的记忆里，周宴京是土生土长的京市人，在宁城就连一个亲戚都没有。

看出陆洋的疑问，周宴京只是说道：“来见个人。”

陆洋便很快转移了话题。到目的地后，他们没有通知店主，而是以客人的身份。陆洋一边给他介绍，一边问道：“你这回专程过来的？”

周宴京说：“自然不是，我只是个翻译。”这些是其他部门分管的。他负责的就是翻译。只是正好在这里，来看一下，如果遇到问题也好尽快解决，毕竟展览会近在眼前。

陆洋：“你一个翻译操这么多心，应该换个职位。”

周宴京不置可否。

将近三小时后，外面的太阳还未落山，陆洋说：“时间也不早了，今晚我做东，一起吃个饭。”

“明天吧。”周宴京笑着拒绝。

“你还有比这更重要的事？”

“已经答应了人。”

分开时，陆洋终于看见了他手上的戒指。

陆洋咂巴了一下嘴，这也瞒得太久了吧，他一定要找其他人问问，怎么都没个人知道？

傍晚时分，骆老爷子问："今晚留在我这儿吃饭？"

"不用麻烦啦。"孟丹枝笑盈盈地开口，"待会儿有人来接我，已经说好了。"

"那就一起来呗。"骆老爷子丝毫不介意。

"……"

不过好在最后被孟丹枝说得改变了主意。

骆老爷子"哼"了一声，说道："知道你们小情侣要约会，我一个老头子，当然算打扰。"这回他一定要替苏阿婆好好看看，把把关。

很快，响起了微信的提示音。周宴京：我到了。

孟丹枝和骆老爷子告别，没想到老爷子非要跟她一起出来："你别管我，我出来去散散步。"

这她能说什么？

周宴京靠在车边。此时已经晚霞遍布天空，夕阳的余晖落在他的身上，就像那些偶像剧中的画面。周宴京叫她："枝枝。"

孟丹枝回过神，自己竟然看呆了。

骆老爷子背着手站在门口，打量着他，和下午时的一瞥相比，他的周身气质藏不住。

周宴京礼貌地问好："老爷子，晚上好。"

"嗯。"骆老爷子矜持地点头，转向孟丹枝，"明天你们要不要来吃饭？我孙子正好也回来，你们应该好久没见了。"他要告诉他，枝丫头可是很抢手的。

周宴京只是微笑着，并没有说什么。

孟丹枝说："明天我可能就要回去了。"

骆老爷子："好吧。"

孟丹枝弯起嘴唇："要是走得迟，我提前跟您说，就怕到时候您嫌我来多吃米。"

骆老爷子听得大笑起来。

回去的路上，孟丹枝问："我们明天什么时候走？"

周宴京看了她一眼："你想什么时候？"

孟丹枝说："都可以啊，不过老爷子邀请我，不好让他空说，要不然下午走吧。"

"嗯。"

孟丹枝倾身靠过去："你要一起来吗？"

周宴京说："就怕老爷子其实不希望我去。"

"……"

孟丹枝："胡说。"

她回过味来，试探着问道："宴京哥，你该不会是吃醋了吧？"问出这个问题，孟丹枝自己都忍不住觉得耳热。

周宴京说："有一点儿。"

有就是有，什么叫有一点儿？但这也算是承认，孟丹枝的唇角无意识地翘起来，很快又压下去。

周宴京眼角的余光看见她的表情，勾了一下唇。

她还没靠回去，又听见男人说："不过你已经是我的未婚妻，我还需要担忧什么？"

"担忧你悔婚？"红绿灯前，周宴京再次问道。

孟丹枝已经不知道回答什么，只觉得心跳如鼓。

得益于这段对话，回去的路上，孟丹枝都没再说话。她和周宴京的关系，好像很奇怪，但又不奇怪。孟丹枝不想去细想。

因为之前说晚上分开睡，吃过晚餐后，她就将薄被抱给周宴京："你以前来这里住过的。"

周宴京好整以暇地道："但我以前没住过你的房间。"

孟丹枝的耳朵红了："都是房间，没什么不同。"他现在一说话，她就觉得不好意思。

房间的床是以前那种老式的实木床，很厚重，高架子，上面是手工雕刻的微雕。

周宴京伸手："给我吧。"

孟丹枝伸手递给他，她用两只手抱住，他却用一只手就将被子扔在床上，另一只手拉住她。她顺势跌坐在他的身边。孟丹枝的心怦怦跳起来：“干吗？”

“我瞧着，这张床睡两个人也不是不可以。”周宴京道。

孟丹枝的头一下子转过去。

周宴京笑起来：“骗你的。”和她回来拜祭外婆，还不至于晚上就要做什么，只是看她今天好像开一点儿窍，逗逗她。

孟丹枝觉得这个笑容也有深意。果然，还没松口气，又感觉他靠近她，呼吸洒在她的耳垂上，热气蔓延到脖子上。直到他轻咬了一下，令她浑身颤抖了一下。

“这是在外婆家。”孟丹枝低声道，“周宴京。”

她想要起来，却被他提前预料到而没起得来。她的心口好像有什么东西要发芽，似乎随时都会破土而出。反正她一贯在恼羞成怒时连名带姓地叫他。

周宴京的眉梢轻轻抬起：“我知道。”

孟丹枝不信：“你真的知道？”那还不离远点儿，松开她？

周宴京对着空气认真地询问：“我应该请求一下。外婆，请允许我亲吻您的宝贝外孙女。”

他再次看向她：“枝枝，你觉得这样可以吗？”

第6章
CHAPTER 6

心机领带

(1)

周宴京用最正经的语气说着不正经的话。

孟丹枝的心跳很快，像石头从高处入水，啪的一下溅出无数水花，迅速袭裹全身。她的脸和脖颈都红了。

“你问的是外婆，不是我。”孟丹枝强装镇定，回答他的问题，心里却在回答他：当然可以！

周宴京的眉头皱了一下：“外婆不同意吗？”

周宴京在她还没有出声时就吻住她，同时眼睛紧紧地盯着她泛红的脸。男人说到做到，除了亲吻，没有别的动作，可这种专注让孟丹枝浑身酥软。

房间内的灯不是很亮，她的眼前模糊许久，再次看清人时，周宴京的脸近在咫尺。他只轻轻地吻着她的唇角，注视着她。细腻的皮肤上连细小的绒毛也清晰可见，更遑论卷翘的睫毛与含水的眼睛。

“她好像没有不同意。”周宴京这时才自问自答。

“……也没说同意。”孟丹枝声如蚊蚋。

两个人的鼻尖抵在一起，互相摩挲着。

周宴京道：“那我不知道。”

孟丹枝松开手，推开他：“我困了。”

周宴京笑了一声：“以前没见你睡这么早。”

孟丹枝的脸红透了：“今天困了。”她起身，又恢复成白日里盈盈的女孩。

孟丹枝回了房间，先把门给关上，想了想，周宴京应该不是那种半夜破门的人。孟丹枝拍拍脸，又捂住脸，迫不及待地找到陈书音的微信：“我和周宴京接吻了。”

陈书音：“？”

陈书音：“有什么值得说的？”

孟丹枝将刚才的对话复述给她，又因为回想那个画面而觉得羞涩，躺到床上，用被子盖住脸。

陈书音：“姓周的怎么这么会？”

陈书音：“姐妹，你今晚必须拿下他！”

孟丹枝：“我已经回房间了。”

看到这句话，陈书音简直恨铁不成钢：“你不能留个门，不能邀请、暗示一下吗？”

孟丹枝：“不能。自己定下来的规则怎么可以自己打破，那多没原则。”

陈书音：“唉！”

孟丹枝这会儿，心里像是有只小鹿在跑，和陈书音聊天时无意识地上扬唇角。

“嗡——”手机再次振动起来。这回不是姐妹的消息，而是来自隔壁房间。

周宴京：“你说得对，或许我应该和外婆道个歉。”

孟丹枝的心高高悬起来：“什么？”

周宴京弯唇：“未经允许亲了她的宝贝。”

又是刚才的对话，孟丹枝闷在被子里叫了一声，回复了一个表情包过去，不再回复。

半分钟后，她又解锁屏幕。

周宴京：“晚安。”

孟丹枝隔了许久，才矜持地回复："晚安。"

凌晨时分，宁城忽然下了雨。孟丹枝起来时，外面的石板路湿漉漉的，但天空已经放晴，只有朦胧的雾。比昨天的风景更好。

她往隔壁房间看了一眼，敲门："宴京哥？"

里面没人答应。

"这里。"身后传来声音。周宴京正从廊檐那边走过来，长身玉立，手上还拎着一个袋子，外面的包装是孟丹枝熟悉的老字号。

"你怎么知道这家？"她快步走过去，眼睛里只剩下早餐，"她家的生煎最好吃了。"

"很多人排队。"周宴京说。

"哦，那确实。"

今天早上，他们又恢复了以往的相处模式。早餐过半，周宴京才说道："我在这里有个老同学，你如果去骆家，我就不和你一起去了。"

孟丹枝点点头："哦。"她又问，"哪个同学？"因为哥哥的缘故，她对他的同班同学也知道不少，实则想打听是男的还是女的。

"陆洋，你认识？"周宴京抬眸。

孟丹枝和他对视："不认识。"她真的不认识，只是见过照片，听过名字而已。

周宴京没再问，而是提醒道："下午四点钟的飞机。"

孟丹枝咕哝了一句"知道了"。她今天换了件白底的改良旗袍，底下的裙摆是荷叶边，只收腰，清纯感十足。

骆老爷子昨天说他孙子回来，孟丹枝才进门就看见在那儿逗鹦鹉的骆知节。虽然四年没见，但这副吊儿郎当的样子只可能是他。

骆知节佯装恍然大悟："孟丹枝？"

孟丹枝在心里翻了个白眼。两个人素来关系平淡，也只是因为长辈，才见面说几句话，以前在学校里基本不说话。不过骆知节这个人还是不错的，有人欺负她，他会帮忙。只是骆老爷子乱牵红线也没用，两个人互相都没意思。

"老爷子昨晚非得说保密，我还以为是谁。"骆知节招呼她进来，"你回来拜祭苏阿婆的？”

“嗯，今天下午回去。”孟丹枝拿零食逗鹦鹉。

骆知节摸摸下巴，惊讶地问道：“你都结婚了？”

孟丹枝：“麻烦骆少爷有点儿常识，这是订婚戒指。”

骆知节：“没区别，居然比我快！”

“是哦，谁让你不行的。”孟丹枝连头也不抬，继续逗鸟，“咕咕咕，快吃。”

骆知节：“？”他现在想看看把她收了的是何方神圣了。还有，谁家喂鹦鹉像是在喂鸡似的。

下午两点钟时，孟丹枝准备打道回府。

骆老爷子将之前苏阿婆送给他的个别绣品送给孟丹枝：“我这儿有几幅就够了，你比较适合用。”这些绣品基本上是大件，有的甚至参加过国际展览，还有外国人争相购买的同款。宅子里其实也有一些，比这些个还要大，就是不方便带回京市，骆老爷子送的正好。

“那我可就不客气啦，骆爷爷！”孟丹枝笑盈盈地道。

“跟我客气什么？”骆老爷子一挥手，“行了，你回去吧。”

骆知节帮着搬绣品，还没到门外，就看见一个男人进来：“枝枝。”

两个人正好迎面撞上，他瞅了半天，啧啧两声：“你是……孟丹枝的未婚夫？”

“你好。”周宴京点头示意。他不动声色地打量着眼前的人，心里却并不在意。

“喏，你老婆的东西。”骆知节朝他竖大拇指，又道，“我是不是见过你？”这样的人，他不可能没印象。

周宴京“嗯”了一声道：“枝枝上高中时，我来这里住过一段时间。”

骆知节心道果然。

孟丹枝抱着两件小绣品出来，就见周宴京接过大件绣品，和骆知节在聊天。这两个人还能聊到一起去？她走过去时，什么也没听见，反正只看见周宴京脸上的微笑：“走吧。”

看着两个人的背影消失，骆知节才皱起眉头。不止高中，他好像大一放暑假时也见过，可是实在太过久远了，他自己也不确定。

从宁城回来后，“惊枝”的空余地儿就变小了。但许杏一点儿也不觉得挤，每天站在挂在墙上的《牡丹国色》前欣赏，拍了几十张照片。

“我昨天发回去后，我妈特别喜欢，她以前沉迷十字绣，后来自己的手工实在不行，所以她就让我给她买一幅，天啊，把我卖了也买不起。”

孟丹枝听得笑起来：“那不一定啊！”

不过这几幅绣品确实价格不低，不然外婆也不会送给骆老爷子。和外婆的绣品一比，自己的格局太小。孟丹枝琢磨了两天，准备重新开始拍新的视频，这一回，她是从头绣起，打算用一个月的时间绣一幅屏风。

至于时间，她现在不再急躁。她才二十二岁，还有很长的时间。

因为这个决定，最新一段视频简单地加速处理后，时间长达半个小时。孟丹枝上传视频，打上标题：苏绣屏风的第一天。这回上传视频结束后，她都没再打开这个视频软件。

因为展览会的事，最近两天周宴京回公寓的时间都很晚，孟丹枝自己一个人睡得很香。

直到当天早上，她终于在醒来时见着人。

“你今天不忙了？”孟丹枝问道。

“待会儿出发。”周宴京说。

孟丹枝想起之前他的那句调侃，看着他问道：“那我会在新闻上看见你的镜头吗？”

周宴京看着她：“大概会。”他起来，“不止一两个镜头。”

孟丹枝觉得这是在炫耀。

没过几分钟，周宴京就从公寓离开。她一个人坐在桌前吃早餐，上网搜了搜展览会的新闻。等半小时后孟丹枝去学校时，官方已经开始在微博直播今天的展览会。短短十来分钟时间，展览会的相关新闻登上热搜。

孟丹枝到店里，发现许杏还在看电视剧，问道：“你不看今天的展览会直播吗？”

许杏：“看这个干什么？”

孟丹枝：“你的男神在啊！”

许杏飞快地关闭电视剧，上网进入直播间，还不忘尖叫：“真的假的？我怎么不知道？院里都没人说啊！老板，你不会诓我的吧？”

孟丹枝这才意识到自己好像说漏嘴了。B 大没人知道是正常的。

“我刚才看到了。”她胡扯。

这会儿展览会主办方的负责人正在发言，像记者会一般，底下还有来自各国的记者。镜头拍了下下面，便聚焦在台上。此时直播间已经突破百万人。

许杏的手机都差点儿卡住了：“人也太多了，一个展览会这么多人看，该不会都知道有帅哥吧？”

“……”孟丹枝和她坐在一起，顺手打开学校论坛。

虽然大家提前不知道，但现在已经有人发现——“快去看展览会！周师兄在上面！”

“真的假的？”

“虽然镜头一扫而过，但我的确看到了。我看到的绝对是周师兄。”

“我已经打开了直播，看官方直播真爽。”

官方直播已经进入重点。

台上的人正在介绍展览会：“此次展览会的目的是促进我们与国际的合作……”

一长串发言结束后，镜头随即给到左边的人。坐着的男人戴着眼镜，西装革履，眉宇清俊，注视前方，流利地将刚才的发言翻译出来，声音清朗。

“The purpose of this exhibition is to promote our cultural cooperation with international...”

第一句翻译说出口，直播间就炸锅了。其他人的年纪都和自己的爸爸妈妈差不多，突然冒出来一个年轻斯文的男人，谁不多看一眼？

“啊啊啊！这是谁啊？”

“看不见名字吗？写在那儿呢。”

“这是新来的翻译吗？”

镜头中，麦克风边立着名牌，清晰地写着三个字——周宴京。

可惜翻译结束后，镜头随即给到别人。大家意犹未尽，直播间的弹幕和之前压根儿不同，展览会上出现了一个高颜值翻译的消息迅速传播开。等到记者提问时，众人又提起精神。又轮到他翻译了！直播间的弹幕消息刷得很快。

孟丹枝不是第一次在视频里看周宴京。可比起在国外会议视频中的他，这会儿坐在国内的他，给人的感觉要更近一些，更熟悉。

的确不止一两个镜头，因为几个提问和回答，翻译时都会出现周宴京那张出众的脸。近在咫尺。就好像他在看屏幕前的众人。

孟丹枝轻轻地眨了眨眼睛，他私下很少戴眼镜。

“周师兄一出场，弹幕刷得更快了。”许杏眼尖地发现了其中一条，“已经有人上网搜周师兄的个人资料了。哎，感觉好荣幸哦。”

搜个人资料？孟丹枝原本在看镜头，听她一说，往下看，只是那条弹幕已经刷过去了。

她想起来自己之前搜周宴京，还给他改了资料。这么久没点开，审核通过了吗？孟丹枝一想到很多网友打开网页，看到“已订婚”三个字，就觉得头皮发麻。

她避开许杏的视线，打开了浏览器。时隔几天，再次打开周宴京的资料，下面的“单身”已经被“已订婚”替代。孟丹枝关闭手机浏览器。

“怎么了？”许杏问。

“没事。”孟丹枝佯装镇定。

中外文化交流展览会很快进入正题。台上的人离开后，镜头再一转便是各种来自国内外的产品与传统文化手工。直播间的人离开了不少。毕竟这种纯产品拍摄，无解说，就显得很无聊，只有感兴趣的人还在继续观看。而退出去的网友已经在微博搜索起周宴京来。

不到半个小时，“周宴京”与“展览会神颜翻译”两个话题一起上了热搜，和展览会的官方新闻一同占据前三。

图片上的是证件照，却和其他人截然不同。穿着与大家都类似的黑西装，鼻梁上没有那副眼镜，眉目清俊，犹如冬日的雪松。

短短半天时间，这条微博的评论已经过万。今天的微博因为周宴京几乎炸了。

曾经 B 大内部流传的文化节视频再次出来，从高清正面图片，到给孟丹枝表彰的侧面图片，应有尽有。

许杏：“老板，你也火了！”

孟丹枝：“我的视频终于火了？”自己才改变风格一天，就火了？

“什么呀！”许杏把手机递过来，“喏。”

孟丹枝瞄了一眼，满屏的“好配”。看见自己出场，她捏了捏耳朵。

就连“惊枝”的“含义”也再次出了名。

谣言多传几遍就成了真的。这会儿，就连 B 大的学生都无比相信，孟丹枝开的店一定是和周师兄有点儿关系。孟学姐也仰慕周师兄！不然刺绣这么好，怎么来了外院呢？

说得连孟丹枝自己都信了，而同学们依旧很热情地宣传，并且欢迎年轻网友明年报考 B 大。

“……”原来，这一波她和周宴京都是学校宣传的工具人。

等孟丹枝用自己的微博去看时，首页都是周宴京的名字。她把那些评论截图，打算发给正主看，没想到打开同名话题时，热门第二条微博的内容就让她差点儿摔了手机。

——“周宴京的资料简介怎么回事？已订婚？还有这种写法吗？”并配了截图。

截图上正是感情生活一栏，写着“已订婚”。评论里一连串问号。

“我今天才看到，他就已经非单身了？”

“果然帅哥都是别人的。呜呜呜……”

“会不会是工作人员私下改的？”

“周宴京今天才爆上热搜，不是工作人员私下改的，我都不信。”

“是不是喜欢他的人改的？”

“请那个同学出来回答一下好吗？居然在我们还没注意到的时候就动手了！”

“这得是大梦想家吧。”

“别乱改资料好吧，让大家都误会帅哥。”

评论里有网友翻阅了许多明星等公众人物的简介。

“我翻了十几个明星的简介，确实有感情状况类似的分栏，但那是明星才有人关注感情问题，这个一定是假的。”

“网络资料，个人都能编辑修改。等下我也去改一下。”

博主是普通人，大概也没想到自己的这条微博火了。她在评论里回复道：“我已经去问客服了，希望能给出合理的回答。”

孟丹枝看得眼皮直跳。

尤其是微信跳出来周宴京的消息：“看了展览会？”

孟丹枝：“没看！”她回复完又觉得太不好，改了答案。

孟丹枝的恭维是很真诚的：“看到你了，宴京哥，你好上镜呀！”

周宴京：“是吗？”

孟丹枝狠狠地点头，想起他看不见：真的。她随手发了一张许杏发朋友圈的弹幕截图：“你看，大家都为你的魅力倾倒了。”

手机这头，周宴京挑眉。她越如此，就越像是有事。但应该不是什么大事。

“哪个人改的？”许杏一下子从柜台后面站起来，“我要抓到她！”

孟丹枝被许杏吓了一跳。她清了清嗓子：“……说不定你的周师兄真的订婚了。”

许杏：“不可能吧，一点儿消息都没有。”

孟丹枝眨眨眼睛：“你又和他不熟。”

许杏一想也是，又坐下来，还是愤愤不平：“我前段时间看周师兄的资料还是单身，怎么就变了。”

“……”这会儿，孟丹枝觉得自己和员工不宜走得太近。只是大家看到应该没什么，反正以周宴京的性格，他肯定是不会去看自己的网络资料的。她放下心来。

因为沾了周宴京的光，下午时，来店里的人明显变多。很少几个人是来买旗袍的，基本都是闻风而来，看孟丹枝和视频里一样美后，打算偷偷拍照片。

“店里谢绝拍照。”孟丹枝直接拒绝。

“拍一下都不可以？”

“我这店里是卖旗袍的。”孟丹枝一字一句地道，“如果想做别的事，请出门右转。”那里是家照相馆。

也有可爱的学妹过来打招呼：“孟学姐，你今天上热搜啦，你和周师兄真的在一起了吗？”

孟丹枝：“你信吗？”

学妹：“虽然很想信，但还是没信。”

孟丹枝：“快回去学习吧。”

可爱的学妹离开后，旗袍店里再次迎来新的客人，是一个很陌生的男生，好像第一次来。

“孟学姐？”男生直勾勾地看着她。

孟丹枝神色淡定地问道：“怎么了？”

男生嬉皮笑脸地靠在柜台上：“学姐，我听说你的店可以定制旗袍，能做这个吗？”他将手机伸过来。

孟丹枝看了一眼，不知道对方从哪儿弄来的截图，裙子大概是跳舞用的，后背镂空，开叉快到腰。

“不能做。”

“怎么不可以做？这不是很简单吗？”他问道，“学姐，是不是你不愿意啊？”

“确实。”孟丹枝毫无感情地回答道。

“那学姐可以加个微信吗？以后我有别的可以再聊的。”

“不能。”

“为什么呀？我是真心想买东西的。”

孟丹枝懒得说话，伸手。

对方看见一只漂亮的手，又看到上面的戒指："什么意思？"

孟丹枝："我有未婚夫了。"

一直到对方离开后，她都觉得匪夷所思，正常要微信不行吗？非得搞出这么多花里胡哨的！虽然正常地要微信，她也不会给。

许杏从学校回来时，正好撞上那个男生离开。

"又是来围观的？"许杏放下包，"好像回到学校宣传片刚播出的时候了，那时候新生都喜欢来这里。老板，你真不感兴趣吗？"

孟丹枝说："你会退而求其次选别人吗？"

许杏："那要看和谁比，如果是周师兄，我必然只选周师兄了。"

"你的未婚夫今天和你约会吗？"许杏问。

"今天他很忙。"孟丹枝实话实说。

"他每天都很忙。"许杏撇嘴，"哼"了一声道："哪天你被别人追跑了，让他哭去吧。"

孟丹枝："……"

(2)

这次的展览会不是一天，而是连续三天。第一天主要是参观，等到了后面两天，就基本是采购环节，毕竟展览会是为了将国内的产品传播销往海外。

头天上午基本就是周宴京的全部工作，后面的翻译则由属下负责。

蒋冬观察了一整天的舆论："展览会进行得很顺利，网上的评价也是正面的，您还上热搜了呢。"

蒋冬见周宴京不感兴趣，又提起另外一件事："之前B大文化节的视频也被人发出来，您和嫂子一起上热搜了。"他惊讶地道，"嫂子开的店还是以你的名字命名的呢！"

"什么？"周宴京睁开眼睛。他知道孟丹枝的店叫什么，但和他有什么关系？

蒋冬递了个暧昧的眼色："我看网上说店名是你们两个人的名字的合

集，各取一字。”

“……”

周宴京揉揉眉心，虽然听起来很不靠谱，但又有那么一点儿合理的错觉。他没忍住勾了一下嘴角。以孟丹枝的性格，这肯定是假的。

蒋冬又道 :“对了，还有一件奇怪的事。” 他停顿了几秒钟，继续说道，“网上您的资料里感情一栏写了‘已订婚’。”

“已订婚？” 周宴京的眉梢抬起。他从来不关注这些。

蒋冬立刻澄清 :“不是我干的。” 他又做出合理的猜测，“肯定也不是嫂子做的！”

周宴京的心头一动 :“你用‘肯定’这个词。” 他意味深长地笑了一下，“所以你是用什么来做这样的保证？”

蒋冬 :“……那不然呢？”

“用你的薪资保证？” 周宴京随口说。

“不可以。” 蒋冬下意识地拒绝。一听就像自己会保证错一样，工资是底线，万一真的错误——哎，怎么感觉他就是这个意思。

蒋冬回过味来 :“嫂子改的？”

“虽然听起来好像不太可能，但确实有那么一点儿可能。” 蒋冬思索了一下之后又问，“您觉得呢？”

周宴京 :“不知道。”

蒋冬偷偷撇了撇嘴，那句话明明就是这个意思。

他又低头看了一眼，怎么看那个“已订婚”都像是知情人干的，嫂子会改这个？蒋冬对孟丹枝的印象又发生了改变。他和孟丹枝几乎碰不着面，说话的次数也屈指可数。所以他对她印象最深的是旗袍和温柔的声音。温柔的嫂子会改这个？

哦，嫂子的目的好像很明显，并且现在已经达到了，大家都知道周宴京是名草有主的。不过，蒋冬后知后觉地发现，他刚刚是不是意外出卖了嫂子……看来他这几天要避着孟丹枝走了。

开车上路后，周宴京打开微信对话框。对于先前那段他觉得有一丝不对劲的聊天，他现在有了大致的猜测。只是实在出乎他的意料，真的会是孟丹枝改的吗？孟丹枝从小是被孟教授和孟照青娇养着长大的，什么东西只要打上她的烙印，没有她的允许，别人都不能碰。他记得，有邻居家的小孩子去她家，碰了她的礼物，后来她偷偷不高兴了很久。

大概，订婚后，在她的眼里……他也有幸进入她的所有物范围。

许杏回来是有正事的。

"老板，你之前不是说要拍模特照吗？我今天约了一家摄影店，他们经常拍旗袍写真，要不，我们就找这家拍摄吧？"

孟丹枝看她手机里的例图，虽然和她喜欢的风格有那么一丁点儿的不同，但已经很好了："那约个时间去吧。"

许杏："你现在有空吗？"

孟丹枝："？"她从未见过许杏如此积极。

"咱们这家小店马上就要腾飞了。"许杏挥舞着手臂，"赶紧把照片拍了，上个热搜。"

"热搜哪有那么好上？"孟丹枝被逗笑了。

"要不然，蹭周师兄的热度。"许杏异想天开，"你觉得我们请他来拍一张照片，他还能再上一次热搜吗？"

"……"孟丹枝忍了半天终于没忍住，笑出声来。

许杏被孟丹枝笑得也不好意思起来。但很快她又振作起来："你不知道，军阀和夫人的旗袍写真可火了呢。"她经常刷到这一类的视频。

孟丹枝稍稍一想："我看到过。"

许杏："老板，你也知道啊！"她围着孟丹枝转了一圈，"如果是老板来拍，那肯定特别好看，上视频热门都很正常。"

孟丹枝："行了，去约摄影师。"

许杏立刻收回刚才的话："哦，好的！这家店的摄影师还是很忙的，所以我才说今天去预约，这样说不定下周能拍上。"这还算快的。

到达目的地时，已经接近下午三点钟。

两个人一踏入店里，就有人过来礼貌地询问，得知想要预约摄影师，就让她们在会客室等待。因为她们要预约的摄影师现在还在接待别的客人。

孟丹枝给之前添加的模特发消息："你最近到下个月有空吗？"

文灵："有的。"

她不太好意思地又回复了一条消息："其实我已经有一段时间没工作了。"要不是周少给她介绍这个工作，她恐怕下个月都要吃土了。

孟丹枝："OK，等我定好时间告诉你。"

会客室的门是开着的，走廊上来来往往的人。

许杏看了一下时间："这么久了，还没好呢？"她顺势去了洗手间，孟丹枝一个人留在会客室里看新闻。

虽然周宴京已经离开展览会现场，但现在微博等社交软件上仍有关于他的传闻。就连学校的大群里也在聊天。

"谁把孟学姐和周师兄的事情泄露出去了？"

"周师兄已经得不到了，好歹孟学姐还在学校里，我们不能让别人先成功。"

"放心，孟学姐会毫不犹豫地拒绝他们，就像冷漠无情地拒绝我们一样。"

孟丹枝手痒，回复道：冷漠无情？

大群里当初都是用年级和专业作为前缀的，她大一时加的群，但基本没出现过。久而久之，学校里的人都觉得这是她不上线的小号。

"真人？"

"叫你们不要背后说人家的坏话，被看到了吧？"

"孟学姐，你以前对我们一点儿也不冷漠，但对外校的你以后一定要无情。"

孟丹枝的消息才发出去不到一分钟，会客室里突然进来一个人。对方大约是赶得急，差点儿滑倒。

"你好，我是吴成。"吴成伸手。

孟丹枝点头道："你好。"

吴成收回手："你们是要拍什么风格的写真？旗袍吗？我最近拍得很

多，比较顺手。”

他的目光落在孟丹枝的旗袍上。拍过那么多客人，有的客人长得很漂亮，但都没有眼前这位有韵味，那种从江南小巷出来的美人的感觉。旗袍真配她。

“你穿得很好看，但这种浅色拍出来会很淡。”吴成对她使了个眼色，“写真嘛，要突出一点儿才好。”

孟丹枝听得眉头都没动。

许杏从外面进来：“哎，来了啊！”

“我们店是卖旗袍的，所以要拍宣传照，不用写真那么精修和夸张的特效。”许杏说。

“那这位是模特？”吴成问道。

“这是老板。”许杏在心里翻白眼。

老板？也好像很符合。

吴成琢磨着，这家店应该不是大店，而是私人开的小店：“让老板自己上呗，宣传效果绝对显著，我的摄影技术很好的。”见孟丹枝不为所动，他再次开口，“只有像这样的模特，我才有拍照的心情。其他的好说，你们想拍什么样的，都可以微信告诉我。”

孟丹枝终于出声：“不用了。”

“什么？”

“像你这样的摄影师——”她拖长了声音，温温柔柔地道，“我现在还没有心情找。”真当她看不出摄影师的意图？

“走吧，许杏。”

吴成还没回过来神，客人已经出了会客室。走廊上的工作人员还不知道发生了什么，见到两个人，笑容满面地道：“谈好了吗？”

孟丹枝十分淡定地道：“好了。”

穿着旗袍的背影逐渐走远，和白色的走廊映衬，像幅画儿。工作人员不禁啧啧称赞，转头就对上出来的吴成：“吴哥，刚才那两位打算拍什么价位的？”

吴成没工夫搭理他，只顾着大叫：“你们不拍了吗？”

很快，走廊尽头的声音传来 ：“不拍了。”

回去的路上，许杏有点儿无措 ：“我没有想到这个摄影师这样。”

许杏主动给孟丹枝捏肩膀 ：“是我的错。”

孟丹枝都没把这件事儿放在心上 ：“很正常。”

单凭吴成那张嘴，她就知道他平时对客人没少说滑头话，只是大多数人可能听不出来。“换一家就行。”孟丹枝琢磨着，“你就不要花时间了，我让朋友介绍一个。”

孟丹枝打电话给陈书音 ：“音音，有熟悉的摄影师吗？”

陈书音的周围安安静静的，偶尔有一两声杂音，她的声音不稳 ：“有啊，我上次过生日请的那个怎么样？”

上次？孟丹枝回忆 ：“就姐妹们都觉得拍得很时尚的那个？不行。”

“……哦，好吧。”

“去年去欧洲旅游那个呢？她拍得不错。”陈书音笑起来，“你等我给你推个联系方式。”

磨磨蹭蹭到了五点钟，她终于和新摄影师联系上。对方是个自由摄影师，三十来岁，已经有将近十年的工作经验，朋友圈里的照片各种风格信手拈来，上头有不少是熟面孔的明星。果然，短短几句，就已经能够定下来大致的拍摄时间。

孟丹枝很满意 ：“就这个吧。”至于价格，只要拍得好，一切都不是问题。完成一件大事，孟丹枝感到心满意足。因为这个插曲，她已经将改资料的事甩到脑后，正打算回公寓，没想到周宴京推门而入。

那一瞬间，她像回到很久之前的梦境里。周宴京在一个雨后的下午，就像这样推开玻璃门，对她说 ：“我们结婚吧。”

孟丹枝的脸微微发烫。她往后面看，没有别人 ：“宴京哥，你怎么直接过来了呀？”

周宴京早在门口停留了十几秒钟，只是她没发现 ：“以前没来过你的店，正好看看。”他停顿了一下，“店名很好。”B 大的师弟、师妹，联想能力不错。

“我自己想的。”

孟丹枝担心这会儿要是有学生过来，估计学校论坛要炸锅，当即决定关门："那我们去吃晚饭吧。"

"我又想吃樱桃肉了。"她撒娇道。

周宴京："当然可以。"他今天格外好说话。

孟丹枝心想：莫不是展览会太顺利，所以他心情很好，她说什么都同意。或许，她应该提一点儿匪夷所思的要求。万一他同意了呢！

上车后，孟丹枝才放心，又好奇地问道："你今天不是很忙吗？怎么还有时间来这里？"

周宴京说："我是翻译，能忙到哪里去？"

孟丹枝一想也是，忽然发现他的眼镜摘下来了，可能是因为看他戴眼镜的时候少，她觉得他戴眼镜好帅。好想看。

"今天我和许杏打算找摄影师的，不过那个人不行，想让我自己当模特。"

周宴京不假思索地道："确实不行。"即使不知道当时发生了什么，他也能猜到这话的深意。

孟丹枝："我可是老板。"

"负责给钱。"周宴京"嗯"了一声，"枝枝，你盈利了吗？"

孟丹枝瞪他："你这是什么意思？"

周宴京弯起嘴唇："看来盈利了。"

"你怎么套我的话？"孟丹枝咕哝着，看在他今天工作累，还过来和她一起吃饭的份儿上，不和他计较。

"合理推测。"

孟丹枝觉得这样对话不行，随便一说话就被他套出去很多事，他太聪明了。说不定下一句话她就会说出她盈亏多少钱。

车里安静了不过一分钟。孟丹枝听见他低声叫她："枝枝。"

她扭头，周宴京正注视着她，眼中依稀可见她的倒影。孟丹枝却想到了许杏说的军阀照。他拍一定很惊艳。

周宴京的声音比以往更低沉："蒋冬说，网上我的个人资料被人修改了，必然是知情人动的手。你觉得会是谁做的？"

闻言，孟丹枝的眼睫毛颤抖了一下，站在他这边，认真地谴责道："怎么可以瞎改？"随后，她问，"那你知道是谁了吗？"

周宴京："有点儿眉目了。"

这么快？孟丹枝差点儿脱口而出，她觉得很心虚。他都问自己了，应该不会觉得是她吧。

孟丹枝当局者迷，不知道她的表现有多明显。

在周宴京看来，正常人第一次听见这样的问题，会顺着问改的什么资料。当然，也许他一开始就猜测错误。但后来，孟丹枝略微心虚的表现，就让他无比肯定。

周宴京唇角的弧度并不明显，他慢条斯理地开口："知道我们订婚的人不多，总不至于是无关人员传播的。虽然有点儿奇怪，但也没什么。"

听他这么说，好像不打算追究。

孟丹枝眨了眨眼睛："那宴京哥不管了吗？"

周宴京的视线落在她的脸上没移开过，佯装思忖着道："你觉得我应该怎么处理比较好？"

"……当然看你呀。"孟丹枝做错了事，这会儿正觉得心虚，怎么可能替他想办法？

周宴京"嗯"了一声说道："我好好想想。"

孟丹枝见周宴京好像又有认真的想法，心里面跟猫抓一样，怎么自己当初就没管住手呢？她自顾自地想，感情状况又不是其他资料，而且还是修正错误，大不了就承认嘛。孟丹枝这么一想，就放松下来，打算问问今晚是不是还是去上次那家吃，就见周宴京看着自己，好像要看透她似的。

"看我干吗？"孟丹枝问。

"我想好了该怎么管。"周宴京说道。

孟丹枝警惕地看他："那你跟我说干吗？"

周宴京靠近她，声音压得很低："难道那个人不是你吗？"

车内安静了几秒钟。前面的司机以为后面的两个人在说悄悄话，没想到下一秒就听见女生短促的叫声，好像恼羞成怒。

孟丹枝用手捂住脸："你都知道刚刚还问我！"

周宴京笑起来："我怕猜错。"

孟丹枝根本不想看他，脸颊这会儿红成一片："我就是看见上面写错了，才改的，那不然放错的吗？"

"没说改错了。"周宴京拉下她的手。

孟丹枝一只手挥开他，另一只手挡住半边脸，用眼角的余光瞄他："没改错，那你不要处理。"

周宴京毫不犹豫地道："不行。"他提醒她，"你自己说的，让我看着办。"

"……"

过了半天，孟丹枝终于接受自己做的事被发现的事实，并且开始冷眼瞧他怎么管自己。她可以不听，他又不能把她怎么样。

周宴京眼中带笑："送我一件礼物，抵消。"他问道，"接受吗？"

孟丹枝一听这么简单的要求，眉眼弯弯："好呀，你不要反悔。"

"不会。"周宴京说。

孟丹枝点点头，又强调："不准反悔的啊，你自己说的，司机也听到了。"

猝不及防被点名的司机："……我刚刚走神了。"

孟丹枝："？"开车走神这种谎，没必要撒。

不过，孟丹枝的心里已经开始盘算送什么礼物。之前要在他的领带上绣点儿东西的心思又起，当时打算作为他的生日礼物，现在拿来赔罪正合适。至于生日礼物，到时重新打算。

下车后，孟丹枝才发现，今天去的地方不是上回那家。

"你是不是把京市都吃遍了？"她好奇地问道，"你怎么知道这么多家宁城那边的家常菜馆啊？"

周宴京好笑地道："我又不是美食博主。"

"所以你喜欢吃宁城菜喽。"孟丹枝说。

"目前来说，大概有一点儿。"周宴京没怎么肯定，他是土生土长的京市人，适口的还是本地菜。

孟丹枝却很喜欢有人和自己有同样的爱好，难怪周宴京之前一带她过去就是地道的老家味道。难不成是之前住在宁城的那段时间，就爱上了？她感到有点儿疑惑，但这件事并不是什么大事，随意在脑子里过一遍就消失不见。得益于这个共同的爱好，先前因为改资料出现的一点儿别扭，很快就被她抛到脑后。

点完餐后，服务员送来一瓶酒。

孟丹枝："我们没有点酒。"

服务员笑嘻嘻地说："店主明天结婚，今晚来吃饭的客人都送酒，要是不喝，我们就收回去。"

"放这儿吧。"周宴京开口。

等服务员走后，孟丹枝问："你喝啊？"

周宴京看她："你不想喝？"

孟丹枝摇摇头："不要。"她仅有的一点儿醉酒后的记忆，莫过于和周宴京躺在一张床上，还有上次被周宴京调侃是"新娘子"。回忆一点儿都不愉快！

孟丹枝拒绝饮酒，还不忘劝他："你明天还要上班。"

周宴京"嗯"了一声。应是应了，但最后离开时，他喝得不算少。

孟丹枝一路都在盯着他，试探道："宴京哥？"

周宴京垂眸："怎么了？"

孟丹枝琢磨着他喝完酒真的好正常，一点儿醉酒的反应都没有，这很不科学。

"枝枝。"有声音叫她。

孟丹枝抬头问道："怎么了？"还没看清楚，周宴京就俯身，吻上她的唇。

他们现如今在地铁站外不远，来来往往的人都会经过这里，她下意识地抓住他的衣摆。这是他们第一次当众接吻。就好像世间所有普通的情侣一般，情到浓时在街头接吻。

可有人经过他们，或者投来关注的视线，孟丹枝的心都猛烈地跳动着，越紧张越动情，直到他松开她。

孟丹枝借着周宴京挡住自己，咕哝着抱怨道："周宴京，这是楼下！好多人……" 大庭广众之下，仿佛旁若无人。

周宴京像是突如其来的想法："你害羞了吗？"

孟丹枝："哪有人这么问？"

"那就是有了。" 这段对话她似曾相识。好像不久前，自己就是这么被套话的。

孟丹枝后退两步："回去了。"

周宴京："好。"

不远处，有人意外地将这一幕看在眼里。

(3)

回到公寓已经是深夜。孟丹枝洗完澡后就上床待着，周宴京在浴室里。思及刚才在外面的行为，她碰了碰嘴唇。好难为情啊！

孟丹枝发消息给陈书音："你说，我给周宴京的领带绣什么呢？绣一个五角星？"

对面过了好一会儿才回复："？"

孟丹枝问："你怎么才回，不在家？"

陈书音："和'186'约会去了。"

孟丹枝的注意力立刻被八卦转移："上次不是才第二次见面吗？怎么就已经约会了？"

陈书音："很奇怪吗？快餐式爱情。"

陈书音打了个绝佳的比方："就像你和'周雷锋'，当初前一天还以哥哥妹妹相称的，第二天直接口头订婚了。"

孟丹枝又被提起这件事，主动转移话题："那你继续约会吧。"

陈书音："不不不，姐妹的爱情更重要。"

说是这么说，她们聊了半天也没进入正题。反而在得知今晚周宴京做了什么之后，陈书音惊呼："周宴京醉酒会和平时不一样吗？"

孟丹枝："可能……吧？"

陈书音怂恿着道："你再试试。"

孟丹枝的确被吊起了好奇心。

等周宴京从浴室里出来，她就盯着他看——当然，是因为刚洗完澡的男人不是一般的养眼。之前那个觉得他适合拍军阀照的想法又冒出来。

心动的孟丹枝决定趁着他喝多了酒的时候行动，她靠过去："宴京哥哥。"声音又温柔又动听。

周宴京头也不回："嗯？"

孟丹枝问："你拍过写真吗？"

"没有。"

"那你试试呗。"孟丹枝靠近他，原本就在一张床上，现在靠得更近，"我已经给你想好了拍什么类型的。"她趴在他的肩膀上，好像在说悄悄话。

"那种电视剧里的霸道军阀。"说出来，她自己也觉得有点儿不好意思。

周宴京突然转身，孟丹枝猝不及防地失去支撑点，摔进他的怀里："所以，你呢？"他问道。

他们四目相对。

"我是女将军！"孟丹枝笑眯眯地口出狂言，又补充道，"我们是二分天下的那种。"

"二分天下？"周宴京咀嚼着这四个字，然后漫不经心地道，"和现在二分一张床类似？"

孟丹枝微微睁大眼睛，耳朵染上些许粉红。陈书音说得对，他好像确实比之前更直白。居然能面不改色地说这种带颜色的话。

"……你正经一点儿。"孟丹枝迅速回到自己的位置上，"我是认真的。"

周宴京挑眉："我没有不认真。"他上下打量着她。

其实孟丹枝的睡衣穿得很完整，但她还是立刻把被子拉高："你还不睡吗？"

"不急。你睡你的，催我做什么？"周宴京看了一眼手表上的时间，随口问道，"孟将军有管别人的空闲时间？"

“……”

“孟将军”三个字从他的嘴里说出来，就好像白天在台上做翻译似的，毫无违和感并且流利。

孟丹枝不知道该怎么回答比较好。回答“管一下怎么了”还是回“别这么叫我”？反正哪种都很奇怪。周宴京喝了酒怎么这样啊？

好在周宴京没再揪着这个话题不放，主动关灯。房间陷入黑暗与安静中，孟丹枝以为的“这样”还不止如此，他不像之前那样温柔，或是强势，而是挑逗她。他们对彼此的身体已经十分熟悉。周宴京细密的吻从上而下，流连在她的锁骨下方，随后是任何一个他可以触碰的地方……

孟丹枝明明很自由，却呼吸不稳，很快甘拜下风。等他再次与她处在同等水平线时，她惩罚地咬了一下他的喉结。

周宴京闷哼一声，又亲吻她的鼻尖：“哪有人拍写真拍女将军的？”

次日是工作日，也是孟丹枝有课的一天。周宴京吃完早餐，回房间取手表换衣服，顺势叫她起床：“枝枝，该上课去了。”

叫了三遍之后，孟丹枝才睁开眼睛：“上课？我今天有课吗？”

“你为什么会以为今天没有课？”周宴京问道，他停顿了几秒钟，“是因为昨晚——”

“我记错了！”孟丹枝一下子清醒过来，其实真是因为周宴京之前的行为，导致她现在分不清今天是周几，记忆有些错乱。这种事怎么好意思说出来。

周宴京没再继续说话，怕她会恼羞成怒。他换好衣服，戴上手表，孟丹枝才慢吞吞地下床，从他的面前经过时，被他伸手拉住。

孟丹枝：“？”

周宴京手上拿着一条领带：“你觉得这条怎么样？”

孟丹枝从这个角度，能看到他敞开的衬衣领口。喉结附近还有一个牙印，好明显。他们现如今就好像是正常情侣会出现的情况，一点儿也不像没有感情的样子。

孟丹枝又往下看，提前堵住他的话：“我不会系领带，真的，别让我做。”当然，实际上她是会的。

周宴京轻轻地笑起来，对她的话不置可否：“我只是提醒你一下，昨天答应的事情不要忘了。”他拍了拍她的头顶，声音低沉，“孟将军要说话算话。”

孟丹枝瞪他：“不准这么叫我！”昨晚本来想用来逗他的，没想到最后还是自己被调侃，她当时就不应该多嘴。

周宴京问：“那怎么称呼你？”

孟丹枝：“反正不许用这个，要当我也当那个把你的领地都占领了的军阀，孟大帅吧。”虽然也不怎么好听。

“……”

周宴京哑然失笑：“所以现在我是你的手下败将，是吗？”

“不错。”孟丹枝漂亮的脸轻轻抬起来。

昨晚还是二分天下，今天就已经攻城略地。周宴京看了许久，在她的唇上啄了一下。刚刚还颇为嚣张的孟大帅没料到这样的变故，红着脸，受惊似的后退一步。

孟丹枝警惕地看着周宴京。他们从来没有在清晨有过什么亲密的举动，这是第一次，而且还是始料未及之下发生的。又让她有点儿心动。

“我没刷牙。”孟丹枝娇声咕哝着。她连镜子都没照，不知道睡了一夜是什么鬼样子的，头发会不会乱起来了？

周宴京佯装反应过来：“好像是。”

“……”这是什么回答？

“没关系。”周宴京道。

有好大的关系。孟丹枝觉得更别扭了，头也不回地去了洗手间。镜子里的她的确头发有些乱，眼睛被揉得有点儿红，乍一看，像是被欺负过的兔子。她只稍微换了个表情，那种柔弱感顿时远去：“这才对。”孟丹枝满意了。

外面有脚步声逐渐远去。周宴京应该是离开了。等孟丹枝出来后，公寓里果然只剩下她一个人，这回桌上没有粥，但有生煎。

一想到早上那个角色扮演，孟丹枝就突然起了一身的鸡皮疙瘩，她怎么会和周宴京那样？头皮发麻，好幼稚！当时自己一定是没睡醒。

孟丹枝没磨蹭，换衣服出门前，她又回房间找耳环，眼神从衣架上掠过，停下了脚步。

虽然周宴京的衣服都是差不多的正装，但每一套穿出来的感觉都有那么一点点的不同。他大概就是天生的衣服架子。要是别人，恐怕都得让人觉得一星期没换衣服。领带和领夹等单独被放在一旁。他在国外待了几年，有自己喜欢的品牌，很小众，但设计有些与众不同。如果是许杏来，估计都觉得差不多。孟丹枝喜欢设计，又经营服装，还能分辨得出来，她拍照给周宴京，故意说："宴京哥，我瞧着都好像。"

没想到，他回复得极快："和你的口红一样，都好像。"

孟丹枝不说话了。为什么这句话都要杠回来啊？她的口红怎么会一样呢？外表的壳子都有各种形状的，更别提颜色了。而领带怎么变化都是领带的样子。

不过……这个衣架好像蛮委屈周宴京的，把他的整个房间都改成衣帽间的孟丹枝还觉得有点儿不好意思。她从中抽出一条深蓝色的领带，在自己的脖子上试了试，像婴儿戴小学生的红领巾一般，又空又奇怪。

周宴京刚到办公室，才回复消息。

瞥见他唇角的一点儿笑意，蒋冬就知道周宴京肯定是在和嫂子聊天。

"老大。"蒋冬小声地叫他。

周宴京："嗯？"

两个人穿过大厅和走廊，无数人和周宴京打招呼。一直等快到办公室时，周围才没有其他人。

"怎么不说了？"周宴京问。

"刚才有别人在。"蒋冬清了清嗓子，"昨天改资料那个事儿——您确定是谁了吗？"

提起这个，周宴京"哦"了一声："确定了。"本来是有点儿眉目，现在是当事人自己承认。周宴京当时的注意力在孟丹枝害羞的反应上，现在回想起来，她真的只是有占有欲吗？也许……她开窍了呢？只是她自己不会往那边想。

蒋冬唤醒他："真是嫂子？"

周宴京瞥了他一眼："你是打算保证吗？"

蒋冬果断地摇头拒绝。瞧这个维护的劲儿，是嫂子没跑了。没想到啊没想到，在国外时，他还担忧周宴京会孤独终老，回国后竟然直接开始撒狗粮。都直接到了婚后日常的吗？果然不是一般的人。

等孟丹枝到教室时，许杏早就到了，压低声音问道："老板，摄影师的事咋样了？"

孟丹枝打开书："明天开拍。"

她昨天和那个摄影师聊了一下，陈书音之前想拍点儿私房照片，档期都约了，但后来不打算拍了。她正好挪来用，陈书音举双手双脚赞同。

教室里空荡荡的，一半学生都已经去其他地方实习，再过一段时间，这门课程也会结束。

上完课，孟丹枝去了店里。绣那面屏风才是她现在必须做的正事。照例是绣三个小时，然后便将视频结束，稍微处理一下发到自己的账号上。

一天没登录，孟丹枝一看，面露惊喜。居然有几千的播放量了，还有人评论。

"好漂亮的手！"

"虽然看不见博主，但她一定是个蕙质兰心的美人。"

"期待作品完成的那天，就喜欢看这类视频。"

"平时学会很麻烦吗？"

学刺绣就像学乐器一般，但学乐器讲究天赋和音感，学刺绣却没有那么多要求。勤能补拙，即使不会原创，也可以照葫芦画瓢。孟丹枝回复对方，然后退出。

"老板，吃过晚饭你直接回去吗？"许杏终于等到她拍摄视频结束，凑过来问。

"迟点儿回去。"她今天还要给周宴京的领带绣东西呢。

之前只是一时的主意，该绣什么，孟丹枝却一直没想好，她不可能绣一些动画人物之类的。那都不符合周宴京的人设。要是他上班戴一条绣了小动物，或者是奥特曼，又或者是米奇的领带，那他的严肃形象也会一去不复返。

孟丹枝想到那个画面，就觉得好笑。她低着头，思来想去，将领带拆开，翻了个面，在背面的位置上用手指估算位置。绣在背面就不会被发现了。

孟丹枝在上面轻轻画了一张红唇，红唇还衔着一枝玫瑰花，不是正常的衔法，而是将花瓣含在唇中。整枝玫瑰垂下，枝干向下，蔓延至领带尖，再转至正面。任谁也看不出来这样的心机领带！

让他早上那么调侃自己！

许杏以为自家老板又要继续工作，她开始无所事事地刷视频。

毕竟店里现在大多卖成品旗袍，真正来定制的人不多。价格太贵，学生承担不起。唯一的大单来自富婆和张骋宇的剧组。

这个剧组还处于围读剧本阶段，孟丹枝只要在这个月交出两件旗袍就可以。再者，领带上的小刺绣和屏风一比，等于一个是家庭作业的小作文，一个是毕业论文。

孟丹枝确定形状后，就开始起针。整个图案最多也就两种颜色，红唇和玫瑰的红色，加上枝叶的墨绿色。在领带原本的深色背景上也不显得突兀。

“都过去一天了，我又看见周师兄的视频。就那点儿镜头，他们都能玩出花样来。”许杏情不自禁地感慨，声音不大，但店里的人都听得清楚。

“怎么还有人故意和周师兄合成照片！”她气愤地道。

孟丹枝一愣：“还能这样？”

许杏说：“就是啊，周师兄是在工作，这个博主居然合成得像玩乐一样。”

评论区吐槽疯了，她也要去添砖加瓦。不过她先把截图传给孟丹枝。

孟丹枝刚勾出形状，她绣得多了，就算中途停针，也不会出现新手忘记怎么衔接的错误。

截图上周宴京的背后是展览会的专用背景板。而另一边，则是自家的电视墙。评论里两边各执一词，吐槽的居多。

孟丹枝将截图发给周宴京："感觉如何？"

彼时，周宴京刚到展览会现场。原本昨天会有一位很重要的人物到场，但由于天气不好，便改到了今天。所以现在由周宴京亲自翻译。

周宴京抽空回复："实在没有任何形容词来表达我的感觉。"

孟丹枝笑翻了，靠在椅子上："不觉得荣幸吗？周大翻译。"

周宴京："不需要。"

孟丹枝故意说道："宴京哥哥，你晚上回来让我也拍一条，也许我的视频就火了呢。"

…………

蒋冬说："那边的人到了。"

周宴京把手机打开了飞行模式，将它一起带入会场中心。展览会现场灯火通明，各个国家的人济济一堂，一派繁华景象。今天不仅要接待，晚上还有应酬。周宴京思来想去："枝枝，我今晚会很迟。"

那就是不能来接自己了。

人啊，其实就是有一种习惯，天天做的事，哪一天不做了，就觉得不得劲。比如每次都能借到钱，哪天对方不愿意借了，欠钱的还不乐意了。即使他们两个人的工作毫不相干，周宴京却早已经侵入她的日常生活中，从来不动声色。

孟丹枝回复道："哦。"

她有一点点失落，旁人可能看不出来，周宴京却很清楚。

孟丹枝低头继续刺绣，如果顺利的话，今天就能绣完。答应过的事，她肯定会做好的。

看见一个字的回复，周宴京猜到孟丹枝的心情不好，摇头失笑，收好手机，恢复公事公办的模样。

今天要接待的威尔逊先生来自法国，正好周宴京在法国工作过几年。威尔逊先生对中国传统手工艺作品很感兴趣，见到展厅里的剪纸，饶有兴趣地问道："这是什么？"

周宴京用标准的法语解释道："年画。"

…………

虽然周宴京暗示他今晚可能没空来接她，但晚上九点钟时，他打电话过来："回家了吗？"

孟丹枝一抬头，都九点钟了！

许杏早就回宿舍了，她自己太入神，忘记了时间。

"还没，就要回了。"

"去接你。"周宴京道。

孟丹枝的心情顿时好起来。她将领带装起来，准备趁机送给他。

车停在巷子口。周宴京将车窗打开，微风疏散些许醉意，不知道孟丹枝什么时候出来，便打开手机。

虽然早在网上出名，但他还未亲眼看过这一"盛况"。他很少看这类娱乐视频，就直接搜索了孟丹枝给他发的截图。说真的，很奇怪。网友们的想法真是与众不同。

于是他随手点开了视频。

孟丹枝一打开车门，就听见那段熟悉的 BGM（background music，背景音乐），毕竟自己下午才听过。但她琢磨着他不是那种会刷视频的人。他这个人正经，严肃，工作上古板，应该看新闻联播和翻译视频才对。不过，喝了酒就不太一样。孟丹枝打量了他一番，猜测他今天也喝酒了，因为很明显能看出状态不同。

周宴京则问道："今天怎么这么晚？"

"就给……"孟丹枝回着，视线往下一扫，就看到他手机屏幕上的那个视频，右下角的图标是红色的。

……不仅自己偷偷看，还点赞！

孟丹枝把装领带的袋子重重地一放，配着今日的艳色旗袍，就像使用美人计后瞬间翻脸的女杀手。

"买'杀人'工具去了。"

第7章
CHAPTER 7

最有力的证据

(1)

周宴京看了一眼孟丹枝的神色："遇到不开心的事了？"虽然是问句，但他可以肯定。

孟丹枝盯着周宴京看了几秒钟，弯起嘴唇："没有呀。"

这么明显的反常，周宴京自然察觉得到，只是他还不清楚这次不高兴来源于哪里。刚上车时语气好像还算正常。周宴京扫了一眼，她的衣服很整洁、漂亮，发型妆容也没问题，这些应该不是原因。他的目光落在她身旁的纸袋上。虽然不清楚里面是什么，但他觉得应该和她刚才那句未说完的话有关。

是给他的，还是给别人的？她如今在上学，给别人的礼物放在店里就好。所以，只可能是给家里人，或者是给他的。

周宴京合上手机："刚刚是要给我什么吗？"

孟丹枝语气相当冷淡地"哦"了一声："谁说要给你东西了？"反正她看见他点赞就很不开心，如果没有下午的话，那可能只是一秒钟的不舒服。可他说了，又做不到。

周宴京已经确定这份不高兴是冲着他来的。他稍稍回忆了一下她上车时自己在做什么，轻而易举地就弄清楚缘由，眉峰一扬。

“不是给我的吗？”周宴京微叹。

孟丹枝睨他一眼，然后看见他又打开手机，还是刚刚那个没来得及关闭的视频，只是他手指一点，红心便不见了。他取消了点赞。孟丹枝嘴上没说话，心里却在想：他要干吗？取消做什么？做给她看的？

周宴京抬头，真正的理由不适合和她说。

孟丹枝的脾气在那里，喜欢她和他手滑相比，面对后面这个理由她会更自在。

能令她开心，自然很好。

周宴京问：“吃过了吗？”

孟丹枝“嗯”了一声，说道：“吃过了。”和刚才一样的语气，原本就是无名邪火，都没细想。

周宴京笑了：“那吃夜宵吗？”

孟丹枝警惕地看着他：“你想让我长胖？”

周宴京：“当然不是，况且你已经足够纤细。”

孟丹枝终于满意了，谁都喜欢别人夸自己好看和身材好。她又回过神：“不要说这种话。”甜言蜜语没有用。

“如果你是对刚才我的行为表示不满，”周宴京的语速放慢，“那我道歉，抱歉，让你不开心了。”

孟丹枝不是第一次听周宴京道歉。真正的第一次是在去年，那次酒后胡来，第二天醒来时，周宴京也说了抱歉。

“我只是想，这是你跟我分享的。”周宴京用了个稍稍接近事实的理由，“没考虑你的想法。”说是道歉，他的脸上却有一丝掩饰不住的笑意。能让孟丹枝有如此明显的不满，他很开心。

孟丹枝一向吃软不吃硬：“干吗跟我道歉？我又没生气。”

周宴京扬起嘴角：“你没有，你只是想‘杀人’。”

“……”孟丹枝瞪了他一眼，却像娇嗔。

快到公寓时，外面的门店开始接地气。五金店、超市等近在眼前。

周宴京道：“为了我接下来的人身安全着想，我必须让你开心起来。”他看向窗外，“要去买点儿东西吗？”

孟丹枝顺着他的视线往外看，知道他是故意的，气得拍了他一下："要买你自己买！"把他卖了算了。

司机都忍不住看了一眼外面的店。周宴京佯装松了口气，微微一笑。

孟丹枝："……"他怎么这么会装模作样！

再次见她亲近自己，周宴京就知道这件事已经过去了。只是不知道她什么时候才能将在其他方面的聪慧分三分到感情上，到时候这种就是情趣了。

上楼时，孟丹枝没把纸袋给周宴京。

周宴京也不要。是自己的总归是自己的，都进自己家了，又跑不掉。

他在客厅里倒水，孟丹枝回了房间，将纸袋随手搁在床尾的斗柜上。

等周宴京打开房门时，正好看见她坐在床上脱丝袜，很薄的一层被轻轻褪下来，吊在半空。旗袍颜色的饱和度很高，视觉冲击感极强。孟丹枝的动作很随意，腿荡在空中，旗袍前面的裙片因为往下滑，叠在腰腹处。旗袍开衩的位置也跟着抬高。周宴京不错眼地看了一会儿，移开视线。她大概是真的无意。只是他有心。

最近天气有点儿凉，孟丹枝早早就保护好自己，看见他停在门口："你看什么？"

周宴京没说话。孟丹枝低头，电光石火间便已了然。

"好看吗？"她突然问道。

周宴京："自然。"实际上，他更惊讶于她的这句话。

"看也没用。"孟丹枝嗔道。

周宴京还没听清，她就站了起来，故意开始推起后背上的拉链。就虚做了一个动作，收了手。

"我去隔壁了。"孟丹枝第一次做这种事，半路打算撤退。这样的场景若是发生在其他情侣身上，恐怕女方是真的存着引诱男朋友的心。

周宴京感到又惊喜又失落。开窍了那么一点儿，但还是不够。但她半路退缩前的轻轻一点，却足以令他上钩。

"不用。"周宴京说。

他直接走过去，顺手将她拎着睡裙的胳膊抓住，像铐在小腹前似的，力道极大，却又不会伤害她。

孟丹枝吓了一跳。周宴京从背后环着她，酒味还未散尽，还没等她挣脱，顺滑的丝绸睡衣就将她的双手缚住。两个人的体温对比明显，孟丹枝打了一个激灵。她讨饶："宴京哥哥，明天我还有课……"

周宴京不为所动："你记错了。"

孟丹枝："是吗？"

周宴京"嗯"了一声，她的注意力刚被转移，他就趁机行动。

旗袍是一体的设计，不过这时和普通连衣裙没什么区别，轻轻往前一拨就落在了肩膀上。他的行为越发过分，像是故意停歇，然后又继续，房间里的温度都似乎开始上升。孟丹枝开始呼吸不稳，又被他扳回来。

周宴京松开缚手的衣物，把她的手按过头顶，孟丹枝甚至能碰到床头。

一直到他的手终于决定放开她，她才把握住机会，两只手捧住他的脸，鼻尖是清淡的酒味，仿佛自己也喝了酒。

"不准亲我！"孟丹枝现在说话也变得妩媚动人。

周宴京低笑着道："好。"他答应得这么快，也没犹豫。

很快孟丹枝就知道原因了。他的确做到了答应的事，只是右手的食指按在她的嘴巴上，指尖往里伸了伸，轻轻打转。

"这样准吗？"周宴京故意问道。

孟丹枝的脸发烫，明明这样更过分，她绷着脸："不准，都不准。"

"好吧。"他也同意。

次日清晨，明媚的阳光从没有拉紧的纱帘里漏进来。孟丹枝睁开眼睛，有种不知今夕是何年之感，但昨晚的记忆格外清楚。她实在不想起床，可一点儿睡意都没有，只好翻身坐起来，就看见身上的印记。

周宴京的自制力很强，又因为朝九晚五，平时不会太过分。可昨天晚上，他不知道怎么回事，像不知餍足似的。孟丹枝奇怪地想着，又恍然大悟，他昨晚喝酒了——好像喝得比上次还多。她慢吞吞地洗漱好，周宴京正好进了房间。他的手上拿了一条毛巾，正按在脸上。

孟丹枝好奇地问道："怎么了？"

"记性这么差。"周宴京将毛巾拿开，印子已经变得很淡："枝枝，我没想到你这么用力。"

"……"孟丹枝感到震惊了，他这是恶人先告状。可是他这样叫自己的名字，又很好听。

孟丹枝的心虚不过一秒钟："是你活该。"

周宴京的尾音轻抬："我罪有应得？"

孟丹枝点点头。

周宴京一本正经地道："希望今天我的同事都低着头上班。"

"……"这么一说，孟丹枝就开始感到愧疚了。她昨晚应该找个比较安全又好下口的地方的，这种事被其他人知晓，多影响工作和形象！

她将领带拿出来，用来洗刷心虚："喏。"

周宴京低头，看见上面墨绿色的枝叶，很精致，又不失秀气，还有些高贵感。

"我没有多余的手。"他暗示道。

孟丹枝看了看，只好自己帮他系领带，绕过他的脖颈时，两个人离得极近，她一抬眸，就能看到他的唇。昨天早上，好像就是这样的角度，他趁她不备吻了她。这会儿他的酒意消失净尽，只余成熟内敛的压迫，带着清晨独有的些许性感。孟丹枝的心跳得有点儿快。她翻转领带时，周宴京才注意到三分之二的刺绣在背面。唇衔玫瑰，却不艳俗。他的视线落在孟丹枝的脸上，才一天就绣好，可见功底。

领带即将系好时，周宴京貌似无意地道："你不是不会吗？"

孟丹枝："……"

系完领带，孟丹枝迫不及待催促他去上班。周宴京的目的已经达到，不打算一日过多要求，急功冒进。

九点十五分。蒋冬等到上司下楼，和往常差不多的西装革履的造型，衬衫领带，一丝不苟。可就是那个味儿不一样，有点儿轻快的感觉。上司的情绪决定着自己一天的工作态度，蒋冬偷摸观察了一下，正好被周宴京看了个正着。

周宴京的手碰碰脸："还是很明显？"

蒋冬："啊？"

周宴京知道自己是误会了。

蒋冬却忽然拥有了助手的警觉与聪明，他刚刚指的是脸，脸能有什么明显的？他好像知道了什么。蒋冬低头，当什么事也没发生。这一低头，又正好看见周宴京未扣的西装，雪白的衬衫上搭着一条纯色领带，而领带尖却有墨绿的枝蔓斜斜探出。蒋冬立刻眼睛一亮："您今天的领带真好看。"

周宴京也垂首看了眼，弯起嘴唇："是吗？"虽然是疑问句，语气却很肯定。

蒋冬问："是什么牌子的？"

看起来不像是周宴京以前钟爱的那个小众品牌，因为那个牌子不会有这种设计。这种设计不明显，却又与众不同。蒋冬也想买一条这样的领带。

周宴京的语气淡淡的："没牌子。"然后就上了车，没有和他继续闲聊的意思。

蒋冬："……"

周宴京是不是变小气了？以前他们在国外，他还送过自己领带呢！

下午的时候，孟丹枝再次精力充沛地去了"惊枝"。

今天的确没有课，是她记错了。周宴京比她记得还清楚！

许杏是领工资的人，每天朝九晚五，在店里打卡，虽然摸鱼看剧的时候居多。但店里的真客人也没几个，孟丹枝放任不管。现在孟丹枝每天都要刺绣，也像正常工作一样打卡，只是在时间上有点儿随意。

"老板，你今天真漂亮！"许杏夸。

孟丹枝："我哪天不漂亮？"

许杏摇头："不一样，脸还是一样漂亮，可就是给我不一样的感觉，反正跟平时不一样。"

孟丹枝听多了她吹捧自己，不以为意。两个人在店里各忙各的，一个绣东西，一个看短视频，互不打扰。不知道过了多久，许杏点进一个上热门的街拍视频，感慨出声："现在的情侣真甜啊！"

她看向绣架后专注的孟丹枝，低头看了一眼，"咦"了一声道："老板，这个热门视频里的人好像你啊！"

闻言，孟丹枝抬头："什么视频？"

许杏看她不太方便动，就自己走过去，把手机屏幕对着她："我刚刚刷到的一个视频，一对情侣在接吻。"她重点描述，"女生也穿着旗袍呢。"

孟丹枝的心里一动。前天，周宴京突然在街头吻她，她当时压根儿就没注意周围有没有认识的人看见。真的被拍到了？

视频已经从头开始播放。因为拍摄地点是街头，所以人来人往，昏黄的路灯光线和街边各种小店的灯牌光线交织，如同电影的画面一般。而其中的男女主角则停在人群中。

孟丹枝一眼就能认出来这是自己，即使衣服被灯光晃得变了颜色，但她比谁都清楚。她的三分之一侧脸露出来，耳边有垂下的鬓发。

"你看，是不是和你很像？"许杏惊奇地道，"我觉得这男的也很帅，又高，可惜看不到脸。"

孟丹枝说："像。"

视频已经获上百万次点赞，两万条评论。评论里的人都认为他们是一对。孟丹枝第一次从第三视角看自己和周宴京的亲密动作，他那天好像喝了酒，低头亲吻她。他们比街头的其他情侣还要明目张胆。

孟丹枝捏了捏耳朵。

许杏又发现一个问题："这件衣服好像也和你的一模一样！"等等，老板的衣服都是她自己做的，还有她的外婆去世前留下来的——除了个别成品，都是独一无二的。所以……

孟丹枝看见许杏忽然安静下来："怎么了？"

许杏咽了咽口水："……老板，这个人是你吗？"昨天老板的头发好像也是这么绾着的，背的包好像也是这个，众多巧合集合在一起。她不信都不行了。

事已至此，孟丹枝只好承认："是我。"

许杏问："那对面的男人是谁啊？你的那位未婚夫吗？"

孟丹枝想了想，干脆全部坦承："周宴京。"她笑得温婉。

在许杏的眼里，这就像正主为了粉丝，撒个谎安慰。

"老板，你真爱开玩笑。"

孟丹枝："？"

不管信不信，这个赌注是不是有点儿奇怪。

许杏才不相信她温柔、漂亮的老板是个有未婚夫，还和周师兄在一起的人，至于未婚夫等于周宴京……

"你和周师兄认识的那天，你的戒指还被周师兄夸过呢。"她一脸"别想骗到我"的表情，"难道周师兄知情还要插足别人的感情吗？"

孟丹枝停下手，往椅子上轻轻一靠："没插足，对戒中的另一个就在他那儿。"

许杏："老板！你认真点儿！"

孟丹枝："……我很认真。"

许杏露出了然的表情："老板，你放心，我不会告诉别人这件事的，太荒谬了。"

说真话还没人信了。

孟丹枝还惦记着这个宝贝一个月的白工呢："你之前说给我打一个月白工，这话算数吧？"

许杏："当然啦，但那时候说的是去见男神。"

"没错。"孟丹枝忽然明白了这种忽悠人的乐趣。

难怪周宴京偶尔也会忽悠她！不过，偏偏最不可能的事是真的。

现如今用短视频软件的人很多，许杏能刷到这个视频，其他人自然也可以。今天的 B 大论坛也格外热闹。几百层楼里，就没有一个人怀疑是孟丹枝。又有人发出感慨："那位无视大美女的未婚夫要是没有占位置就好了，我从来没见过他。"

另一个人回复："别这么说，孟学姐会不高兴的，是的她男朋友呢，换成是你，你高兴？"

楼主回复："我会悔婚。"

孟丹枝打出三个字："没必要。"当然，她是隐藏了身份匿名发送的。

一个小时后，孟丹枝将最新视频传到网上。再看后台，后来的数据和上次一比，简直是爆炸式增长，昨天发的视频直接被点赞十几万次。评论也有几千条。孟丹枝被消息挤爆的后台震惊了，点开昨天的视频。

孟丹枝顺着评论区的指引上了微博。

对方是一个有百万粉丝的博主，平时靠吐槽各种热门视频为主，昨天早上发了一条吐槽视频。第一条是关于孟丹枝的。

对方上来就声称："又是一个借着苏绣这种非遗想要火的人，视频很明显处理过，而且博主不露脸，身体却露出来一部分，目的很明显了。"

明明是吐槽视频，但弹幕明显没有被博主带着节奏走。

"这哪里处理了？看不出来。"

"人家绣东西的就不准长得好看了吗？"

"是不是得裹着大棉袄来刺绣啊？"

"没东西吐槽了，就瞎说？"

"我马上就去看。"

"我妈说了，这姑娘的手法都对，还比她的手艺好，我妈以前可是得过奖的。"

一天之间，自己的视频连着两条都火了，也是神奇。还好这条吐槽视频起到了反向推荐的作用。孟丹枝的粉丝数量直接涨了十万，还在继续增长。原本想安安静静地，没想到一夜之间，就从另一个方面达到了目的，虽然有些奇怪。

许杏显然很快也刷到了这条视频："老板，你又上热搜了！"她显然是在调侃之前孟丹枝"承认的假话"。

孟丹枝极为平静："我知道。"

许杏感觉皇帝不急太监急。

孟丹枝心里面其实要乐开花了，迫不及待地想炫耀给周宴京看，但又觉得不太合适。

"明天给你放一天假。"

许杏欢呼一声。

这会儿，孟丹枝终于有时间发消息给周宴京：“上回被拍了，都怪你啊！”还把视频链接发过去。

周宴京刚从展览会现场往后面走，蒋冬在说话：“目前这边的工作已经基本结束了，您是回单位，还是——”

周宴京打开手机，未读消息很多，大多是和工作相关的，很快就给了合适的回复。

孟丹枝很少主动给他发微信。昨天是个意外，今天不知道怎么了。

他点开链接，看到无数走来走去的人，扫过的第一眼还以为是一个普通的视频，直到在其中发现孟丹枝的身影。

周宴京重复看了一遍，看完后又看了一遍，然后将视频保存下来，这回没有再点赞。他打字：“拍得还可以。”

只是太不清晰了，角度也应该修改。周宴京微微流露出一丝遗憾的表情。

蒋冬一直听到同一段背景音乐，不知道视频里到底有什么，当然不敢去问和偷看。

收到周宴京的消息，孟丹枝有点儿吃惊。她回复道：“自恋。”

没想到周宴京是一个会关注拍得如何的人，他不会也经常观看他参与过的会议视频吧？

孟丹枝：“而且，为什么只有我露出来了？”

周宴京忍俊不禁：“运气问题。”

孟丹枝觉得他这是在内涵自己。不行，她都被发现了，虽然许杏没有相信。

要不然就让她知道真相？省得她胡思乱想。至于白工，孟丹枝绝对没有这种想法。

她再次低头：“宴京哥哥，我想吃第一次去的那家的樱桃肉了。”

周宴京：“好。”

虽然这一声哥哥听起来有点儿问题。但仔细想，她也做不出什么事来，他自有办法应对。

周宴京抬手看了一下手表上的时间："不回了。"

蒋冬了然："好的。"

周宴京见他要走，忽然想起什么："你早上问我领带的牌子，是想——"

"我只是想买类似有刺绣的领带……"蒋冬连忙解释，"不会和您买一模一样的。"

周宴京也不知道有没有听他的解释，只是等他说完，漫不经心地开口："那你买不到了。"

蒋冬："……"这是又拒绝他，那问他做什么？

"这是枝枝绣的。"周宴京看了他一眼，语气很平淡，用词却不一般："独一无二的。"

他颇为遗憾。

"还有十五分钟，你可以提前下班。"周宴京又道。说着，他率先出了会场。

停在原地的蒋冬脑子里不是提前下班的惊喜，而是刚刚那句"枝枝绣的"和"独一无二"。搞了半天原来是嫂子送的。早上是小气，晚上改炫耀了吗？他一个兢兢业业的助手，为何要受这种苦！

(2)

傍晚六点。青巷里挂在石墙上的复古式路灯已经点亮，照亮青石板铺就的路，一直延伸至尽头。

周宴京给孟丹枝发微信："到了。"

孟丹枝起身："来了。"

她屈指敲敲柜台，露出一个神秘莫测的笑容："许杏，要不要一起走？"

许杏丝毫没发现异常："好啊！"

两个人关上店门，很快走至巷口。周宴京的车就停在边上，很近，距离她们不过几步远。孟丹枝没有走过去，而是打开微信："你在哪儿呢？"

周宴京琢磨着孟丹枝有些不对劲。明明看见他的车，还装作不认识。往常她都一个人出来，今天却和同学一起，必然是有她的目的。他挑眉，并未戳破，降下车窗。

正四处无聊地张望的许杏刚好看见这一幕。她惊喜得无以言表，低声道："啊啊啊！老板！周师兄是不是在看我们？在看我？"

孟丹枝："……"怎么就把"们"字去掉了？

许杏小声："今天撞大运，大晚上的周师兄还来学校这边，难道是有什么重要的事吗？"

"来接人。"孟丹枝说。

"老板，你又知道了。"许杏笑着道，她私下里胆大，这会儿却胆小的样子，不敢去询问。

"师妹。"突然，周宴京清冽的声音响起来。

许杏飞快地扭头。

周宴京的眉梢微微上挑，目光准确地落在孟丹枝的脸上："上车吗？"他伸出手，做出邀请的手势。

明摆着在搭讪自家老板，上车这么明显的暗示，许杏一脸不可置信的表情。许杏看看周宴京，又看看孟丹枝，不好意思当着他的面说他居心不良，只好冲孟丹枝挤眉弄眼。

孟丹枝当然发现许杏想错了。

"周师兄。"许杏咬着牙，暗示道，"我们和你不顺路吧？"

"吃个饭而已。"周宴京再次开口。

在她的心里，老板毋庸置疑是优秀的，周师兄一定也发现了这点，所以才这样。

孟丹枝轻咳一声："许杏，你要一起吃饭吗？"

许杏忙不迭地摇头："我不饿，你呢？是不是也不饿？"

孟丹枝："我饿了。"

闻言，许杏又睁大眼睛。

孟丹枝从另一边上车，还不忘笑着招呼许杏："你也上车，他说了今天他请客。"

“我……不去了吧？”许杏迟疑着。

周宴京看了一眼戏瘾大发的孟丹枝，出声道：“一起吧。”

犹豫半天，想要知道他们俩到底是怎么回事的许杏还是忐忑不安地上了副驾驶座。

“故意的？”周宴京低声。

“明明你是故意的吧？”孟丹枝没好气地道，“刚刚说得好像我们两个人一个出轨，一个插足。”

周宴京道：“这不能怪我。”他的话没有任何问题，全凭听的人如何想。

孟丹枝无话可说。因为的确是如此，许杏的小脑袋里挤满了奇奇怪怪的猜测，自己今天承认了恋情还被她当成在开玩笑。

这不才有了这一幕？

结果周宴京一声“师妹”，让她再次开始脑补。

“被误会的感觉怎么样？”

周宴京思索了两秒钟：“还算可以。”

孟丹枝在心里翻了个白眼。她解释道：“今天网上那个视频，我被她认出来了，然后你猜发生了什么？”她卖关子。

周宴京颇为给面子：“什么？”

孟丹枝笑眯眯地道：“我说对方是你，她不信。”

周宴京不懂小女生们的心思，但很容易就猜到孟丹枝想逗许杏，所以才会和她一起出来。这是拿他当工具人呢。不过，还算能接受。

顾忌着许杏在，两个人说话的声音刻意压低，为了听见对方的话便又离得近一些。这幅画面落在许杏的眼里，就是在说悄悄话。两个人不仅对视着，还很亲昵。

许杏拉住孟丹枝：“老板……”

孟丹枝落后一步，和许杏一起：“怎么了？”

许杏刚才在车上酝酿了许久的话，趁着周宴京先进了店里，一口气说出来。

“老板，我知道肯定是上次周师兄回学校见你优秀，对你用甜言蜜语进行了进攻，但是，周师兄这种表里不一的人，能干出这种事，肯定不能信，你们还是就此打住吧！”

孟丹枝很认真地听许杏说完：“他确实表里不一。”但是甜言蜜语就没有了。

许杏：“是吧！”她松了一口气，还好老板听得进去。至于周师兄，简直就是衣冠禽兽嘛！

孟丹枝见许杏这副模样，忍不住轻笑：“许杏，你怎么还没转过弯呢？我是会做出这种事的人吗？”

许杏还觉得有点儿懵。好像有一个想法从她的脑海中闪过。

点完菜后，桌上很安静。

周宴京给她们倒了热水：“前两天的事，家里人也知道了。”

孟丹枝还不知道这件事：“什么事？”

前两天发生的事多了去了。

家里人？许杏竖起耳朵，她这不是偷听，是光明正大地听。

“热搜。”周宴京提醒道。

孟丹枝“哦”了一声：“那没什么吧？”

周宴京：“我妈看见了。”

孟丹枝瞬间秒懂，周母从来不落后，紧跟时代潮流，各种软件用得很溜。

许杏听了一茬，感觉更糟糕，热搜的事她当然也知道，现在居然还被周师兄的家里人知道了。好复杂，好乱啊！

孟丹枝看许杏依旧没想通，一副生无可恋的模样，心疼起小员工来。她望着周宴京：“都下班了，你怎么不把戒指戴上啊？”

许杏：“？”戒指？好耳熟的东西。而且这么听他们的对话，感觉两个人认识了很久的样子。

孟丹枝这话不只是说给许杏听的，也有个人的因素。天天自己一个人戴，他不戴，她心里不高兴。

周宴京的眉头一动，勾了一下唇，盯着孟丹枝漂亮的眼眸，似乎看出她的心思：“展览会上人来人往，所以我将戒指放在家里了。”

许杏当鹌鹑当了半天，终于忍不住插嘴问道："那个，周师兄要戴什么戒指啊？"

周宴京微笑着答道："订婚戒指。"

许杏："？"她扭头看看孟丹枝，又看看孟丹枝的手。

孟丹枝莞尔一笑："不是都跟你说了，对戒中的另外一个。"

许杏震惊得说话都有点儿混乱："……另一个？啊，在周师兄那儿？"所以未婚夫是周师兄？她捂住嘴，好像说漏嘴了。

周宴京："原来我的形象如此糟糕。"

许杏被调侃得满脸通红，十分尴尬。

"那周师兄上次回学校，"许杏想起什么，声音没忍住提高道，"夸戒指好看——"

"……"周宴京也没想到许杏提起这个。

孟丹枝好整以暇看着周宴京："你看，他真的表里不一。"

许杏："？"这个词是用在这里的吗？

周宴京瞥了孟丹枝一眼，没说话。

一顿饭吃得许杏的心情起起伏伏，就像坐过山车似的。偏偏旁边的两个人十分淡定。此刻在许杏的眼里，孟丹枝和周宴京已经结婚，马上就要生孩子了。她的眼神太直接，孟丹枝已经有点儿后悔了。

周宴京装没看到。吃完饭后，他便开口："先送你回去。"

大晚上的，他作为许杏的师兄，自然不可能让许杏一个女生单独回学校，不安全。

许杏摆摆手："不用不用，周师兄，你送她回去吧。"许杏指指孟丹枝。

"她不急。"周宴京挑眉道，"我们住在一起。"

许杏："？"等被送到学校后，她看着离开的车，才终于从最后一个刺激里回过神来。

许杏给孟丹枝发消息："呜呜呜，老板，我明天可能要醒不过来了，去不了店里了。"

收到消息的孟丹枝蹙眉："为什么？"

许杏："甜死在床上了。"

孟丹枝："……" 作茧自缚的就是自己吧。

许杏："好幸福哦，哎呀，上次真的是你们接吻啊？那周师兄的简介是谁改的啊？"

许杏打字飞快，一条条消息飞快地发过来。

许杏："一定是周师兄改的！"

许杏："我知道，你们肯定是想低调，我的嘴很严的，我不会告诉别人的。"

真正的动手人孟丹枝，瞬间感觉整个人都不好了。

孟丹枝面无表情地回："你的一个月白工就从明天开始吧。"

许杏："？"

孟丹枝满意地收起了手机，当然这句话是假的，真让许杏打白工，岂不是太过分了？吓唬吓唬小女生罢了。

周宴京想了想："你这个同学，很活泼。"她们的关系这么好，他感到有些意外。

孟丹枝睨了他一眼："羡慕吗？"她又倾身过去，问道，"为什么你的助手是男的？好多人的助手都是女生。"

孟丹枝对蒋冬的印象很好，他虽然不像许杏那样活泼，但性格也很开朗，和周宴京完全不同。

周宴京思忖良久，很认真地回答她："明天我帮你问问蒋冬，他为什么是男生。"

孟丹枝："……"

回到家里，周宴京脱了外套搭在沙发上，穿着衬衣在屋子里走动，孟丹枝一抬头就能看到他脖子上的领带。被他松开了，挂在一边。这么一走动，偶尔翻折过来，背面的红唇玫瑰就隐隐可见，增添一丝韵味。还真的适合周宴京。

"宴京哥，你的衣服。"她暗示道。

周宴京佯装没听懂："哪里有问题？"

孟丹枝心想这时候他怎么不上道了？她只好再暗示得明白点儿 :“你怎么还系着领带啊？都回到家了。”她坐在椅子上，被修身的旗袍衬托得妩媚动人。

周宴京弯起嘴唇 :“太漂亮了。”看起来回答得牛头不对马嘴，偏偏就是孟丹枝想要听到的话。

“是吗？我就随手一绣。”孟丹枝自谦。

“是你的技艺精湛。”周宴京恭维。

“应该是的。”孟丹枝说着说着自己都觉得不好意思了。

周宴京早就知道应该怎么才能让她高兴，她好哄得很。从以前到现在都是。

次日清晨，孟丹枝醒得尤其早，和周宴京差不多的时间起来，还能一起吃早餐。等周宴京回房间换衣服，她想到什么，也跟进去。

因为昨晚的领带已经在脏衣篓里，周宴京今天系别的领带，也是深色，但孟丹枝就觉得不太行。其实和平时一样，但她没有成就感。就戴了一天呢，又不能天天用！但主动给他绣新的领带，是不是让他有得寸进尺的机会？孟丹枝感到有些纠结。

要不然，他过生日的时候，送他几十条刺绣的领带，一个月也不会重样，说不定他还能由此成为最靓的翻译官。

“枝枝，你不要一直这么看我。”周宴京察觉到她的视线，他抬起手腕看了看时间，“今天不行，时间太晚了。”

“太晚？”孟丹枝一开始没听明白。隔了几秒钟，她反应过来是什么意思。算了，他不配她送更多的礼物，勉勉强强就昨天那么一条凑合着用用得了。

周宴京自然不知道有一份大礼远离自己而去。

孟丹枝往他的衣架上一搭手，觉得有必要治治他，抓着他手腕看了一下时间，九点十分。

“还有二十分钟才到九点半。”她抛了个媚眼，“我觉得也不是不可以。”

周宴京将领带捋平 :“你确定可以？”他好像真的要做什么。

孟丹枝立刻后退，生怕他来真的 :“不行。”

等周宴京下了楼，她坐回床上，想起刚刚的想法，她居然想给周宴京绣那么多条领带。这很不符合她的性格特征。算了，孟丹枝胡乱想了一下，换了衣服去了店里。

今天许杏来得格外早，昨晚知道自己要打一个月白工，也没有很失望，反而很兴奋。别人不知道的秘密，她知道了，像做梦一样。

看到孟丹枝进门，她唰的一下就从柜台后面站起来，中气十足地道："老板！"

"这么大声干什么？"孟丹枝被吓一跳。

"清晨是美好一天的开始。"许杏睁眼说瞎话，"老板，我觉得一个月白工很好。"

"……"

孟丹枝说："你别这样，我害怕。"

孟丹枝今天要联系拍摄宣传图片，许杏跟在身边，昨晚没问的问题今天一口气全都问出来了："你们什么时候在一起的？我记得你大一下学期还是大二就住公寓了，那时候周师兄在国外吧？"

"不过，老板，周师兄现在是住在你那里，难道他没自己的房子，他吃软饭？"许杏感觉不妙，"不至于吧，工资很低吗？"

孟丹枝回复完消息，抬头说道："那是他的房子。"

许杏懵了："周师兄的？"所以他们到底是什么时候认识的？孟丹枝住这套房子都三四年了吧？她本来自己回宿舍后脑补，老板和周师兄认识是因为学校的老师介绍，或者老板加了周师兄的联系方式。现在看，老板十八九岁时就认识了周师兄。

"周师兄老牛吃嫩草！"

"嫩草"本人没忍住笑起来，摇曳生姿。

许杏心里跟被猫挠似的："到底什么时候认识的呀？都不是同一届，周师兄又不在国内。"

孟丹枝故作高深地道："家族联姻。"可不能跟许杏说他们当初发生了什么。

许杏："我喜欢。"

没想到啊，周师兄在大家都还替他惋惜的时候，早就将佳人揽入怀中。

中午，孟丹枝和许杏一起去食堂吃饭。B 大的伙食很好，物美价廉，还会创新，经常有外校的人想找机会进来蹭吃。孟丹枝点了碗面，和许杏说："今天下午我们去拍宣传图，你要是不想去，就留在店里。"

"当然去了。"许杏才不放过这个机会。

两个人的桌子边又坐下一个人。

"孟丹枝，网上周师兄的信息是不是你改的？"郑芯苒一张嘴就直接问了前两天发生的事。

孟丹枝："……"怎么还是死对头最先猜到的呢？

孟丹枝微微一笑："和你有关系吗？"

许杏点头："就是。"

郑芯苒："狗腿。"

许杏："？"

郑芯苒："许杏，你也别高兴得太早，你喜欢的人可是和你的老板早就在一起了。"她看向许杏，期待她的表现。

许杏没想到，郑芯苒从来都不和她说话，拿她当空气，今天居然开口，绝对没好事。

"真的吗？"她立刻表演气愤状。

郑芯苒说："当然是真的，他们还订婚了。"

许杏立刻对着孟丹枝说道："什么？老板，这么大的事你居然都不告诉我，这不是请我吃一顿饭就能完事的！"

"白工也得抵消！"许杏又补充道。

孟丹枝故作为难地道："那我不是很亏？"

许杏一拍桌子："那算了吧。"

被唬得一愣一愣的郑芯苒这会儿一脑袋问号，许杏听到她的话的反应也太不正常了吧？

"你——"

“我怎么了？都快毕业了，你还是关心实习和考研吧。”许杏没好气地道，“影响胃口。”

郑芯苒以往都是被孟丹枝说得不高兴，这回却是被许杏气走的。

孟丹枝夸奖道：“许杏，你现在崛起了。”

许杏觉得很骄傲。

下午，文灵来得很早。孟丹枝让她试了一件旗袍，确定她的尺码，她的身材标准，穿 M 码刚刚好，这样拍摄就不用过多花时间定制尺寸。

拍摄地点是摄影师约的。孟丹枝平时不怎么关注，不知道京市哪些地方合适旗袍拍摄。

因为文灵在换衣服，摄影师薇薇娅先来，看见孟丹枝，打量着她道：“拍出来效果应该很好。”从之前加微信到现在她还没见过孟丹枝。

孟丹枝眨眨眼睛：“我可不是模特。”

薇薇娅感到有些遗憾：“是吗？”拍得人多了，一眼见到一个人就知道该怎么拍，用什么姿势，她立刻就能想得差不多。

孟丹枝想起什么：“我之前看你朋友圈的照片，也有旗袍写真，你会拍那种怀旧复古风格的吗？”

薇薇娅没想到她喜欢这个风格。

“可以是可以，”她实话实说道，“但是要看模特适合不适合。”

薇薇娅微笑着道：“所以我一般不建议。”如果真要拍，她自然会拍好，让客人们满意。

文灵拍过不少杂志封面，虽然都是些没什么名气的杂志，但她基本的职业素养还是可以的。她一开始还觉得有点儿别扭，后来就沉浸其中。

趁文灵去换另外一套旗袍，薇薇娅调试相机，眼角的余光瞥见孟丹枝倚在墙上和许杏说话。她耐不住手痒，连拍了好几张。虽然大致动作没变，但孟丹枝撩头发、手落下等细微的小动作，就让照片的效果截然不同。根本就不用修，模特本人自带风情万种的感觉。拍摄完成后，已经接近五点，薇薇娅和她们不一起走：“今明两天你们选一下图，大概过两天我把修好的图发给你们。”

孟丹枝“嗯”了一声。

“孟老板，我拍了几张你的照片。”薇薇娅说，“实在没忍住，我不会外传的，你如果要，可以给你。”

孟丹枝说：“没事，你把照片单独发给我。”她还是小时候拍过几次写真照，那些都已经过时了，现在看还有点儿土。如果好看，她就弄个相框，放在自己的房间。

回到“惊枝”快到六点了。孟丹枝和许杳虽然什么也没做，这会儿却觉得累得不行，都懒得多走一步，直接打算去巷口小店吃晚饭。小店距离 B 大不远，有学生在。隔壁桌的女生频频看过来，最后没忍住，探头过来问：“请问是孟学姐吗？”

孟丹枝虽然不认识这个女生，但还是轻声道：“是我。”

学妹听她说话的声音这么温柔，总感觉谣言是假的，纠结许久，终究是好感战胜理智。

“没有问题……是你，我……”她不知道该怎么说，“学姐，你今天下午是不是没看手机？”

手机？今天下午很忙，孟丹枝和许杳都没怎么看。这会儿打开手机，收到不少未读消息，还都是私聊她的。

孟丹枝垂眸，点进去。截图上的人是匿名的，发了张图，图片并不高清，但一眼看到，就让人觉得她在和一个中年人亲热。

孟丹枝觉得不对劲，因为她没有这件衣服。

匿名的人发完图后，还直接说：“看看外院的系花。”

群里管理员直接撤回了他的消息，后来那个人就再也没有出现过，但发过的图已经有人保存下来。

“不是我。”孟丹枝回复他们。

“这也太恶心了吧？”许杳也看到了。许杳比孟丹枝本人还要气愤，“你看看论坛上的这个帖子。”帖子里说孟丹枝嘴上说有男朋友、未婚夫，实际上一直吊着人，又到处拈花惹草。对方简直把能想到的，和孟丹枝偶遇，或者说过话的人，都拉出来遛了一遍。帖子已经被管理员锁住，不能回复，不在首页。

“不知道的还以为我是‘钓系’美人呢。”

“老板，你也太平静了！”

“不是平静。”孟丹枝漂亮的眸子十分冷静，如玻璃珠般璀璨，“你不觉得奇怪吗？”

许杏没转过弯来：“啊？”

“谁会故意造谣？这对他又有什么好处？总不至于是闲得慌吧？”

孟丹枝猜测到，必然是为了达到某个目的，才会对她下手，难道是为了让她延迟毕业？可能这个人还不知道她都已经提前毕业了吧？

许杏：“那怎么办？”

孟丹枝翘起嘴角：“简单，报警。”

许杏“啊”了一声，她的第一反应是要骂对方一顿。

“有人诽谤造谣我，不报警干吗？”孟丹枝的眉眼清冷，“用不着浪费做其他事的时间。”

“但是我看网上说的，好像关不了几天。”许杏说，“不痛不痒的，没什么用。”

孟丹枝眨眨眼睛：“当然还要告他啊！”

先吃饭要紧。

许杏又问：“枝枝姐，那你会告诉你的家人这件事吗？”

孟丹枝说：“不太想。”

家里的孟教授年纪大了，说不定气上头会影响身体健康，至于哥哥，就不耽误他的工作了。

……可能跟周宴京告状更有用吧？在孟丹枝的印象里，周宴京无所不能。她给周宴京发消息：“宴京哥，你有认识的很厉害的律师吗？”

(3)

周宴京收到这条消息时，刚下班。他一边往外走，一边回复她的消息：“怎么了？”

孟丹枝不想把这点儿小事告诉他：“就说有没有。”

周宴京："没有。"

孟丹枝明明记得他以前提过，好像有个同学跨专业考研学法律去了。

孟丹枝："好吧！"没有就没有吧。那就去请一个。

孟丹枝和许杏关店出来，在巷口见到周宴京的车时，许杏抓着孟丹枝的胳膊："你老公来了！"

"不是，你的未婚夫来了。"许杏及时改口。

孟丹枝懒得戳破她。但是周宴京今天过来，都没提前告诉她一声。她看到坐在车里的周宴京还穿着西装，金丝眼镜架在鼻梁上。这个时间点，应该是下班后就过来了。孟丹枝的眼睛眨眨，多看了两眼，随后上了车。

周宴京靠在椅背上，只是一开始看她，后面便闭上眼睛休憩，她本来想开口问一下，最后还是忍住了。

"找律师做什么？"不知何时，他已经睁开眼睛，侧头看她，声音里带着一点儿懒怠，极为性感。

孟丹枝胡扯了一个理由："店里签订新合同。"虽然听起来不是那么靠谱，但也没有太离谱。

周宴京一个字都没信。

孟丹枝点点头："真的。"

"本来还有三分可信。"周宴京不疾不徐地道，"加上那两个字，零分。"

"……"孟丹枝被点明，只好假装无事发生。

周宴京的目光落在她精致的巴掌脸上："有什么事不能和我说的？"

很多事啊，孟丹枝心想。

似乎是轻易看出她的想法，周宴京慢条斯理地道："我记得，你以前作业不写，还让我学孟教授的签名。"

"有这件事吗？"孟丹枝不记得了，但现在觉得不写作业很丢人。

"你怎么什么都记得？"那不过是学生时代做的幼稚的小事，更何况现如今的关系已经发生改变。

周宴京："你知道我是做什么的。"他的记忆力绝佳，就算帮她回忆她上小学时的事儿，他都能说出个一二三四来。

“不要回忆青春好吗？周先生。”

孟丹枝头一回这么叫他，他的感觉还挺奇妙。她说话时向他这边侧身，玲珑有致的身形更惹人注目，微微曲起的腿挨到男人的腿。浅色的旗袍和深色西装碰撞出浓烈的氛围。

周宴京对上她漂亮的眼睛，她的双眼一眨不眨地看着他，仿佛他不承认她便会怎么样。

“那还不算青春期。”

“……”

孟丹枝干脆转移话题：“你今天过来也不说，我都吃过了。”她无意识地和他亲近些许。

周宴京没有避开，也没有提醒，眼睑微垂，十分自然地替她整理了一下旗袍：“见个律师。”他道。

孟丹枝“咦”了一声：“那你之前还跟我说没有，口是心非吗？”

周宴京也不否认：“突然想起来有一个认识的。”

孟丹枝不管他无意的还是有意的，好奇地问：“是你那个学法律的同学吗？”

越回忆，有些印象就越明显：“是不是染过奶奶灰色的头发，长得蛮高的，每次我去你们宿舍的时候还给我吃蛋糕的那个？”

周宴京把整理衣服的手收了回来，听她说完，然后说：“不是。”

“宴京哥，你的人脉挺广啊？”孟丹枝没当回事，反正他认识的律师肯定是靠谱的，就是得想想怎么瞒住他。要不然，事后知道也可以。那个律师会不会偷偷地向他告密？

孟丹枝突然觉得自己今天找他不太对，这么一点儿小事也要麻烦他，显得自己很没用。她转念一想，自己又没什么错事，有什么关系。

不过，她才和周宴京提起这事，他下班来接她，就已经约好了人，真是动作快。

今晚是周宴京请客。是他平时应酬时常去的地方，他们大学期间也经常来这边吃饭，通常是一个宿舍一起聚餐。孟丹枝和周宴京一起进去，收到不少关注的目光。负责接待的工作人员大概是新来的，没有认出周宴京，而是问："请问——"

"我姓周。"周宴京说。

"周先生，这边请。"

"来过很多次？"孟丹枝问道。

"不多。"周宴京回答她。

"看你对这儿很熟嘛。"孟丹枝不信。

周宴京："我去哪儿都熟。"

包间在三楼。门打开后，孟丹枝就瞧见矮桌前有个男人在弯腰摆弄着什么东西，看不到脸，但看气质不差。

"来了？"对方抬头。看到周宴京身旁一身旗袍、风姿绰约的女人，他没认出来，"这是你的女朋友吗？"

他一开口，孟丹枝就感觉耳熟。她说："当然不是。"

"啊？"对方显然没想到，吃了一惊。

孟丹枝没忍住笑。

周宴京说："未婚妻。"他又停顿了一下，"你认识。"

男人打量了孟丹枝许久，终于回想起几年前的事："孟照青的妹妹？怎么不是孟照青找我？"

"未婚妻？"他突然反应过来，觉得震惊了。

今天傍晚，周宴京忽然打电话给他，说约个时间，要请客，有事要找他。

"妹妹，还记不记得我？我是乔灼。"

"真的是你。"孟丹枝终于发现那种熟悉感从何而来，"你的头发现在染回来了啊？"刚才周宴京还骗她。

乔灼："毕竟当了律师，显得稳重一点儿比较好。"他瞥了一眼正在倒茶的周宴京，"不是，你怎么把照青的妹妹给拐了？太不厚道了吧？"

周宴京品了口茶，气定神闲地道："你怎么就知道是我不厚道？"

孟丹枝怀疑这是在暗示她。

乔灼："那必然是你。"

当初周宴京出国后，他们的联系就变少了，但毕竟是几年的好朋友，三言两语间就熟悉起来。

“妹妹今天找我是为了什么？”乔灼笑嘻嘻地道，看向对面，“不会是离婚官司吧？”

“那还轮不到你。”周宴京说。

孟丹枝本来不想说的，现在看不说也不行：“有人造谣诽谤我，我打算起诉他。”

“这个好办。”乔灼立刻说道。

周宴京看向孟丹枝，她没告诉他。

两个人加了联系方式，今天不太适合说具体情况，明天可以去她的学校一趟，正好保留一下证据。

乔灼加微信时，问：“宴京，你不会生气吧？”

周宴京：“怎么会！”

中途孟丹枝去洗手间，包间里只剩下两个人。乔灼收起了刚才那副没心没肺的样子，问道：“什么时候的事儿，都不说一声？”

周宴京说：“前段时间，就几个家里人知道。”

乔灼对孟丹枝的印象都停留在以前。当初她才十几岁吧，虽然不在京市上学，但经常回来，没事就往 B 大跑，毕竟有哥哥在那儿。

“我记得你那时候对她没什么啊！”乔灼看人很准，那时候周宴京看她的感觉就是朋友的妹妹，存心关照。几年后，突然就成未婚夫妻了。乔灼怎么也想不到到底是怎么变的。

周宴京挑眉：“你不懂。”

乔灼：“呸。”

“有时候缘分到了。”周宴京给他慢悠悠地倒了杯茶，问道，“你现在还是单身？”

“是啊！”乔灼很受用他的茶，就是泡久了感觉有点儿苦，看来周宴京泡茶的技术变差了。

“你也老大不小了。”

“我正值青春年少好吧？你不能自己早婚就催别人。”

“我这是为你着想。”

乔灼被他平静的话说得起了一身鸡皮疙瘩，感觉他是不是变了个人，和以前完全不一样。还是线上沟通吧。

孟丹枝回来时，看见他们还在聊天，顺口对乔灼说：“你还是以前的发型更好看点儿。”

乔灼摸摸头发：“女生的眼光应该是一致的，可能这就是我到现在都没女朋友还被挖苦的原因。”

桌上的点心很漂亮，孟丹枝一连吃了好几块。还想继续吃时，周宴京把碟子直接端走，放到她碰不着的地方。孟丹枝瞪他，周宴京不为所动。

对面的乔灼看了半天，心里有些不是滋味，他今天怎么就答应来了，这是来吃狗粮的吧！他咳嗽一声：“今天的时间也不早了，明天联系。”

周宴京和孟丹枝后走的，外面已经黑透了。

孟丹枝终于有机会问周宴京：“你之前干吗跟我说不是他？”

周宴京好整以暇地开口：“你说的是奶奶灰色的头发，他确实不是，我有说错吗？”

“……你这是强词夺理。”

“显然没有。”周宴京的眉梢一抬，她自然说不过靠嘴皮子生活的他。

孟丹枝福至心灵：“宴京哥，你该不会是当时不高兴吧？”

周宴京看她。过了几秒钟，他才说道：“你记性在不该好的地方好。”

“我是正常男人。”周宴京说。他虽然没有明说，但好像是承认了。

孟丹枝的眼睛弯成月牙，听见的第一秒就莞尔一笑，现在反应过来，又有点儿不好意思。这是吃醋了呀？吃醋的宴京哥好可爱。

周宴京无奈，她关注的点好像都不对。

上车后，孟丹枝开了窗吹风。

她本来就吃饱了，看点心太漂亮，味道也不错，又吃了好几块，就有那么一点点吃撑了。

“今天下午怎么不告诉我这件事？”周宴京问。

“告诉你干吗？”孟丹枝扭头，“你连点心都不让我吃。”

这两者之间有什么联系吗?

周宴京叫她:“孟丹枝。”他伸手把她的脸掰过来。

孟丹枝挣脱开,脚尖动了动,一脸无辜的表情:“就是我觉得没什么大不了的,不是找你约律师了吗?”

“……”说得这么平静。

周宴京的语气低沉:“我不问,你就不打算告诉我?”

孟丹枝摇摇头。

周宴京:“我不约律师,你就不说了,是不是?”

孟丹枝再一次摇摇头。一看就知道现在的问题是送命题,不能点头。

周宴京打开手机,从通信录里找出张主任的名字。

孟丹枝看得一清二楚:“你干什么?”

“问学校。”

“这么晚了……”

周宴京道:“校领导这个时间点还没休息,再说,学校里发生这么大的事,他们要处理。”

他还没打电话出去,孟丹枝的手机先响了。是辅导员的电话,周宴京替她按了接通。没想到,对面不是辅导员的声音,而是张主任的:“孟同学,你在学校吗?”

孟丹枝看了一眼身边的人:“不在。”

那边的张主任也没想到是这个答案:“那你现在能回学校一趟吗?有事情和你谈。”

“主任,现在有点儿晚了,不太方便吧。”

“因为今天学校里出现关于你的新闻,我现在才知道,如果你不方便,就明天吧。”

孟丹枝看向周宴京。还真是让他说对了,主任这么晚打电话,就为了这件事。她没隐瞒:“我已经打算报警了,这是我的权利。明天会带律师到学校里处理,到时候还要麻烦主任。”

辅导员经常处理各种琐事,一听就猜她肯定来硬的:“其实我们就是为了这件事。我们这边有人举报,你的个人作风方面不太好,所以我们不得不先问问你。”

还举报了？孟丹枝感到无语，又是造谣，又是举报的，煞费苦心。

张主任“嗯”了一声：“孟同学放心。”

“主任，跟我关系好的男性只有一个，是我的未婚夫，我们双方家长都认识。”

“那就好，不过还是要先等调查结果出来，免得有人说我们不公正对待，孟同学，你放心，我们不会偏颇的。既然你打算报警，我们这边会配合警方的工作的。”

孟丹枝觉得这个态度可以了。至于跟学校说自己有什么证据，订婚戒指算不算？家长的话算不算呢？或者，身边的人是不是最有力的证据？

“我知道——”一个“了”字还没出口，孟丹枝握着手机的、纤细的右手腕就被周宴京握住，他宽大的手掌上移，覆在她的手背上。他的手温热，她的心跳都加速了。周宴京将她整个手连着手机都抓了过来，覆盖得严严实实的，快要贴到他的脸边了。

孟丹枝没挣脱开，小声问：“干吗？”

周宴京没回答她，而是对着电话那边的人开了口：“不用调查了，证据在这里。”

“……”对面的张主任感觉自己今天受到了一波又一波的惊吓，他怎么听到了周宴京的声音？他看向孟丹枝的辅导员——这是打给孟同学的吧？

辅导员狠狠地点头，是她的电话没错。

张主任还记得上次误会他们的事，这回只是问：“是宴京吗？你们今天是在一起呢？”

电话开着免提。孟丹枝想拿回手机，却争不过周宴京，只好瞪着他。

周宴京：“别动。”

都上手了还说不准动，这是她的手机。

周宴京转回去：“是，枝枝被举报可能是因为我。”

“啊？”张主任懵了：“你们不是……邻居吗？这……这……”

孟丹枝本来气他不打招呼就承认了，现在突然听笑了，主任的反应也太好笑了。

周宴京轻声道："现在是未婚夫了。"

张主任终于接受这个爆炸性的消息，随后又惊讶地道："可……可是图片里的是个中年人啊！这也是你？"才半个多月不见，不至于大变脸吧？

周宴京的语气还算平静："是吗？"

孟丹枝快笑疯了。

周宴京说："图片必然是假的，女的不会是枝枝。"他又说道，"男的也不是我。"

周宴京最后这句话把张主任都整无语了。

"张主任，我看到那张照片了，我没有那样的衣服，我觉得大概是合成的图。"孟丹枝插嘴。

"明天你们来学校处理吧。"张主任觉得累了。

孟丹枝："他也要来啊？不用吧？"

张主任想了想："那倒不用。"

如果那个中年人是周宴京，只是被拍成那样，那本身就没什么，问题是造谣者的。如果不是周宴京，还是得先找到另外一方。他们是今天收到匿名举报信的，第一反应是不太相信，毕竟孟丹枝的品行，他们是知道的。但是既然有人举报，那就必须得处理。结束通话前，张主任又忍不住问道："宴京，你和孟同学，是真的在一起了？"

"真的。"周宴京说。

张主任一脑袋问题，最后一个也没问。

挂断电话后，孟丹枝出声："中年人？"

她忍不住调侃道："宴京哥，你已经老了！"

这大概是周宴京人生中的第一个滑铁卢，孟丹枝可不得铆着劲儿抓住这个小把柄。

周宴京按按眉心："你确定？"

孟丹枝说："不是我说的，你自己承认的。"

周宴京反问道："我承认是因为什么你还不知道？"他以为那张图是

前几天街头出格的那张，毕竟都被人拍到视频了，结果张主任一句话将他都说懵了。

男主角不是他，那女主角就不可能是孟丹枝。

“哦！宴京哥哥，你二十七岁，正值青春年少。”孟丹枝冲他眨眨眼睛，“怎么会老呢？”

周宴京睨她一眼。

前排的司机总感觉自己不该出现在这里。

孟丹枝正色道：“其实吧，这件事我真没觉得有什么。”这种小把戏，对她而言根本没影响。只是，她不知道突然出手的是谁。

不太像郑芯苒。她还没蠢到如此地步，她们同校将近四年，这时候做这种事，拿自己的毕业证开玩笑吗？况且中午她还张牙舞爪过。

周宴京问：“你得罪过谁？”

孟丹枝捧着自己的脸：“没得罪谁啊？我一般都是被学弟、学妹们当吉祥物的。”

周宴京认真地看了她几秒钟：“确实吉祥。”

孟丹枝飞眼刀子。怎么好好的词，到他的嘴里就变了个味道？

“还有啊，你干吗突然和主任说。”孟丹枝想起重点，“我都让你不要说了。”

“嗯？有什么不可告人的？”周宴京定定地望着她，“你说理由。”

孟丹枝的理由一堆一堆的：“要是大家都知道了，学校里肯定更热闹。我想平静地过完大四。”

“张主任不会多嘴的。”周宴京气定神闲地道，“你看你的员工，她知道了也没什么反应。”

孟丹枝想对他翻个白眼，顾及自己的形象，还是算了。

回到公寓的时间还早。学校的各种群里不再讨论这件事，但孟丹枝觉得，估计私下里讨论的人不少，人都是八卦的。一想到自己的名字和那张图片联系在一起，她的心里就觉得硌硬。

薇薇娅：“孟老板，选选图。”

薇薇娅："对了，你的照片我也发过去了，需要我修吗？其实我觉得不修就很好了。"连带着发来一份文件。

照片有点儿大，孟丹枝用平板打开，除了文灵的几张照片，她还把自己的照片保存下来了。在薇薇娅的镜头下，她的确很美。孟丹枝欣赏了好久，直到听见周宴京进来的声音，这才赶紧关闭图片，自恋还是不要被发现。

她的动作明显，周宴京探身过来："看什么？"

"今天拍的模特照片。"孟丹枝抬手，"你也要看？"

周宴京眼角的余光瞄过图片上面的脸，移开视线，显然毫无兴趣。

孟丹枝圈出一部分图片发给薇薇娅："音音介绍的摄影师真不错，还是姐妹靠谱。"

她忽然灵机一动。

孟丹枝问道："你可以看出照片的真假吗？"

薇薇娅："真假？"

薇薇娅："正常情况下，不是非常完美的那种，我是看得出来的，也可以用工具查看。"

孟丹枝立刻将今天的那张图发过去："你帮我看看这张图片。"

薇薇娅收到照片后，第一反应是这张图不好看，色调也不对，而且还高糊。但放大之后，她就看出问题了。女主角像孟丹枝，难怪让她看一下有没有问题。她将图片放入自己常用的修图软件，然后配合里面的灯光等改回了原有的色调。这张图并不像合成的！

薇薇娅："我把色调改成正常，应该是图片原来的样子了。"

薇薇娅："我没发现合成的痕迹，可能是我的技术不到位，孟老板，你找别人试试。"

孟丹枝："不用了，我已经得到结果了。"

图片的色调一改，她忽然觉得图片中的旗袍很眼熟，往自己的衣帽间走去，就找到那件衣服："原来我还真有这件衣服。"

孟丹枝兴冲冲地回到了卧室："周宴京，这张图就是我们在街头被拍那天的，我说怎么觉得哪里不对。"

直到现在，周宴京才看到那张图片。

“你那天的确穿的是这件衣服。”

“看来，那天不止一个人拍了。”孟丹枝摸摸下巴，“薇薇娅说这张图不像是合成的。”

“也许是错位。”周宴京想得更简单。

当时是在人来人往的街头，接吻也不是一秒两秒，中途有无数人路过，抓拍一张错位的很容易。至于抓拍人，从角度可以查监控。

孟丹枝把图片和猜测发给乔灼，乔灼回复：“OK，我找个专业的鉴定机构。”

这种事，他们做得多了。

薇薇娅是陈书音的朋友，也知道孟丹枝和陈书音是朋友，想了想，还是把这件事告诉了陈书音。陈书音气坏了。她当即打电话给孟丹枝：“是什么人嫉妒你们，做出来这种下作的事？”

孟丹枝皱眉：“你怎么知道的？薇薇娅说的？”

“她知道我们是好朋友，觉得有必要告诉我。”陈书音说，“你别生气，不过这件事你要是不跟我说，我就生气了。”

“我就是觉得没什么，今天刚发生，我已经找好律师了，明天去学校处理就行。”

“必须得告他。”

“当然了。”

陈书音的心里舒服许多：“对了，怎么都是你在处理？姓周的呢？未婚妻被人造谣了，他都没反应的？那我必须谴责他。”

“陈女士请放心。”周宴京的声音突然出现，把陈书音吓了一跳。

“哦，你也在啊！”陈书音清了清嗓子，“既然周先生都这么说了，那我就放心了，枝枝，我不打扰你们了。”她飞快地挂断电话。

孟丹枝都还没说后面的话。“姐妹聊天，你插什么嘴？”她看向周宴京。

周宴京解掉领带，搭在衣架上，又慢条斯理地解着衬衫的扣子：“既然说到我了，我需要澄清一下。”

“你们平时都是这么说我的？”周宴京问道。

孟丹枝心中的警铃大作：“当然不是啦。”

周宴京捏了捏她仰起来的下巴，手感实在很好，声音不疾不徐地道：“我怎么觉得是呢？”

“你这叫想太多。”孟丹枝坚决不承认。

面前的男人因为他的动作靠得很近，透过他松开的领口能看见锁骨。孟丹枝不好意思地别开脸：“赶紧走。”

周宴京问：“耍流氓不成就赶人？”

周宴京转身进了浴室。孟丹枝往门口瞟了一下，胡扯了一个理由：“宴京哥，我的东西还在里面呢。”她下床走到门边。

水声停了，周宴京问：“什么东西？”

孟丹枝走到门边，里面的热气扑出来，根本看不清，她又退缩道：“算了，待会儿我自己拿吧。”

“……”没过一会儿，周宴京穿着浴袍出来。

孟丹枝偷偷看了两眼。

“不是要拿东西，怎么不动了？”周宴京问。

“待会儿进去。”孟丹枝嘴硬地道。

“我还以为你刚刚是随便说了一个借口，想要进去。”周宴京用毛巾擦头发，眼神瞥向床上的人。

“怎么可能？你的思想真龌龊。”孟丹枝支起上半身，还不忘谴责他。

周宴京“哦”了一声：“是我误会了。”

这个话题不宜继续，她随手抓起一件睡裙就进了浴室，和他不一样，她把门关得紧紧的，做贼心虚一般。

卧室里只剩周宴京一个人，他轻笑了一声。

许久之后，水声终于停了。孟丹枝半天没出来，盯着睡裙发呆，她刚刚压根儿没看，结果不小心拿错了，本来是想拿泡泡袖的，拿成了吊带。算了，之前也不是没穿过。孟丹枝敷上一张面膜，才出了浴室。

周宴京正靠在床头看新闻，听见动静，往那边看，她的睡裙长及小腿，纤细的脚踝上还有未擦干的水滴。一头漂亮的黑发被吹得稍稍蓬松，又有点儿凌乱。裙摆和头发都随着她的走动微微摇晃着。

“你在看什么啊？”孟丹枝问。

“新闻。”周宴京回答。

“你刚刚明明在看我。”孟丹枝摸了摸脸上的面膜，“没见过美女敷面膜吗？”

周宴京想了想：“确实没见过。”

孟丹枝：“……今天见到了。”她以前好像都是洗澡时敷，然后顺手洗脸。

洗澡前的话题已经被她遗忘，孟丹枝往床头一靠，还未消散的水雾也被挟过来。有事要说，她的语气就格外好：“宴京哥，音音给我介绍的摄影师拍照真的不错，要不我们拍那个写真就找她？”

“你选就行。”

“那你到时候不要插嘴。”

周宴京嗤笑一声，继续看新闻。

孟丹枝乖乖地做完皮肤护理，以为这件事已经过去，没料到才走到床边，就被他拉得踉跄一下。她跌进他的怀里。

也不是第一次，她不慌不忙地道：“我真没想好。”

“这个没想好不急，我们还有另外一件事要谈。”周宴京说。

“什么？”孟丹枝注意力被他吸引过去。

周宴京：“在车上的时候，你说过什么话，都忘了？”

孟丹枝绞尽脑汁，终于想起来：“我不是夸你青春年少了吗？”多好听啊，她能想到这个词都不容易。

周宴京“嗯”了一声，说道：“夸我之前呢？”他的手压着她的唇瓣，居高临下地看着她恍然大悟的神色。

周宴京的眸色渐深：“想起来了？”

孟丹枝露出不可置信的表情，这个人也太小心眼了吧！夸他了还不够，还要翻之前的旧账！哪有这样的人？男人都是这样算账的吗？一点儿也不大方，周宴京居然心眼这么小！孟丹枝觉得自己一失足成千古恨。

第8章
CHAPTER 8

报复性排名

（1）

“你想怎么样？”孟丹枝总感觉这个话题很危险，很像某种事的前兆。

“不怎么样。”说是这么说，在孟丹枝松了一口气的时候，他就吻了下来。是个很轻柔的吻，又温柔又缱绻，像春日里的第一缕风，吹散了那点儿冰冷。比起强势，温柔更容易让人沦陷。

孟丹枝无法抗拒这样的周宴京，一分钟后就意乱情迷。她揪着他的衣服。两个人今天的姿势有些奇怪，她还在他的怀里。分开时，她甚至看到他唇上的水色，脸色顿时染上明媚的红，移开了视线。孟丹枝以为一切水到渠成，后面也是。没想到周宴京只用拇指的指腹蹭了下唇角，然后伸手关了灯：“睡觉吧。”

孟丹枝不敢置信地眨了一下眼睛。

房间里一片漆黑，她也看不到周宴京的表情，不知道他是来真的还是假的。

肯定是假的！

孟丹枝摸索着在他边上躺下，想着不到两分钟，周宴京就会忍不住的。不知道几个两分钟过去了，对方毫无动静。孟丹枝问：“睡了吗？”

“睡了。”不知道是不是猜到她在想什么，周宴京的唇角无声地上扬，说道，“明天你还有正事。”

“我又没问。”孟丹枝恼羞成怒。他撩拨她，她都准备好了，结果就这么戛然而止。虽然理由很恰当，可就是觉得不得劲。

从明天起她就回家住，让他一个人住这里。腹诽了一会，孟丹枝才心满意足地睡着了，没过多久就呼吸平稳。

周宴京却还没睡。他偏过头，适应了黑暗的眼睛如今可以借着些微的月色，看见孟丹枝的轮廓。他伸手轻轻捏了捏她的脸。

睡梦中的孟丹枝咕哝了一句。

不知道是不是临睡前的执念太深，还是因为别的什么，这一晚，孟丹枝做了个梦。

梦里很难分辨是哪一天。

孟丹枝在周宴京的房子里泡澡，空气中泛着粉色的气息，她在浴室里待了很久。

一直到门外有声音响起来。

“枝枝？”是周宴京的声音。

孟丹枝连忙起身，可没想到，她没有拿睡衣，只拿了他的衬衫进来，穿上去之后显得美腿分外纤细。

她开门叫他：“宴京哥哥。”她的脸被热气熏红，纤细、笔直的腿白生生地暴露在空气里。

周宴京将她抱了起来，亲吻她。

“枝枝，该起床了。”孟丹枝被叫醒的时候还有点儿懵。她躺在床上，头顶是天花板，眼前男人的脸和梦里男人的脸重叠，只不过位置截然不同。

“做梦了？”周宴京打量着她。

“你才做梦了。”孟丹枝一骨碌坐起来，睡裙早就卷到腰上，吊带也早就掉到胳膊上。

周宴京的视线不可避免看过去。

孟丹枝还在紧张中。刚醒的那几分钟内，梦的内容都是十分清晰的，尤其是梦里的另一个当事人就在自己面前。

没听到动静，她抬头："你怎么还在？"对上周宴京不加掩饰的眼神，孟丹枝低头，迅速把被子拉起来。

"好过分！"她说。

周宴京不置可否地看了下腕表的时间。

孟丹枝也探头去看："快去上班。"

周宴京不疾不徐地道："你急什么？"他似乎是察觉什么，"你今天早上好像很慌张。"

孟丹枝故作镇定："有吗？"反正这个梦的内容她打死也不说，他也不会知道。

"有。"周宴京颔首，猜测道："真做梦了？"

"没有。"孟丹枝睁眼说瞎话，"我从来不做梦，你好烦呀，赶紧去上班，问东问西的，迟到了扣你的工资。"

周宴京离开后，她支起身体往外看。

过了一会儿，外面传来关门声。

孟丹枝靠回床头，捂住胸口。

都怪周宴京。

很快，乔灼打来电话："你先去学校，我大概十点钟到，我们是在教室见面，还是直接去校领导那边？"

孟丹枝说："校门口青巷里还记得吗？"

乔灼："当然记得。"

"我在里面开了家店，我们就在巷口见吧，一起进去。"孟丹枝笑着说道，"麻烦乔大律师了。"

"不麻烦。"

孟丹枝吃完早餐，到学校刚好是十点。

等了半天，看到了熟悉的奶奶灰色的头发，她大吃一惊："你昨晚不还是黑色的头发吗？连夜染的？"

乔灼："对啊，我仔细看了看，确实更好看。"

孟丹枝："不需要稳重了？"

乔灼："没事，我现在是自由律师，等我享受一段时间的快乐时光再去律所上班。"他已经收到了 offer（录用信），不过时间还早。

孟丹枝"哦"了一声。

"那张图，我今天上午来之前就收到了鉴定结果，的确没有合成的迹象。"

孟丹枝"嗯"了一声道："我和宴京哥觉得是错位。"

她把之前的热门视频给乔灼看，虽然被看到接吻有点儿奇怪，但也顾不得什么。

"……我这是来吃'狗粮'的。"乔灼说。

两个人一起走进去。

孟丹枝回学校没什么，但突然和一个帅哥一起回来，就吸引了不少人的目光。

群里的同学们也在讨论。

郑芯苒没有参与讨论，而是将群里别人偷拍的图发给郑锐："哥，这是谁啊？你知道吗？"

郑锐："乔灼。"

郑锐："周宴京的室友，你从哪儿看到的图？"

郑芯苒："他今天和孟丹枝一起来学校的。"

郑锐一想就明白了："乔灼现在应该是律师。"

郑芯苒立刻就明白了。

十分钟后，警车到了学校，这回不只她知道，全校同学都知道了——孟丹枝报了警。

而那个头发染了奶奶灰色的人是律师，还是 B 大校友。

大家好失望，原来不是孟丹枝的未婚夫啊！

有知情人翻了翻很久以前的帖子，搜索乔灼的名字，得到一个信息：乔灼竟然和周师兄是室友。

好像说了什么，又好像什么都没说。

孟丹枝先去的主任办公室。

张主任今天一早就来学校了："昨天宴京跟我说，我还有点儿不敢信……你们也瞒得太紧了。”

“其实也没多久。”孟丹枝说。

“要是他不说，你是不是就等我们学校慢慢查？”张主任说，“那得耽误多少时间？”

孟丹枝一想确实是。迟了一点儿，说不定谣言又传开了。周宴京在这件事上做得没有半点儿问题，他是直接站在她的角度思考的，从根源上处理。

孟丹枝回过神：“我刚刚来之前报了警。”

张主任点头，又看向正襟危坐的乔灼，总感觉他很眼熟，尤其是这打眼的头发。

乔灼主动问道：“主任，不记得我了吗？”

“想起来了，你这个头发我忘不掉。”张主任眯着眼睛，“你的工作单位还能忍你？”

“……”

“你来干什么？”

乔灼一本正经地道：“我是受周宴京所托，来给师妹当律师的，主任，您可不能乱说话。”

张主任：“……”谱倒挺大。

正说着，外面的民警到了。

这件事也很简单，取证之后调查即可。

“过两天有结果了，我们会通知您的。”

孟丹枝点点头：“好的，麻烦了。”

乔灼则是和那边留了联系方式：“等警方的结果出来，我们直接起诉，如果想和解，也简单。”

“主任，您看呢？”他问。

张主任感到有些头疼：“如果是学校的学生，我们会给处分，通报批评，让他给你道歉。”

孟丹枝对这个说法还算满意。

不过要是学校里出现了这样的学生，那必须严肃处理。B 大的名声不能让一颗老鼠屎坏了。

孟丹枝不知道警方是如何调查的，但她相信结果很快就会出来，这又不是很难的事。

她说回家住是真的回家住，下午就回了家。

孟教授退休后就闲得在家养花，平时家里就他和李妈在，孟丹枝果然在花房找到他。他感到很意外："怎么突然回来了？"

孟丹枝挽住他，抱怨着道："爷爷怎么这么说？这是我家，我回来不是很正常吗？"

"好，是爷爷的错。"孟教授笑呵呵的。

两个人一起从花房离开，回到客厅。

"正好，我还打算让照青叫你回来的。"孟教授的语气认真起来，"你父亲的忌日快到了。"

孟丹枝的神色不再像刚才那样，点点头："我记得的。"

她又听见爷爷说："今年呢，就带宴京过去吧。"

"他每年都去。"孟丹枝说。

"你还能不懂爷爷的意思？"

孟丹枝点点头："好嘛，反正外婆他也见过了。"

说起回外婆家，上次那段对话，她记忆犹新。

其实周宴京拜祭过孟父，毕竟相对而言，孟父对他而言是一个很亲近的长辈。虽然那时他只有几岁。但今年，身份不同，意义也不同。

"今年就别生气了。"孟教授摸她的头。

孟丹枝知道孟教授指的是什么："我去年也没有。"毕竟苏文心已经改嫁多年，她生气也没什么用。她当时年纪小，懵懂无知。长大后，爷爷他们总是说都过去了，可她得知那个情况后还是无法原谅她。

…………

苏文心刚从美容店回来，将包递给用人，问道："先生回来了吗？"

"没有，不过小姐在。"

用人的话音刚落，里面的陈若烟就像一阵风似的，飘到苏文心的面前："阿姨，您帮帮我吧。"

“只有您能帮我了。”陈若烟哭着道。

苏文心一头雾水：“什么只有我能帮？”

苏文心平时和陈若烟没什么交流。毕竟对陈若烟来说，苏文心是后妈，她能和亲爸聊天，就绝对不会和苏文心说废话。

所以这会儿被陈若烟哭着求帮忙，苏文心直觉不是什么好事。陈家的能力摆在这儿，一点儿小事，陈达海就自己处理了。

陈若烟一边哭着还不忘观察苏文心的表情，似乎她要是不答应帮忙处理，会很麻烦。

“你别光哭，跟我说什么忙。”苏文心问。要是很大的问题，她才不会管。后妈帮忙说不定还落不着好。

陈若烟便挑三拣四地说起。

…………

陈若烟刚读大学，她的学习成绩也不好，没事就到处玩。

今天回家时，看到几个警察在小区里，本来陈若烟还觉得没什么，直到他们和她走同一条路。陈若烟的心里有鬼，刻意绕了条路。她看到那些人直接按响她家的门铃，是用人出来开门的，说主人都不在家。

警察问：“陈若烟是住这里的吗？”

用人：“是，不过她现在不在，请问有什么事吗？”

“没什么，只是有个案子需要问问她，如果她不在，我们明天再过来。”

陈若烟的心怦怦直跳。她做过什么事她自己最清楚。

等警察们离开后，陈若烟才回了家。用人和陈若烟说了警察来过的事儿，她便一直在客厅里等父母回来。

陈达海在公司，回来肯定不如苏文心早。孟丹枝是她的女儿，她现在是自己的后妈，求她帮帮自己应该没什么问题吧？

…………

陈若烟抽抽搭搭地说：“我就拍了照片而已，不知道警察怎么来我家了……呜呜呜。”

“是不是姐姐报警了啊？”陈若烟问。

苏文心的脸色一变："什么照片？"她和孟丹枝感情不好，也没相处多久，但怎么说孟丹枝都是她的亲生女儿，和继女还是有很大区别的。陈若烟居然偷拍孟丹枝的照片，关键是还发到学校里去，现在还来求她帮忙，是把她当傻子吗？

"真的没什么……"陈若烟还没发现苏文心的表情变化，"就是接吻的照片啊，我就是路上偶遇看到了。"

"你把照片发给我看看。"

"我已经删了……阿姨您帮我跟姐姐求求情好不好？"

"真的删了？"

陈若烟把手机递给她："阿姨，您要是不信您自己看。"

苏文心当然不信，翻了翻确实没找到照片。

"我还是不懂，你拍普通的照片怎么会让警察找到家里来？这件事我会告诉你爸爸的。"

陈若烟有些不可置信，苏文心以前可不是这样的。上回经不住她磨，还带她进周宴京的包间。告诉她爸又怎么样？她爸肯定会帮她的。

(2)

下班后，周宴京打开 B 大论坛。

因为孟丹枝报了警，这会儿论坛上全都在讨论这件事，夹杂着他和乔灼的名字。

乔灼把头发又染回去了？周宴京的眉头一皱。

对面的蒋冬吃饭吃到一半，注意到周宴京的表情好像有点儿变化，一开始是不高兴，后来是嫌弃。嫌弃什么？不对，应该是在看什么？情绪这么多变。

蒋冬和周宴京共事多年，只在第一年见过他的情绪外露，那时他还年轻气盛，第二年便逐渐内敛。一定是和嫂子相关的。这回他偷偷在心里用工资保证。

乔灼给周宴京发微信："你是不是给妹妹灌了迷魂汤？"

周宴京："什么？"

乔灼："她昨天夸我的头发染成奶奶灰色好看，今天压根儿就没怎么瞧我，原来她最欣赏黑发。"

周宴京："你为什么要让她瞧你？"

乔灼："重点是这个吗？"

周宴京："是。"

乔灼："别吃醋，我只是想变帅一点儿。"

若是以前，周宴京自然放心乔灼的为人，但人心易变，谁知道毕业几年后的他是什么样子的？还是重新找个律师吧。

乔灼还不知道自己多说那么两句话，新工作就快丢了。

"您看什么呢？"蒋冬问。

周宴京放下手机："没什么。"他想起什么，又说，"下周我出国后，B 大那边如果有事，第一时间告诉我。"

蒋冬点点头。

下周周宴京将随上面一起出国参加会议，作为随行翻译，这份工作比展览会的更重要。

陈达海在晚上九点钟回来。一进门就看见苏文心和陈若烟两个人坐在客厅里，陈若烟的眼睛还是红的，有点儿肿。他皱眉，苏文心不会骂他的女儿了吧？

"你女儿做的事，你还不知道吧？"苏文心问。

"什么事？我刚应酬完，能知道什么？"陈达海露出一个笑容，"小摩擦你们自己处理就好了。"

往常苏文心吃他这套，但今天不行："陈若烟，你自己说，还是我说？"

陈若烟不说话，给陈达海使眼色。

苏文心开口："她偷拍枝枝的照片，发到了学校那边，现在警察找到家里来了，你问问她到底拍了什么？"

陈达海这才明白，原来是和孟丹枝有关，难怪她的脸色不好。他绷着脸："若烟，你实话实说。"

“真的只是很普通的照片，我就是在路上看见姐姐和一个男的接吻，拍了照片，我又没有姐姐的联系方式，当然只能发到学校那边去了……”

陈若烟说着说着又哭起来：“阿姨怎么就不相信我呢？”

陈达海转向苏文心：“若烟这孩子你也知道，她还小，想的也简单，肯定不是故意的。”

苏文心说：“不管是不是故意的，结果已经造成了，你觉得有警察过来，还会是小事吗？”

“可能枝枝觉得被偷拍，被冒犯了，所以才报警的。”陈达海猜测道，“这个也说得通嘛。”

他看了一眼陈若烟：“你看，要不这样，我让若烟跟你一起，去给枝枝道歉，不管怎么说，是她的错。”

“若烟，你说话。”

陈若烟立刻明白父亲这是在帮自己：“我可以去道歉的。”

苏文心看着陈若烟，陈达海则在一旁说：“若烟还小，留下什么档案不好，你说是吧……”

陈达海说了半天，苏文心的态度终于软下来：“当面道歉，看枝枝怎么说，我不会逼她的。”

陈达海立刻说：“当然，当然。”看在亲妈的份儿上，孟丹枝不会过分追究的吧？

苏文心没找孟丹枝，而是委婉地给周宴京发消息，提及此事：“若烟已经答应我当面道歉。请你帮我转告枝枝。”

周宴京此时正坐在床上。他想了一会儿，才记起陈若烟是谁。没什么重要性的人，从来不会在他的记忆里多停留。他能记住她，还是因为那天和孟丹枝的事有关。

周宴京看向身边，孟丹枝正在看她自己之前拍的视频，最新视频的播放量已经上了百万次。她这会儿正在得意。

周宴京低头，回复：“苏姨看过照片吗？”

苏文心：“她说删了。”

周宴京以为苏文心知道具体内容是什么，有些无话可说。可能对于个别人来说，新家庭更重要。

周宴京："她成年了吗？"

苏文心以为周宴京是在说成年人了还乱来，就随口说了一句陈若烟上周刚成年。

陈家就这么一个女儿，女儿的成年宴办得声势浩大，可和陈书音家一比，又很普通。还是陈书音在同一层吃饭遇到的。只不过陈书音懒得搭理他们，陈达海邀请陈书音了，她没去，这件糟心事也没告诉孟丹枝。

周宴京："您可以自己说。"这件事他不想插手。刨除照片的当事人，一切的处置权利都在孟丹枝手里。

苏文心："你还不知道吗？以前她把我拉黑了，后来我就不敢再找她了。"

周宴京确实不知道这件事。

周宴京："我试试。只是苏姨，我不觉得您的做法很好，想让双方都满意，世界上没有这么好的事。"

手机屏幕前，苏文心满脸尴尬的表情。

周宴京："不管怎么说，道歉是必须的，枝枝的心里应该会舒坦一点儿。"

又被小辈说理，她的脸真是没地方放了。

陈若烟凑上来："阿姨，怎么样？"早在苏文心答应帮忙时，她就没那么伤心了，她当然知道眼泪应该用在什么地方。

瞅见手机屏幕上周宴京的名字，陈若烟一愣。不是找孟丹枝吗？怎么找他？难不成这回还能见他？那张脸是好看，可他说话也太难听了点儿，要是再见，还不知道又要说她什么。如果……他维护的对象是自己，应该会很好吧？

"急什么？"苏文心收拾好心情。

陈达海揽住苏文心的肩膀，说道："枝枝只是没转过弯来，要不然肯定和你很亲近的。"

苏文心就爱听这样的话。她想起什么，趁这个机会开口："对了，过两天是她父亲的忌日，我打算今年过去。"

客厅里安静下来。

陈若烟一句“前夫有什么好祭拜的”还没说出来，就被陈达海的眼神瞪了回去。

“当然。”陈达海说道，“我也想去。”

苏文心迟疑着：“你还是不要去了吧。”毕竟当年的事，说出来就不怎么好听。

陈达海叹气：“你一个人，我不太放心，不过孟家应该不会对你怎么样，你去吧。”他当然不想去，顺坡下驴。

“原来当老师还是很快乐的。”孟丹枝回复了十来条询问刺绣的评论，要不是这会儿在床上，她就自己动手去绣点儿什么了。

屏风还差一半才能完成。她的旗袍已经设计出了三款，下周她会抽上午和傍晚的时间做衣服，快的话一周就可以完成。到时候和陈书音去剧组体验两天生活。

见周宴京盯着自己，孟丹枝问道：“你看我干什么？”

周宴京说：“拍照片的人已经找到了。”

孟丹枝一下子靠近他：“谁啊？”

警方都还没告诉她，大概是因为还没确定。

“陈若烟。”周宴京说道。

听到周宴京的嘴里说出来这个名字，孟丹枝立刻就拉下脸：“居然是她，她是不是脑子有问题？”

周宴京思忖了片刻才开口：“你妈妈说，让她当面给你赔礼道歉。”

“……”

“她怎么那么闲啊？”孟丹枝关了手机。这个“她”自然指的是苏文心。

周宴京也觉得这件事很神奇。小辈赔礼道歉，长辈出面，怎么也轮不到苏文心来，她是孟丹枝的妈妈，为陈若烟出面是什么意思？

“她还让你跟我说。”孟丹枝弯唇，“她怎么不亲口跟我说？”

周宴京提醒道：“你拉黑她了。”

孟丹枝眨了一下眼睛：“是吗……好像是。”很久以前的事了，这么一说，有些记忆浮上心头，拉黑她的理由却已经记不得了。

“我不想听她道歉。”孟丹枝碰碰他的胳膊，小声问道，“宴京哥，要是你，难道你想？”

周宴京故做思考状，片刻后说：“是我，我会去。”

孟丹枝立刻坐正，一副“你怎么可以同情别人”“不和我同仇敌忾”的表情。

“周宴京，你今晚睡地上吧。”

“没人说必须接受道歉。”

两个人几乎同时说出来。

孟丹枝率先不好意思起来，真不该误会他。周宴京溢出几不可闻的笑，很好听。

听起来很坏的主意却正好对孟丹枝的胃口。

周宴京：“她道她的歉，你告你的状。”他停顿了一秒钟，“我问了，她已经成年。”

孟丹枝自然明白周宴京这句话的意思。

“那你替我答应了。要不就明天吧？我来看看她能给我演一出什么道歉的戏码。”

周宴京的目光从她的脸上滑过，打开手机，垂眼敲击屏幕。片刻后，他把手机放回床头柜上。

“睡觉吧。”周宴京的视线在她的睡裙上停留了一下，“你今天穿的睡裙是新买的？”

什么新买的，上周她才穿过……

孟丹枝察觉到不对，这就是个借口，掀被子要下床：“我去洗手间。”

周宴京抓住她的脚踝，将她拉了回来。

“明天还有正事。”孟丹枝盗用他昨晚的理由。他只亲吻，但没深入，害得她日有所思，夜里做梦。

“那不算正事。”周宴京回答。

“你觉得给你绣几十条领带也不算正事吗？”孟丹枝急中生智，找了个理由。

周宴京停下手，看她的表情："真的？"

孟丹枝对着他笑："当然。"

不管是今天还是之前，他都出了力，这么点儿小事并不算什么。至于之前的不配，已经忘在脑后。

周宴京："现在的话可信度不是很高。"

孟丹枝："？"

这是你一个男人该说的话吗？

孟丹枝没好气地道："宴京哥，你别抢我的台词。"

周宴京好整以暇地看着她："什么叫抢台词？你现在说的话，说不定明天早上就忘了。"

"不会忘的，真的。"

"口头承诺。"

"那你要我签字吗？"孟丹枝坐起来，用指头戳他的脸，"盖章了，明天早上你问我，我肯定记得。"

"……"

周宴京被她这个无厘头的操作逗笑了。他松开她的脚踝："姑且信你一次。"

孟丹枝翘起嘴角："你就应该相信我的，你对我这么好，我怎么会骗你呢？"

"你没有过吗？"

"我哪里有过？"

周宴京不与她争论，将她按在床头亲吻。

孟丹枝压根儿没预料到。不过接吻嘛，她也很喜欢。而且她发现，周宴京现在特别喜欢亲她，和以前不太一样。

孟丹枝自己都想得不好意思了。热烈的吻后，她就有点儿浑身发软，倒在床上，看周宴京还是原来那样看着她。好奇怪。

孟丹枝用被子盖住自己："关灯！"她的呼吸不稳，带着喘，说话的声音也弱，像是在撒娇。

"急什么？"周宴京露出一本正经的表情，将乱糟糟的床铺整理了一下，才关灯，屋内顿时陷入黑暗。

孟丹枝的心莫名地怦怦跳起来。尤其是他们两个这会儿胳膊碰胳膊，腿碰腿的，她一动，就感觉不对劲。以前还真没这样。

想着想着，她就睡着了。

次日清晨，孟丹枝是在周宴京的开门声中醒来的。

周宴京很诧异她醒得这么早："醒了？"他正在戴手表，眼角的余光看见孟丹枝窝在床上，被子都踢了一半，圆润的肩膀露在外头，当真是一幅美人初醒图。

周宴京："别忘了你的话。"

孟丹枝还没彻底清醒，直勾勾地盯着他好看的手，浑不知危险地发言："什么话呀？"

周宴京戴好手表，捋平袖口："我帮你回忆一下？"

孟丹枝对上他深沉的眼眸，立刻清醒过来："想起来了，给宴京哥哥绣领带！"

周宴京"嗯"了一声。

孟丹枝娇声咕哝着："急什么？"

周宴京看了她一眼，她就露出一个明艳的笑容，当什么话也没说，装乖比谁都精通。

"今晚我会回来早点儿。"

"哦，你哪天回来得不早？"

周宴京一想，似乎真是这样。

这样很好。

十点多，孟丹枝到了店里。

许杏刚卖出一件旗袍，正在那里打包，客人是B大的学生，看见孟丹枝，脸一红。

"学姐。"

"不用管我。"孟丹枝笑着道。

等顾客走后，许杏说："老板，查出什么来没有？"

孟丹枝去后面翻绣线："警察叔叔还没给我消息，倒是有人自己跳出来承认了。"

绣线怎么就剩这么点儿了？

"谁啊，不会是咱们学校的吧？"

"不是。"孟丹枝没直接说，"和我家里有点儿关系。"

这么一说，许杏就明白了，她从来没听老板提过母亲，依稀有点儿印象好像是再婚了。清官难断家务事啊！

"我去买些绣线，你要是不在店里就关门吧。"孟丹枝约了陈书音，不忘提醒许杏。

"OK，OK。"

陈书音闲得很："好久没和你逛街了。"

孟丹枝说："你最近不是和那个'186'打得火热吗？"

"男人哪有姐妹重要？"陈书音最近很开心，她不好意思地道，"上次你打电话给我，他也在，就没多说。"

"……"

"我送他，总要收车费的吧。"陈书音理直气壮地道。

孟丹枝问："所以，他没钱？"

陈书音摇摇头："应该也有点儿吧？你知道的，我第一次是在商场里见到他的，第二次其实是在酒吧里。"

孟丹枝对这个很感兴趣："好玩吗？"

"就都是嘴甜的帅哥美女们，有身材有颜值。"陈书音小声道，"要不我们现在去？趁白天？"

白天周宴京在上班，不会碰见熟人。

虽说孟丹枝交的朋友喜好出格，但她还真没有去过酒吧，很是心动。

孟丹枝以为的酒吧是金碧辉煌的，没想到这家很有格调，乍看根本看不出来。

因为是白天，这会儿只有几个年轻男生在店里，他们都穿着统一的制服，在那儿闲聊。

“还是周宴京好看。”孟丹枝嘟囔着。

“你把他和店员比？”陈书音好笑地问道。

陈书音看见吧台边的男人：“‘186’居然在。”

孟丹枝看的时机刚好，对方正好转身，他没穿制服，和在通道里遇到的年轻男生截然不同。

他正拿着一瓶酒擦拭，看到她们惊讶了一下。

陈书音招手：“亲爱的。”

楚韶坐在高脚凳上，眼角的余光从周围员工们的脸上掠过，片刻后才站直了身子。

大厅里安安静静的。其他人就看着他们店长慢悠悠地走了过去。

对方还没走过来，就有员工送来喝的，孟丹枝打量了几眼：“这个多少钱啊？”

“几千？”陈书音皱眉，“记不得了。”

孟丹枝想起早上周宴京戴腕表、换衣服的各种动作：“如果周宴京在这里，我很愿意为他花钱。”

“宝，可别让他听见。”陈书音又问男人，“你们店里现在有几个人啊？除了你。”

楚韶扬眉：“问这个做什么？”

“给我朋友看看。”陈书音说，“你们店的制服好丑。”

楚韶“哦”了一声，说道：“他们白天不上班。”他又说，“我可以不穿。”

陈书音：“赶紧和你们店长反馈反馈，什么审美，影响我花钱的心情。”

来送水果的员工们听罢，瞄了一眼面不改色的楚韶。

孟丹枝听得好笑。

本想让店里的帅哥们给孟丹枝开开眼，可惜是白天，大家都不上班，陈书音很失望。

两个人风风火火地来，又风风火火地走了。

还吃了几块新切的瓜。

人走后，有员工要过来收拾，楚韶伸手：“不用，你们忙你们的。”

(3)

下午时分，陈家的门铃再次响起。

因为陈若烟还在上学，白天要去学校，所以现在只有苏文心和陈达海在家。

两个穿着警服的人进来，苏文心已经预料到。

“我们查到这个账号是陈若烟女士使用的，IP 地址也是这里，所以来问问。”

陈达海看了一眼苏文心：“这个……我们已经和对方决定私下调解了。”

虽然说是已经私下调解，但民警们没有确认之前，该走的流程还是要走的，苏文心也是这个时候才知道陈若烟造谣发的照片是什么，当即就变了脸色。

等警方的人一离开，苏文心就转向陈达海：“这就是你女儿说的没什么的照片？这叫没什么？”难怪枝枝会报警。这张照片乍一看，是个人都会误会。苏文心气得脑壳疼。

陈达海昨晚就见过照片，所以心里有数：“我也没想到……今晚若烟去道歉，枝枝提什么要求我都可以满足，你别生气。”

他比谁都知道苏文心的性格：“是打是骂都听你们的，我会好好教育她的。”

…………

接到警方的电话时，孟丹枝刚绣完屏风，她停下手，问道：“是出结果了吗？”

“陈若烟女士那边说已经打算和你私下调解，我们来确认一下。”

孟丹枝笑了一下：“没有啊，我没打算和解，这件事我会追究到底的。”

对面的民警立刻说道：“好的，我们知道了。”

孟丹枝将视频上传，给周宴京发消息：“宴京哥，你今晚和我一起去吗？”

片刻后，周宴京回复道：“如果你想一个人去，我可以不去。”

孟丹枝想了想："一起吧。"

万一对方人多势众，她说不过呢？周宴京好歹嘴皮子厉害。

地点约在上次订婚前周宴京跟苏文心见面的会所。

孟丹枝半路上深呼吸了好几次，她其实挺不乐意见苏文心和陈家人站在一起，虽然没见过几次，但每次她都觉得硌硬。

周宴京好笑地道："你现在是站在道德高地上的。他们既然说道歉，那就说明心虚，你怕什么？"

"我没有害怕。"孟丹枝强调。

"确实没有。"周宴京"嗯"了一声说道，"也就深呼吸了几次。"

"……"周宴京怎么这么讨厌啊！

经他一打岔，孟丹枝还真舒服许多。

他们来得迟，包间里三个人早已到了，陈若烟问："姐姐他们还没有到吗？"

苏文心今天一天都没给她好脸色。

不过陈若烟不在乎。

正说着，门打开。

看见门口两个人的身影，陈达海的眼神一闪，揪着陈若烟的胳膊："若烟，过来。"

"枝枝。"苏文心露出一个笑容。

孟丹枝看见苏文心，心脏又不可避免地像是被扯了一下，上次见面还是在她的订婚宴上。她只"嗯"了一声，移开视线。

"不是要道歉吗？"孟丹枝转向陈若烟，懒得多说一句废话，"趁早，我很忙。"

陈达海原本想抓住机会和周宴京说几句话的。但看周宴京站在孟丹枝的身后，从头到尾就只礼貌地和苏文心问好，俨然不打算出声。可他站在那里，就给人极强的压迫感。

陈若烟的嗓子眼像是被堵住，好不容易才开口："对不起！姐姐，我不是故意的……你原谅我吧。"

“听起来就很没诚意，还有，别叫我姐姐。”孟丹枝翻了个白眼。

“照片我已经删了，我真不是故意的。”陈若烟只好继续说，陈达海立刻将东西摆上桌子。

“若烟不懂事，我代她道歉，这是赔礼，枝枝，这件事是我不对，我没管教好……若烟，你跪下！”

眼看着一场闹剧，孟丹枝气笑了。她开口问道：“说完了？”

“那我就走了。”孟丹枝看着给自己加戏的父女俩，“后面你们等法院传票就行了。”

法院传票？陈若烟懵了，她不是都道歉了吗？她下意识地转向苏文心：“阿姨？”

苏文心正要再说什么，对上孟丹枝的眼睛，像是心虚一般，甩开陈若烟的手：“叫我做什么？”

“这件事在于枝枝，她不接受很正常。”苏文心说，“原本就是你做得太过分了。”

周宴京挑眉，还好她没有当面走歪路。不然，今晚回去，不知道孟丹枝该有多难过。

“阿姨，您说要道歉，我不是道歉了吗？”陈若烟生气地道，“怎么现在……”

孟丹枝“哦”了一声：“我没说我要接受道歉啊！”

“……”陈若烟感觉自己被羞辱了，原来从头到尾就是个骗局，就连陈达海一开始都以为可以和解。

孟丹枝的心情还算不错：“宴京哥，我们走吧。”至于什么赔礼，她看也不看。孟丹枝头也不回，踩着高跟鞋，气势十足地离开了。

周宴京落在后面，临到门边，陈达海咬牙，抓住机会叫他：“周先生——”

周宴京侧身转回来。“周先生，我们……”陈达海的眼睛一亮。

“苏姨。”周宴京看向苏文心，“您要知道，我今天出现在这里，是因为您是枝枝的母亲。其他的人，都与我无关。”他是在和苏文心说话，话却是说给别人听的。

“有些事，及时止损。”周宴京垂下眼睛，“相信您比我多活几十年，应该很清楚。”他这次离开没再回头。

包间里异常安静。

陈达海看着乱作一团的现场，陈若烟这会儿正在大哭：“我不要去法院。呜呜呜，阿姨，您不能让她接受吗？您不是她的妈妈吗？”

“你也知道？”苏文心看着撒泼的继女，“你造谣的时候怎么没想着她是我的女儿呢？”

“我……我不管——”

“啪！”陈若烟被陈达海的一巴掌打懵了。

就连苏文心都一愣，她从来没见他对他的女儿动过手：“说话就说话，动什么手？”

“是我没教好她。”陈达海转向苏文心，声音放低，“枝枝不接受很正常，若烟可能是嫉妒。这些赔礼，我过后会送去孟家。”

“本来就是我们理亏，当初就对不起她，现在又出这样的事，文心，要不我们……”陈达海欲言又止，以退为进。

苏文心的心头一跳，似乎猜到陈达海要说什么，她心乱如麻，又想起周宴京的话。但她没想过，居然是陈达海先提出来的。

会所外的走廊很安静。孟丹枝等周宴京走过来，她倚在栏杆上，庭院里的树探枝过来，她伸手去够，但是没碰到就收回来，当作无事发生，看着给人安静、温婉的感觉。周宴京在远处看了孟丹枝许久。他爱极了她穿旗袍的模样，让他想起当初动心的时候。

等他走过来，孟丹枝好奇地问道：“你怎么这么慢？不会偷偷地接受他们的道歉了吧？”

周宴京握住孟丹枝的手：“走吧。”

离开会所，他才问：“想吃什么？”

孟丹枝一口气点了好几样：“都想吃。”

今晚的周宴京格外好说话，她怀疑是因为发生的这件糟心事。

孟丹枝：“宴京哥，你今天陪我过来，我给你出场费吧？”她拿出手机，打算转账。

“快。”孟丹枝催促着。

“……”

周宴京不知道孟丹枝从哪儿学来的操作：“我不缺钱。”

孟丹枝：“你会嫌钱多吗？”

周宴京：“还行，没穷到这个地步。”

孟丹枝不爽了，这个男人怎么油盐不进：“给你打钱，你就接受，怎么这么清高？”

“你这是在贿赂我。”

“这也算？”孟丹枝不信。

周宴京的目光落在她的嘴唇上，暗示道：“换个方式，比较安全。”

孟丹枝秒懂他的意思。都怪他平时太不正经了。这里人来人往的，她的唇角无意识地向上轻轻翘起，明知故问道：“周先生，你想要什么方式啊？”

周宴京觉得今天的孟丹枝和往常不同。从在走廊外俩人会合，她要给他打钱开始。她很主动。如小草一般，悄悄从土里探了头。周宴京环视周围：“这里不好说。”

孟丹枝本来就是调侃一下，被他说得往旁边一看，好像有人经过，立刻变得比他还不好意思。

“周先生，你要扛住外界的诱惑。”她一本正经地道，“什么钱啊，色啊的。”

周宴京思索着：“目前这两种都是你要给的。”

孟丹枝装无辜：“我只有前面的。”她才没有色诱呢。

“是你自己想多了。”孟丹枝甩锅给他，“我就问问你想要什么其他方式，你想到哪里去了？”

她谴责道：“宴京哥，你真不正经。”

周宴京“哦”了一声：“我也没说什么，你在想什么？”

“你自己说的还不承认。”孟丹枝的气势一点儿也不弱。

“快去吃饭。”孟丹枝催促。

周宴京的眉头轻挑："枝枝，你变得真快。"

孟丹枝才不管他怎么说，反正要远离这里。

两个人离开了好长一会儿，包间里的陈达海他们才出来，陈若烟这会儿还在发蒙。道歉没被接受，调解不成功。

对陈若烟来说，尽人皆知，没面子才是她这个年纪最害怕的事，她向来喜欢吹嘘自己。连带着对苏文心的表面上的好态度也没了。

苏文心没空去关照这个继女，满脑子都是陈达海刚才的话，如果真的离婚……

那她之前承受的又算什么呢？

苏文心习惯了这样的生活，她的父亲早年去参军，后来打仗就没能回来，留下她和母亲。她内心深处渴望有一个可以依靠的男人。无非是从一个人换成另外一个人。她已经对不起了好几个人，陈达海突然让她做选择，苏文心一时间很抗拒。

也许是化悲愤为食欲，孟丹枝吃得比较多。临走时，她一摸自己的肚子，十分紧张。原本穿的就是旗袍，这一微微鼓起来，就很明显。

要是和许杏在一起，那这样也就无所谓，但现在，她的思想包袱极重，不想被周宴京看到。吃胖了怎么可以让他见到？

虽然他们已经坦诚相见，她什么样他都见过了。

孟丹枝趁周宴京回来，眼巴巴地看着他的西装："宴京哥哥，我有点儿冷。"

这时的天气差不多十几度。孟丹枝穿的旗袍还有个小披肩，只是放在车上没拿出来。大约是她最近叫他哥哥的频率有点儿高，周宴京没有怀疑，脱了外套给她。

"我自己来！"孟丹枝手疾眼快地接过来。她坐着穿上外套，把扣子也扣上，西装很大，到她的臀下，完全看不见吃饱了被撑起来的肚子。

孟丹枝心满意足地道："走吧，回家。"

孟丹枝上了车，给陈书音发消息："我今天想给周宴京打钱，他一点儿眼力见儿也没有。"

陈书音："？"

陈书音："不要说我带你去酒吧了啊！"

陈书音："如果说了就说了吧，去酒吧怎么了？"

孟丹枝自己还没说，陈书音就自行脑补一大串，还自问自答起来。

孟丹枝打字："没说。"

陈书音："好的。"

陈书音："周宴京这么正经，没有觉悟很正常。"

"枝枝。"

孟丹枝正胡思乱想着，周宴京叫了她一声，她心虚地把手机锁屏："啊？"

周宴京眯着眼睛，原本的话改口："你今天不对劲。"

"哪有？"孟丹枝俏皮地眨眨眼睛，"没有。"

见他的眼神下移，孟丹枝主动地道："我在和音音聊天。"反正和闺密的聊天，他是不会问的。

周宴京不打算深究，马脚总会露出来的："今晚的事情，你爷爷和哥哥应该会知道。"

"真知道了，那也没办法。"孟丹枝控制不了，"不过我已经处理好了。"

家里人不会求情的。哥哥看着很温和，实际上在某些事上比她还要坚持，更何况，自己还算是他带大的。

回到公寓后。孟丹枝偷偷打量着肚子，嗯，已经平了。

周宴京先去洗漱的，洗手间的门没关。

"你真不要钱呀？"孟丹枝问。

"如果很吸引我的话。"周宴京侧身，当着她的面拉开半掩的门，"想看，进来看。"

孟丹枝摇头："我没看。"

周宴京听罢，把门关上。

小气鬼，不给看，要求还高。

孟丹枝花了十分钟，在网上查询翻译人员的工资。周宴京从浴室出来，就对上孟丹枝略带同情的目光，他今晚第三次觉得她很不对劲。他选择无视这种眼神。

孟丹枝看着周宴京坐在床上，问道："宴京哥，你的奖金多吗？"

周宴京："暂时还没奖金。"他入职还没满两个月。

"那我给你钱你怎么不要？"孟丹枝靠近他。

周宴京停顿了一下："你今天白天去了哪儿？"

孟丹枝："没去哪里。"

周宴京意味深长地道："是吗？我以为你去了什么地方，学了什么，回来用在我身上。打赏？还是小费？"

孟丹枝感到难以置信，他竟然说得八九不离十。她试图转移他的注意力："我就是去学校了，然后去给你的领带们买绣线。"

一个"们"字让周宴京觉得好笑。

孟丹枝借口去洗漱离开了。等她回来，这个话题自然而然地就终结了。

由于天气转凉，孟丹枝开始穿保守款式的睡衣，玲珑有致的身体包裹在衣服里。在周宴京的眼里，都一样。

孟丹枝本来以为今晚会无事发生，没想到周宴京等了那么久，居然还没睡着。

"你装睡啊？"

"这叫闭目养神。"

"……"

周宴京没脱她的睡衣，但右手解开了一颗扣子。

"之前不是告诉你，外面不好说。"

不明显的光线下，孟丹枝不知道是不是眼神太好，看见他优越的下颌线，还有凸起的喉结。说话时，他的喉结还滚动了两下。孟丹枝难以抵抗，但还有一点儿自我意识在："你不是只要亲吻就可以吗？"

周宴京："当时可以，现在不可以。"

床上的周宴京和床下的周宴京完全不同，孟丹枝可以在其他地方和他分庭抗礼，可在这里，节节败退。

第二天早晨，孟丹枝醒来，以为又是自己一个人，没想到一转头，周宴京还躺在旁边。今天她醒得这么早？

孟丹枝很少清晨睁开眼睛时还和他同床共枕。她盯着他的侧脸看了一会儿，虽然窗帘没拉开，但昏暗的光线下，他的轮廓显得更加精致。

孟丹枝摸到床头的手机。未读消息不多，其中就有陈书音的，而且还是语音的："宝贝，昨晚成功了吗？"她的语速快，孟丹枝都来不及关闭。

房间里很安静。

孟丹枝瞥了一眼周宴京的表情，好像还没醒，但又好像是醒了——刚才他应该没听清吧？这种不确定让她感到更紧张。

周宴京睁开眼睛，对上孟丹枝的视线，孟丹枝的睫毛颤抖了一下："早，你怎么今天醒得这么晚？"

"今天是周末。"

难怪！孟丹枝就说昨天晚上他怎么那么大方，让她做主导，后来又重归以前，享受是享受，但实在放纵。

周宴京问道："你想醒得早，还是晚？"

孟丹枝随口说道："早点儿吧。"

周宴京的尾音稍微拖长："哦，那就像昨晚一样。"

一回想昨晚的离谱，孟丹枝一把将被子拉过头顶，也不管他还看着："我睡回笼觉。"

他居然会喜欢这样？

当然她没睡着，听着周宴京下床，走向洗手间，水声响起。直到被电话声打断，是哥哥打来的："昨天的事怎么不跟我说？"

果然知道了，孟丹枝叹气："没什么呀，我都解决得差不多了，哥哥，你放心。"

"爷爷也知道了。"

"肯定是你说的吧！"孟丹枝说，"我已经这么大了，请你们相信我会自己处理好的，我都找好律师了。"

孟照青："你自己处理？我怎么听说宴京跟你一起的？"

孟丹枝："这不是怕对方人多势众，才找的保镖吗？我还想给他出场费的，他不要。"

孟照青被逗乐了。事已至此，他也不能说什么，只是叮嘱道："下次这种事，不要让我们后知道，我们会担心的。"

"不会的，不会的。"

挂断电话，孟丹枝一回头，看见周宴京："你站在那里干什么？"

"当保镖。"

"……"

这一对话直接导致吃早餐时，餐桌上的孟丹枝不说话，只听闻汤匙碰撞的声音。

周宴京在看新闻，但总会想到当保镖的事。

孟丹枝这会儿已经在想自己的事业。

屏风绣完后，她把它寄到骆老爷子那里，再加上资料，应该是可以通过认定的。这样她就可以以传承人的身份参加一些官方活动。即使这些官方活动没有多少的浏览量，但对她来说，就是一种肯定。至于什么文化展览会，她也会出现在新闻里，肯定比周宴京的镜头要多的。

孟丹枝想得很美好，忍不住弯起嘴唇。

周宴京坐在她的对面，看了她一眼，过了几秒钟，视线从平板的屏幕上离开，再次看了她两眼。

直到一个陌生的电话打来，是网站那边的工作人员让她上传修改资料的证明用作审核。如果不上传呢，就要改回原来的说辞。

孟丹枝不懂订婚怎么审核？

她据理力争："那你审核我吧，证据在这里，我就是他的未婚妻。"

餐厅十分安静，除了早间新闻还在播报，字正腔圆。

孟丹枝这才意识到自己不是一个人在家里，她的心跳忽然快了起来。他肯定听到了刚才的话吧？

她还当着他的面承认……孟丹枝的脸上烫得厉害，没抬头，不去看他，却又想知道他的反应。

耳边响起对方不好意思的声音："是这样的，您是第 584 个自称是周先生未婚妻的人了……"

孟丹枝："？"

她是唯一的才对！

孟丹枝的注意力被工作人员的话吸引。

周宴京虽不知道她在和谁聊天，但大致猜到一些，不过他没想到，孟丹枝会当面承认。周宴京很意外。他没出声，就听她说话。至于新闻，现在也没有听的必要。

孟丹枝此刻的重点都在"584"这个数字上："请问，这个排名是谁排的？"

工作人员没听出来不对："因为询问的人数比较多，所以……"他的话不用说完，孟丹枝就知道原因了。

"你们想改就改呗。"她"哼"了一声，"毕竟单身不需要材料审核，订婚需要审核订婚证，对吧？"

订婚证？工作人员被她说得愣了一下，然后想起来这是反讽。其实，平时没多少人找他们，这回他们花了好几天工夫，热度下降，询问的网友才慢慢变少。

"孟女士，所以您还打算提交资料吗？"

"交什么呀？他不是有 583 个未婚妻了吗？还需要我提交订婚资料？几百个未婚妻不够证明呀？"孟丹枝看似温温柔柔的，实则是在阴阳怪气。

周宴京觉得，孟丹枝刚才的话，虽然表明她很生气，但是针对的是工作人员，但这最后一句，疑似在说他。583 个？他哪来的这么多未婚妻？估计是网友闹出来的事。周宴京顿时觉得头疼起来。

"挂了，拜拜。"孟丹枝将手机往桌上一放，直接端起碗喝粥。现在还害什么羞？都是她惹的祸。

孟丹枝睨了一眼对面的男人："周先生，您慢慢吃。"

周宴京挑眉问道："孟女士要出门了？"

孟丹枝一听就想起刚才工作人员的要求，订婚怎么证明？这不就像网上说的怎么证明我爸是我爸吗？她才不要去证明。就让他单身好了。脑筋转回来之后，孟丹枝就又想起之前自己承认是他的未婚妻，他也在。

他肯定听见了。

“毕竟我有家店，很忙。”孟丹枝忽然就觉得气短了一点儿，“还有几十条领带的欠债。”

孟丹枝生气了，周宴京反倒想笑。有点儿可爱。享受一下女朋友吃醋的待遇，似乎也很好。他问道：“刚刚的电话，不打算处理了？”

孟丹枝：“不去。”

周宴京：“真不去？”

孟丹枝怀疑他听到更详细的内容，本来自己修改已订婚被本人抓包就已经很尴尬了，现在还和工作人员承认，并且是当着正主的面。

“你好烦呀，就是不去。你怎么偷听我讲话？周先生，这样不好吧？”她的声音有点儿媚，说是生气，但更像是在娇嗔。

周宴京慢条斯理地放下汤匙：“餐厅这么小，枝枝，我要不留给你一个人？”

孟丹枝瞪了他一眼。

周宴京笑了一下：“送你？”

孟丹枝本来想拒绝的，可想了想，矜持了两秒钟，选择接受：“好吧。”

送她上班怎么了？她还是他第 584 个未婚妻呢，再说，也就几分钟的车程。

周宴京看她露出勉为其难的小表情，比以往更生动。关于证明订婚的事情，他有足够多的处理方式，却不想这么快解决，也许被她发现，她会说他卑劣。

今天是周末，周宴京便自己开车。

孟丹枝本来想坐副驾驶座的，但临开车门时，改变主意，坐后面好像也不错。

周宴京从后视镜里看她。

孟丹枝和他对视着，有点儿心虚，但面上装得理直气壮：“宴京哥，你今天是我的司机。”

“快点儿，我要去视察我的店了。”她笑眯眯地催促。

周宴京问：“孟女士要给车费吗？”

孟丹枝："意思一下。"

瞄了一眼前面的周宴京，自己这是坐车，要给车费也是自己给，不是他给。要是以前她会主动开车。孟丹枝并没意识到她此刻的想法和以前有了明显的不同。

周宴京自然发现她在看自己。

她还没想好，已经到达青巷里。

这会儿不少 B 大的学生在外面走，要是仔细看车里，肯定能认出周宴京。

孟丹枝一下车，就有人认出她。

"学姐。"

孟丹枝靠在车门边，心跳漏了一拍："早。"

周宴京好整以暇地看她想走，看她对面的同学想看车里，他轻轻按下车窗。

听见声音，孟丹枝直接挡住车窗。

周宴京伸手在她后腰处从上而下，轻轻触摸。

孟丹枝穿的旗袍是贴身的，这个地方又较为敏感，所以她能明显感觉到他的动作。

"学姐，你是要去店里吗？"学妹微微一笑，"我也打算去看看，一起吧！"

孟丹枝的耳朵动了动："好。"

她的右手往后，挥开周宴京的手，却反被抓住。

好在周宴京没太过分，她拽出自己的手，掩饰性地捋捋碎发："走吧。"

身后的车窗慢慢关上。

周宴京半晌没动，许久之后才打通蒋冬的电话："网上关于我的资料，你周一和官方联系一下。"

蒋冬"啊"了一声："什么资料？"

"我的资料。"周宴京言简意赅地道。

蒋冬对资料的印象都来自前段时间嫂子改的那三个字。

许杏住在学校里，到店里的时间更早。孟丹枝到店里时，她正在看做旗袍的视频，之前天天看老板做，她自己也手痒痒了。总不能每天只看店，太没追求。

“许杏，学校里有多少人喜欢我？你知道吗？”孟丹枝坐下来，忽然问道。

“这个问题问得。”许杏笑出声来，“这我怎么知道？不过咱们学校好几万人，上千起码有的吧。”

孟丹枝一听，还有点儿不好意思：“是不是太夸张了？”

许杏：“不是那种喜欢，就是欣赏啊什么的。”毕竟孟丹枝长得漂亮，性格温柔，学习成绩又好，身穿旗袍窈窕动人，可以说是 B 大学生心目中的“女神”。

这么听倒没什么。孟丹枝心想：她就保守一点儿，比周宴京的“未婚妻”多个十几号吧。

清晨那点儿不高兴现在其实已经没有。毕竟周宴京太优秀，大家喜欢他也很正常。

她思来想去，确定下来 599 这个数字。就让周宴京做她的第 599 个粉丝，公平一点儿。

“大家都拿着爱的号码牌呢。”许杏眨眨眼睛，“周师兄暂时排第一吧。”

“他才不是第一。”孟丹枝坐到绣架后面。她现在上手之后进度很快，按照她预计的，这周就能将屏风绣好，到时候裱好即可。

十点钟时，学校那边关于图片造谣的事给出了官方通知，没有指出陈若烟的名字，毕竟不是校内的学生，只用陈某代替。

但陈若烟那边就很糟糕了。姑且不说要被拘留几天，还没进去，陈若烟的手机就被人打爆了，好多人来问她，是不是做了违法的事情。要是被人得知还要上法院，恐怕会引起轩然大波。

中午时分，孟丹枝将今天的视频传到网上去。

连续发了一段时间的视频，她现在的粉丝已经有几十万个了，粉丝数量涨得很快，大家都想看最后的成品。

“我看着应该没几天了。”

"亲眼见证，太厉害了！！"

"绣好的卖吗？想买。"

"博主什么时候露个脸啊？"

"人的名字都是真实的，去搜搜就知道了，真仙女！"

孟丹枝创建这个账号就是为了认定传承人，更何况以后的活动都是需要露脸的，自然不会用网名，直接用的本名。但很多新粉都以为是网名。现在被指出来，一搜索出现的就是 B 大那边的照片和视频。

顶尖大学的学霸，爱穿旗袍，还会刺绣的仙女，这些标签集合到一个人身上。孟丹枝又火了那么一点儿。

谁也不知道，她现在正在往男士领带上绣"599"三个数字。

孟丹枝没直接用数字，而是做了简单的设计，数字稍微变形，看上去不太明显。周宴京不会生气吧？他可能猜不到这个意思。

孟丹枝把领带拎起来欣赏了一会儿，反正是自己绣的，他不准不戴。

傍晚时，她将绣领带的视频传到了网上。

比起绣屏风的视频，这个接地气又方便实践的视频的播放量立刻大增，评论也增加得十分迅速。

"男士领带，绣给男朋友的吗？"

"大学生打什么领带？肯定是绣给长辈的，给爸爸的吧？"

"绣的是数字吗？ 599？"

"我早看我老公丑了吧唧的领带不顺眼了。"

"这个容易多了，之前买来积灰的工具终于可以派上用场了。"

孟丹枝回复热评："平常包、衣服，都可以绣一些小东西，当作生活中的小确幸。"她没想到大家对这个视频这么喜欢。

许杏想得很简单："毕竟现在用屏风的人比较少嘛，绣领带啊，衣服啊，这些大家都可以用得上。"

"我绣袜子怎么样？"许杏问。

"行啊！"孟丹枝眨了一下眼睛。她还有好几十条领带要绣呢。

因为怕打草惊蛇，孟丹枝特意将领带留在"惊枝"，晚上心情异常不错地回到了公寓。

“心情很好？”周宴京问。

“很明显吗？”孟丹枝有点儿小得意，“我觉得，下个月，我肯定就是真正的传承人了。”

她故意说给他听：“什么展览会呀，都在后面呢。”

周宴京的眉梢一扬：“拭目以待。”

孟丹枝骄矜的小表情映得她此刻艳丽无双：“宴京哥，我给你绣好了一条领带，你周一戴吧。”

“这么快？”

“不然呢？我一直很快的。”

周一的前一晚很平静，所以孟丹枝醒得特别早，还未睁开眼睛就指使他。

“领带！”她在店里洗好了之后，昨晚带回来挂在衣架上了。

周宴京从她的裙子边上把领带抽出来，目光定格在领带下方精巧的刺绣上，和上次的迤逦不太相同。

599？看起来好奇怪的数字，必然有什么原因。

他回忆起周六那天的电话事件，心里大概有了数，这是报复性排名。

孟丹枝这会儿已经从床上坐起来，娇声道：“宴京哥哥，你过来，我给你系吧。”声音还有些慵懒。

她这么主动，他也不戳破。周宴京走到床边，孟丹枝坐在床边给他打领带，两条白嫩的胳膊搭在他的肩上。

“好不好看？喜不喜欢？”她问道。

周宴京的视线下移，看着她明艳的脸，故意问道：“这次绣的599是编号吗？”

孟丹枝弯起嘴唇：“对呀。”

周宴京：“所以还有598条领带要送给我？”

孟丹枝被他的话吓到：“周宴京，你白日做梦！”

第9章

CHAPTER 9

相思

(1)

周宴京面不改色地道："这是合理推测。"

"醒醒。"孟丹枝无语。598条领带，这是想让她绣到地老天荒吗？

"不然是什么意思？"周宴京问。

孟丹枝卡壳了，当然不可能告诉他真正的意思："就是看着好看，你管呢？"

"给我戴的，我自然要问。"周宴京漫不经心地道，又轻轻叹气，"看来是我想多了。"

孟丹枝坐回去："想想就知道不可能，你还叹气。"装得挺像。她怀疑他就是趁她早上不清醒，故意提的，说不定她一迷糊就答应了下来。

"万事皆有可能。"

"宴京哥，你快走吧。"

周宴京不再逗她，穿好外套，离开公寓。

他走后，孟丹枝又躺回床上，回笼觉倒是没有睡，打开自己的账号看了一眼。昨天的领带视频点赞都破了百万。

"热门刷到的，好厉害啊，都看完了。"

"能不能多出一点儿这个系列的？"

“博主可以多分享一些别的花样吗？”

“我把博主的视频从第一个看到最新的一个，眼睛没学会，手也没学会。”

“马上男朋友的生日要到了，想给他绣一条。”

孟丹枝一下子来了精神。搞事业才是正事。花样可以分享，但是她不想周宴京的领带上绣的花样和其他人的一样，所以她准备绣的时候不拍完整。和别的男人系同样的领带，多不好，她不喜欢。

周宴京肯定也不喜欢吧。

新的一周开始了，周宴京得知自己的个人资料被改回了“单身”，他作为本人，自然能进行修改，又联系官方，改回了“已订婚”。

蒋冬瞥到他今日的领带与众不同，上面的数字龙飞凤舞。

短视频账号运营得顺利，孟丹枝的干劲十足，走起路来都脚下生风。

许杏比她早到教室，直接问道：“老板，昨天那个领带，是不是绣给周师兄的啊？”

“是啊！”孟丹枝点头。

“599 是什么意思？”

“……编号。”

许杏立刻惊讶地道：“这都是第 599 条了吗？前面的几百条你什么时候搞的，我怎么这么久都没发现？”

孟丹枝：“……你为什么会这么以为？”

“那不然呢？”许杏有些迷茫，“难不成就是一个普通的数字，随便想的？还是幸运数字？”

“对，就是周宴京的幸运数字。”孟丹枝开始胡说八道。

许杏“哦”了一声，说道：“原来周师兄的幸运数字是这个。”

孟丹枝忍不住笑起来。

课听到一半，乔灼发来消息：“妹妹，你还有没有别的需要补充的要求？”

孟丹枝回复：“暂时就那些。”

她也不是一个喜欢落井下石的人，该怎么来就怎么来。

想了想，她又打字："你别叫我妹妹了吧？叫我的名字就行。"

听着怪奇怪的。而且她和乔灼实在不熟，也就是几年前见过那么几次面，都没说过几句话。妹妹、妹妹地叫着，听着不习惯。

乔灼看了一会儿："行，但是连名带姓地叫你也不太好吧？我看宴京叫你枝枝？"

孟丹枝："嗯。"

乔灼："这么叫你？不然丹枝？"

孟丹枝蹙了下眉头。"丹枝"两个字其实没什么，但从来没人这么叫过她。而且她记得上次自己做梦，梦到周宴京和她说结婚吧，他就是叫丹枝的……

孟丹枝："算起来你也是我师兄，叫我师妹就好了。"

乔灼："好的，孟师妹。"

乔灼这个称呼也不错。

陈若烟的造谣根本就不是很大的事情，就连起诉也是最简单的，孟丹枝压根儿不需要做什么。只要等法院的传票送过去就行。

"你那个造谣的事，不会就这么不了了之了吧？"下课时，郑芯苒和她们走近了一点儿。

孟丹枝好整以暇地道："你怎么比我还上心？"

郑芯苒翻了个白眼，没好气地道："要不是影响我们外院的形象，我才懒得问。"

"看不出来你还很有大局观。"孟丹枝随口说道，也不觉得透露点儿消息有什么问题，"过后会起诉。"

郑芯苒倒是没想到这个。她以为以孟丹枝的性格，把陈若烟送到公安局去就差不多了。

周二上午，孟丹枝终于将屏风的最后一针绣完。

许杏围观一整天，眼睛都快睁累了："好家伙，我总算见到最后的成品了，太好看了。"和小东西是真的完全不一样。孟丹枝选的布并不大，但完全展开时，上面的图案也显得精致、大气，可以想象得出裱好的样子。

“老板你下回绣什么啊？”

“下回？旗袍和领带吧。”

给张骋宇剧组的旗袍才做好一件，其他的旗袍得加快进度，还有周宴京的生日也近在眼前。孟丹枝这么一想，好忙。周宴京有她这么忙吗？

孟丹枝这是第一次绣大的物件，担心找不到合适的裱装师傅，干脆打电话给骆老爷子。

“骆爷爷，我直接送到您家吧，您要是喜欢的话，也可以直接送给您，上回从您那儿拿了好几样。”

“那些本来就是你外婆的，你送过来，我看看，虽然我不干这个，但该认识的人还是有的。”

“我这边的话，”孟丹枝挂心的还是这个，“如果快的话，结果什么时候可以出来呀？”

骆老爷子：“急什么急？”

孟丹枝说：“您就跟我透个底吧。”

骆老爷子：“正常是六个月。”

孟丹枝被这个时间震惊到：“这么久？”那申报成功都得到明年了。

“别急啊！”老爷子慢悠悠地道，“不是告诉过你，你外婆给你报过资料吗，你这个会很快出结果的。”

外婆真是有先见之明。孟丹枝一想到自己拖了这么多年，就感到有些愧疚，她应该前两年就直接申报的。还好，现在还来得及。不过，在周宴京面前夸的海口，可能要过一段时间才能实现了。

骆老爷子语重心长地道：“你还是不如你外婆稳重，不过现在像你们这样的年轻人愿意学传统手艺的没几个了。”当年他们巷子里有手艺传承的不少，但最后大多数销声匿迹了，苏阿婆好歹后继有人。孟丹枝的性格好，看起来娇娇贵贵的，竟然能吃得了学刺绣的苦，他是很吃惊的。

“以前可能少，其实现在人数在增多。”孟丹枝轻声道，“您不知道，现在关注传统手艺的人越来越多了。您要是有空，也可以开个直播。”

骆老爷子吓了一跳：“不了不了。”

孟丹枝“扑哧”一声笑出来，看来老一辈的人大多还是对直播这种新玩意儿比较抗拒的。

“宝贝，咱们出来庆祝啊！”陈书音一听说孟丹枝的屏风绣完了，立刻开始约饭，“我这两天都不敢打扰大忙人。”

“哪里是不敢打扰，是没时间吧？”

“胡说八道！”

跟陈书音约在 B 大附近，孟丹枝将最后一个视频传上去，屏风刺绣系列便圆满结束。几天不见，陈书音想起什么：“张骋宇的剧组开机好几天了，我们要不要去看看？你不是还接了单吗？”

“麻烦吗？”孟丹枝不喜欢打扰别人。

“麻烦什么？你是去完成工作的。”陈书音立刻拍板：“等我让‘186’来开车送我们。”

“？”

孟丹枝惊讶地道：“他还兼职司机？”

陈书音抛给她一个媚眼：“对啊！你天天和周宴京住在一起，多没意思，会腻的。”陈书音怂恿着，“小别胜新婚。”

“还好吧。”孟丹枝觉得自己和周宴京的生活蛮和谐的。

就在去年，她听两家定下来订婚的事，心里还觉得很慌——她和周宴京从来都没正经相处过，以后却要住在一起，不会没有话题，或者天天吵架吧？但现在好像和她想象的不一样。

陈书音不想插手姐妹的生活：“你就当放松两天，屏风绣了这么久，给自己放个假。”

孟丹枝确实对剧组是怎么拍戏的有点儿好奇。吃完饭，她们就联系张骋宇，张骋宇巴不得她们赶紧过来，还说要来接她们，被她们拒绝了。

楚韶赶到时，陈书音正在补妆。

这回孟丹枝认真地打量了一番这个“186”，身高应该是没有作假的，毕竟男人对身高非常在意。就是她总觉得他和普通店员的区别太大了。

电影是民国背景的，剧组先拍的中间部分的戏，也就是女主角和男主角周旋到一起合作的那段。

张骋宇的剧组不算有名气，围观的群众几乎没有。到达目的地时，两个人下车，陈书音看到不远处的张骋宇，拉着孟丹枝就要走。

楚韶抓住她的手："车费。"

陈书音："？"

楚韶露出一个笑容，指了指自己的脸。

和他刚认识，陈书音就是这么要求的，只是他选择了直接和她接吻。

被孟丹枝看着，陈书音怪不好意思的。她踮起脚亲了他一口："好了好了。"

剧组里的人基本到齐了，但孟丹枝和陈书音都只见过编剧、张骋宇，还有一个女主角。看见穿着一身旗袍美艳动人的孟丹枝，几个群演凑一起聊天："这是哪个明星？"

"不是吧？没见过。"

"导演亲自去接的，真漂亮。"

"说不定要换女主角。"

这部电影的女性角色不多，总共只有几个，都是有点儿戏份的，几个女演员坐在不远处，被吸引了目光。她们都是第一次见到孟丹枝和陈书音。陈书音看起来不像会拍戏的样子，但孟丹枝不同，当女主角都绰绰有余。她今天穿的旗袍，就像那个时代的人。

"你们是导演的朋友吗？"有人走上前，大胆地问，笑盈盈地，探究的意味很浓。

孟丹枝没点头，也没摇头。

陈书音转了转眼珠子，笑着说道："算是吧。"大家都不由自主地松了口气。

等张骋宇介绍孟丹枝是给女主角定制旗袍的设计师后，刚才讨论的几个人都惊了，现在裁缝都这么好看了？

逛完剧组已经是一个多小时后了。新鲜劲儿过后，就没什么了。

张骋宇给孟丹枝安排角色不是假的。

“我之前就和编剧商量了，一个镜头而已，不费事。”说不定，这个镜头还能大火。

“你们今晚要住在这里吗？”张骋宇问，“要不然过两天再过来的时候拍？”

陈书音说：“我都看她。”

孟丹枝想了想：“住一晚也没事。”

正好她想和叶似锦聊一下她的角色，她的旗袍自然要和女主角契合，这可是关乎“惊枝”的名气能否打响的大事。

编剧把两张纸递给她：“这是之前设计的，不知道你能不能接受，没什么大场面。”

“我就一句‘啊’就死了。”陈书音看到自己的台词，无语地道，“枝枝，你是大角色。”

孟丹枝好笑地道：“就三句台词。”她随意瞄了一眼，就看到和女主角萍水相逢的街头裁缝店的老板娘的描述，看起来角色的人设并不突兀。

她没继续看，而是给周宴京发消息：“我今晚不回去了。”

周宴京：“回家了？”

孟丹枝：“和音音来剧组玩了。”

周宴京知道她接了一个电影剧组的单子，只是时间太久，他都快忘了。他自然不会干涉她的生活，只叮嘱道：“注意安全。”

两个女生去陌生的地方，周宴京并不放心。

孟丹枝：“放心吧。”

“皱什么眉？”苏侃朝周宴京扔了粒豆子。

“没什么。”周宴京放下手机。

“看你这个表情，让我猜猜。”苏侃摸摸下巴，“下班了，肯定不是公事，私事嘛，也就一个人了。”

说实话，在他看来，周宴京目前的生活属于三点一线——公司、公寓，还有 B 大。他好不容易才找到机会约周宴京吃饭。

苏侃问道：“被骂了？闹别扭了？”

周宴京抬眸看了他一眼："没一个好的。"

苏侃说："看来我猜对了。"

周宴京平静地道："吃你的东西。"

他不露声色，苏侃也不继续问，笑嘻嘻地，一口一个豆子嘎嘣脆。

真没想到啊！B大公认的"高岭之花"，栽在孟丹枝的手上了。说出去，恐怕都没人信吧？

编剧把剧本给两个人，自己就回房间了。孟丹枝第一回演戏，习惯性地想和周宴京分享。分享是生活中最不显眼却又十分重要的事情。孟丹枝将自己的两页"剧本"捏在手里，对着夕阳摆拍，然后发给他："宴京哥，我要出道了。"

周宴京打开图片，上面的字不算多，其中一大段都是描述角色的美貌，确实和孟丹枝很符合。

直到周宴京在最下面看到一行字——整条街最貌美的寡妇。

这个剧本，是谁写的？

总结来看，孟丹枝这回的角色就是一个貌美的街头老板娘，在女主角快要被发现时帮助了女主角。后来男主角找过来，她祝福两位。

如果忽略最底下的那行字，这对孟丹枝一个只想在电影里露面的素人来说，已经非常合适。

苏侃见周宴京看了半天手机，忍不住问道："看什么？让我也看看。"

周宴京面无表情地把手机递给他。

苏侃倒是第一眼没发现这上面的不对，猜测大概是孟丹枝发来的，过了一会儿才注意到。

"寡妇？"他念出这两个字，"她玩剧本杀去了？"

苏侃的脸上露出幸灾乐祸的表情，安慰周宴京道："往好点儿想，她在这个剧本杀里没有和别人谈恋爱。"

"正经剧本。"周宴京道。

苏侃倒回去重看："电视剧？电影？"

周宴京："电影。"

“虽然你不露面，但你也在电影里出场了。”苏侃实在忍不住笑起来，“哈哈哈……”

照青的妹妹也太绝了，居然能让周宴京吃这样的瘪。

苏侃：“这肯定是编剧写的，跟你的未婚妻无关。”

周宴京不用想也知道。但他怀疑孟丹枝可能觉得编剧的想法很好，因为前面那么多夸她漂亮的句子。被迷惑是人之常情。

周宴京还算平静地在图上圈出那行字，重新发了回去。

孟丹枝这会儿正在和陈书音检查剧组留下的房间。

因为是租的拍摄场地，所以房子也是租的，但是都被重新打扫过，看起来虽然破旧，但足够干净。

编剧敲门探头：“孟小姐，看了剧本没有？”

“还没呢，我现在看。”孟丹枝笑着说。

编剧对上她的笑，脸一红：“那要是有什么不喜欢的，都可以跟我说，可以修改的。”

“好。”

孟丹枝不觉得一个台词总共三句话的角色需要做什么修改。

陈书音坐在床上，一边回复楚韶的消息，一边说：“区别对待啊，我的剧本都只有两行字。”她“嚎”得声大，实际上根本就不在意。

孟丹枝：“我们换换？”

陈书音：“不要。”她万一镜头一直没通过，多尴尬。

陈书音想起什么：“你刚才看见男主角了没？”

孟丹枝想了几秒钟，才把男主角的脸和名字对上号：“和叶似锦一开始说话的那个男的？”

“嗯。”陈书音无意中道：“他看了你挺久的。”

当时孟丹枝在和张骋宇、编剧聊旗袍定制的事，她无所事事，就瞄到了。孟丹枝没在意，恰巧这时手机响了。

周宴京居然把她发过去的图又发了回来。点开，被红线圈出来的一行字格外明显。

孟丹枝愣了一下，她翻出剧本，还真有这样一句话。

她要扮演的老板娘和她的男人是包办婚姻。她性子傲，就一直讽刺他。后来男人去当兵了，临走前也没告诉她要去哪里。一开始，她每年还能收到他的信。再后来，他的战友带回来一封空白的信。从此老板娘便以寡妇自居。

孟丹枝唏嘘了两秒钟，又打开微信，心想周宴京是不是觉得这是在内涵他。她打字："宴京哥，有问题吗？"

周宴京："不太吉利。"

这个理由绝了，孟丹枝的唇角禁不住上扬："不准搞封建迷信。"

没想到周宴京的话题突然转移："什么时候回来？"

孟丹枝："明天吧。"

他怎么不说寡妇的事了？

周宴京："嗯。"

孟丹枝盯着手机看了会儿，主动问道："你要是不喜欢，我让编剧改了吧。"这个角色是可有可无的。

周宴京没想到她会说这句话，勾了一下唇，垂眸回复她："不用。"

现在看，这个角色也还算顺眼。思索了一下后，他又说道："好好演，不要被剪了。"

孟丹枝："？"别诅咒她。

"哎，又笑了。"坐在对面的苏侃都喝了一杯酒了，亲眼见证好友刚才的情绪变化，"剧本要改了？"他问道。

周宴京神色平静地开口："不改。"

苏侃无语了，真是男人心海底针。他十分嫉妒："你不是后天要出差吗？我看，你们又要分隔两地好几天了。"

"冷静点儿。"周宴京微微一笑，"她明天就回来。"和苏侃说话，他没什么顾忌。

苏侃："呸。"

前脚陈书音才和孟丹枝提了一嘴男主角，后脚孟丹枝打算出门看看他们是怎么拍戏时，男主角下来后就站到了她边上。

“听导演叫你孟小姐？”高昊问。

“嗯。”孟丹枝这回细细打量他，不算太嫩，倒是蛮适合这个角色的。只是这个民国背景的戏里，女主角的戏份占大多数。

高昊和她说话，她当然知道是搭讪。

孟丹枝一进剧组，高昊就注意到她了。孟丹枝实在太过显眼，站在那里就能吸引无数人的视线。剧组里的女演员们试妆的时候他也在。第一眼见到孟丹枝，他就觉得惊艳万分。

“枝枝——”陈书音在后头叫她。

孟丹枝回头挥了下手：“不好意思啊！”

高昊笑了笑，看她离开时袅袅的背影，一直到叶似锦出声：“别看了。”

“你和她之前见过几面吧？”高昊问。

“好几次。”叶似锦露出一个奇怪的笑容，“你想追她，我劝你还是不要想了，第一，她已经订婚了。”

“第二呢？”高昊这才想起自己刚刚看见她抬手时的闪光，钻戒很明显，只是他一开始没注意。

叶似锦：“第二，当然是她有未婚夫了。”她虽然不知道孟丹枝的未婚夫是谁，但从导演和陈大小姐都对孟丹枝很热络，陈大小姐偶尔透出的一两句话来看，不太像普通人。

高昊没听到什么有用信息。但好不容易见到一个感兴趣的女人，居然已经订婚了。他转头看向刚走到陈书音边上的孟丹枝。

屋前的廊下挂了穗子，她伸手去拨，侧颜精致，气质突出，站在晚霞的柔光中，任谁见到都会移不开眼。

晚上剧组成员一起吃饭。主演们自然是和导演一起吃的，孟丹枝和陈书音在其中，这么一看，剧组生活还挺普通的。也可能是因为张骋宇的剧组不大。

今晚没有夜戏，孟丹枝和叶似锦回到房间里对剧本：“我想明天先看你们演，再设计。”

“可以的。”叶似锦想起什么，“明天我的戏份很重。”

孟丹枝看她厚厚的一沓剧本就知道。

从叶似锦的房间回去，碰见高昊，她只点头示意。

正所谓灯下看美人，现如今看见孟丹枝，高昊原本白天被叶似锦说得差点儿死了的心，又悸动起来。

陈书音在和楚韶聊语音，见孟丹枝进来，三两句话说完就挂断。

“不用管我啊！”孟丹枝觉得好笑，去卫生间里面洗漱。

“那被你听着，我不好意思说。”

“你跟我说说，‘186’之前不是卖东西的吗？怎么去酒吧了？现在不卖东西了？”

陈书音：“他就是卖不出去东西，才去酒吧工作的吧？”

“所以到底为什么没人买？”孟丹枝的关注点依旧不同。

“气场？”陈书音也不知道，“打个比方，周宴京要是坐在店里，我可能会看，但不会靠近。”

孟丹枝：“不用想也知道他不可能在。”

陈书音：“打比方嘛，也可能是他们孤立他吧。你看，我们过去那天，都没人和他聊天。”

孟丹枝竟然觉得有那么一丁点儿道理。

“所以啊，光有美貌有什么用？”陈书音一卷被子，“啧，可怜。”

(2)

次日清晨，孟丹枝醒来还不算清醒，习惯性地往旁边看。忘了，不是在公寓里。

陈书音不像周宴京，睡相像树袋熊，抱着她。

孟丹枝轻手轻脚地下床，洗漱出门。

这会儿已经将近十点，外面正在拍戏，现如今这个天气拍戏最舒服，不冷不热的。

“早，孟小姐。”高昊突然出声。

孟丹枝被吓了一跳，表面上很镇定：“早。”谁知道他冷不丁地冒出来？

片场上是叶似锦在拍文戏，这段戏演员要穿的旗袍，孟丹枝早已设计好，只是成品还未做出来。看了半晌，她打算回去再改改。

高昊见她专心看拍戏，只好挑起话题：“我听说，很多绣娘会自己绣嫁妆，是吗？”

“差不多吧。”

孟丹枝没绣过嫁妆，但是她见过外婆的嫁妆，放在了一个空房间里，外公去世后就锁了起来。听说，那些嫁妆都是从十几岁就开始绣，一直到出嫁。被子、枕头都是普通的，可有可无，嫁衣却是最美的。

孟丹枝在宁城上学的那几年，外婆已经不接单，平时就自己绣些东西，有时送到绣坊去卖。

有一天，她见外婆罕见地接了一个绣嫁衣的单子。

那是她第一次亲眼见有人绣嫁衣。工序复杂得从设计到开工就花了几个月的时间，从她高二一直到高三才堪堪绣到最后部分，后来外婆生病，孟丹枝就没再见过那件衣服，大概是被客人带回去，找别的绣娘补完最后的针吧。

孟丹枝回过神，挂念着设计图的事儿，转身回房。

下午时，张骋宇打算拍她和陈书音的镜头：“你们表现得自然就行，没什么。”

陈书音习惯了拍写真和视频：“放心吧。”

孟丹枝的眉眼一弯：“应该没问题。”

先拍陈书音的镜头，说是简单，但也两次才过，陈书音最怕麻烦：“还好我只出镜几秒钟。”

轮到孟丹枝，不少人都过来围观。肉眼看与从镜头中看完全是两个模样，第一次拍摄时孟丹枝稍显青涩，但第二次就游刃有余。

虽然拍得快，但前后准备加上拍摄也花了将近三个小时。

孟丹枝过足了瘾，但也没太兴奋。

张骋宇说：“过后，我把原片发给你们，留着收藏。”

“行。”

“你演得真好。”高昊赞道。

“谢谢。”孟丹枝礼貌地回答。

陈书音将孟丹枝拉住：“枝枝，本色出演就是你了，怎么那么美？”

“对了，今天晚上我有场夜戏。”叶似锦笑着道，“你要不要留下来看看？说不定会有灵感。”

“夜戏？”

“不是文戏，还要上威亚。”

孟丹枝莞尔一笑：“我想想。”其实她回去也确实没什么事，不过不回去也得和周宴京说一声。

陈书音去拍照，孟丹枝寻了个小板凳坐着。

周宴京比她早一步打来，不是电话，而是视频，这还是他们第一次视频通话。

“我刚刚还想打给你的。”孟丹枝眨眨眼睛。

“演完了？”周宴京问。

“刚结束，还挺有趣的。”她撑着脸，“你下班了吗？”

“嗯。”周宴京松了松领带。

孟丹枝看见那只手，真是赏心悦目，只可惜隔着屏幕摸不着。她还没回过神，就听见周宴京低沉的声音：“枝枝，我明天出差，出国一周。”

“出国？”孟丹枝惊讶地道，“我知道了。”

“你今天什么时候回来？”周宴京问。

孟丹枝莫名有些心虚，小声说道：“我今天可能不回去。”虽然她也不知道自己为什么心虚。

“……”

周宴京：“昨天你没有这么说。”他的语气倒是听不出什么。

孟丹枝：“昨天没决定。”

他都要出差了，她不回去是不是不太好呀？

“需要我回去给你送行吗？”孟丹枝问。

“送行不需要。”周宴京“嗯”了一声，“别的不是不可以。”

孟丹枝觉得有点儿不好意思："这里还有别人呢！"

周宴京："年纪轻轻的，歪想法不少。"

"……"

孟丹枝气结，又没法反驳。

"孟小姐，我们打算待会儿去吃炸鸡，你要不要一起？"高昊从后面走出来，笑着问道。由于背着光，他看不见屏幕中的人。

"你还没吃？"周宴京挑眉，从镜头空白中随意看了一眼她身后出现的男人，便移开了视线。

"这才五点钟。"孟丹枝冲着他笑，"我现在要去吃炸鸡了。"

周宴京一哂，她看起来像乐不思蜀。

"江心路新来了个宁城的大厨，我本来以为你已经回来，预约了今天的晚餐。"周宴京望着屏幕里的那张脸，"看来得取消了。"

孟丹枝听出来一点儿意思，但"宁城大厨"几个字太有吸引力。他之前带她去吃的几家宁城菜都做得极地道，这回肯定也是味道特别好。

孟丹枝立刻阻止："取消干什么？"

周宴京："出差回来再去吃。"

孟丹枝觉得不行。等他出差回来，万一大厨不在了怎么办？万一预约排到几个月后怎么办？她岂不是要等好久。

孟丹枝："宴京哥哥，加上今天，我已经快两天没见到你，你又要出差了。我看今天去刚好。"

"两天确实很久。"周宴京笑着道，"我去接你？"

"好，你快过来。"孟丹枝很欢迎，甚至还让他早点儿。

因为是意外接到的视频通话，她没有用耳机。好在剧组环境嘈杂，外放的声音也很难听得清。

高昊只看到她和别人在聊天。

孟丹枝转头："抱歉啊，我待会儿就回去了。"

"啊？这么突然吗？"高昊明明记得她和他们聊天时说今天晚上也留在这里的。

孟丹枝笑了笑："嗯，有点儿事。"原本她对剧组的兴趣就那么点儿，今天下午拍了一个镜头后就没什么好奇的了，更何况高昊的表现，她再清楚不过。如果是喜欢的人这么殷勤，那很好。如果是不感兴趣的人，那就是困扰。

孟丹枝在外人面前一向温柔知礼，不会不给人面子，除非是惹她不高兴了。

高昊："刚刚见你——"

孟丹枝朝里面招手："陈书音！"

陈书音正坐在那儿欣赏女演员们拍戏，看了眼一旁的高昊，走过来问道："怎么了？"

孟丹枝："我待会儿回去，你要不要一块儿？"

陈书音："行啊！"

高昊见她们两个都这么决定，估计是改变不了，只得勉强笑着道："那欢迎你们下次再来。"

等人走后，陈书音问："真的回去？"

"真的。"孟丹枝已经有些迫不及待，"周宴京待会儿来接我。"

说到这儿，她差点儿忘了发地址，又低头打开微信。

"不会是因为那个男的吧？"陈书音皱眉道，"让他来也好，看看咱们枝枝有多迷人。"

"……"孟丹枝说："你跟我一起？"

陈书音："算了，我在的话，你怎么跟他这样那样呢？"她转头让楚韶过来接她。

得知她们临时要走，张骋宇觉得有点儿惊讶，但也理解，这俩人一看就没过过苦日子，剧组没钱，租的地方也不高档。他还担心她们晚上睡得不舒服呢。

张骋宇说："那等下回，要是想来了直接来就行，我要在这儿拍上一个月的。"

陈书音："放心。"她又碰了碰他的肩膀，"你们这个男主角，挺有眼光啊！"

一开始张骋宇还以为是在夸他选角，后来看她戏谑的眼神，才反应过来什么意思。

周宴京到的时候，剧组正在拍摄一个长镜头，吵吵闹闹的，他一打开车窗就听见了。

从他这个角度看，孟丹枝正靠在屋前的柱子上，一边和陈书音说话，一边看向场里。

大约是天气变冷了，她披了一件白色的毛绒披肩，看上去很精致，意外地和她那个角色重合一部分。的确是貌美的老板娘。

周宴京的手肘搭在车窗上，欣赏了片刻。

一直到孟丹枝主动发消息："怎么还没到呀？"不会答应了不来，让她空欢喜一场吧？

周宴京："往右看。"

孟丹枝抬头看过来，他还坐在车里，但能看到他的上半身，他自己开车来的。

"他来了。"孟丹枝碰碰陈书音，"你的'186'呢？"

"路上呢。"陈书音叹气道，"看来驾驶技术不如你家的。"

还有这种比较？孟丹枝"扑哧"一声笑出声来，正巧场上"咔"的一声结束，这道清音便有些明显。

"张导，我先走了，设计图过两天发给你。"她打了个招呼。

一转头，周宴京已经下了车，站在不远处。

剧组来了一辆陌生的车，自然引起了一些人的关注，尤其是这辆车的主人的外貌和车的普通形成鲜明对比。

说话间，孟丹枝已经到了车边。

"陈书音不来？"周宴京问。

"她有男朋友来接。"

周宴京对陈书音的生活了解不多，也是头一次从孟丹枝的嘴里听说她在恋爱。他的眼皮往上撩："那个人在看你，新朋友？"

孟丹枝看见他视线尽头的高昊："瞎说。"

她灵动地环胸而站，披肩拢在手臂里，苦恼地道："可能是我的魅力有点儿大了吧？”

“宴京哥，你不会不开心吧？”她问。

“……”

周宴京还没想过孟丹枝会这么说，和之前有些不一样。他抬眸，和不远处穿戏服的高昊对视着，毫无波澜，却轻声道：“怎么会？”

因为不足为惧。

孟丹枝“哦”了一声。

两个人站在一起，俊男美女，十分养眼，张骋宇甚至能想象出一幅民国背景戏的海报来。

剧组的众人大概都明白两个人的关系，早前就有人说孟丹枝手上的订婚戒指，但没几个人在意。毕竟第一次见面，哪知道真假？

对上男人的目光时，高昊却下意识地想避开。

孟丹枝一心惦记着宁城大厨。

剧组租的地方是个小镇，通往外界的路有几条，但最安全、最平坦的是省道。

走出没两分钟，和另一辆车刚好迎面相遇。

孟丹枝一眼看见驾驶座上的楚韶，随口说：“喏，那就是音音的新男友。”

周宴京移去视线。凑巧，楚韶也看过来，俩人的车窗都开着，车速不快，能轻而易举地看到对方的脸。

“有点儿眼熟。”周宴京说。

孟丹枝大惊失色：“可能你在路上见过吧。”她的心脏怦怦直跳，仿佛下一秒钟就能听见他说“他是不是酒吧的”这句话。

“可能是吧。”周宴京对一个路人不会多看，刚才看了一眼也是因为他是陈书音的男朋友。路上见过显然不可能，但他确实没想起来。

孟丹枝给陈书音发消息：“刚才周宴京说看‘186’眼熟！”

陈书音比她更惊讶：“？”

陈书音：“周宴京不会背着你去过酒吧吧？”

孟丹枝："？"

陈书音："不然他怎么见过'186'的？"

陈书音："总不能他也去过'186'工作过的商场吧？"

孟丹枝觉得这不可能。周宴京的衣物都是定制的，由专人直接送到公寓里，她上周起床还刚好撞上送衣服的工作人员。他不可能去逛商场的。

陈书音怕她想多，赶紧说："不过也说不定，真的是在路上见过，楚韶这张脸还是很显眼的，不然我也不会看上了。"虽说她和周宴京不熟，但周、孟两家这么交好，总不至于祸害孟家的女儿吧！

孟丹枝瞅着周宴京，认真地打量。

周宴京察觉："这么看我，影响我开车。"

孟丹枝才不信他的鬼话，他可是能在任何嘈杂背景下做同声传译的人。一直到江心路的店里，她心里还是有各种奇怪的想法。

看到店里满满当当的人，孟丹枝拍了拍胸口，还好她今天让他过来，否则看样子真得等几个月。

"你明天出差，怎么今天才告诉我？"她问。

"你也是今天才告诉我要留在剧组。"周宴京接过她手里的菜单，递给了服务员。

"我是今天才决定的。"孟丹枝据理力争："你难道也是吗？我才不信，而且我都回来了。"

周宴京不为所动："你如果今天提前回来，就能知道。"反正怎么说他都很有道理。

吃到喜欢的口味，孟丹枝的心情特别好，下车从停车场回公寓的路上，还有心情调侃："你要是出国的话，岂不是又可以见到许多漂亮的金发美人了？"

"漂亮和美是同一个意思，重复了。"

"你什么关注点？又不是做题。"孟丹枝的手搭在白色的披肩上，"我不能又漂亮又美吗？"她看着他。

周宴京目光落在她精致的脸上："当然可以。"

孟丹枝的唇角跟着翘起来。周宴京将一切尽收眼底。

“话说回来，金发美人那么多。”她似乎是故意的，长长地叹了口气：“可惜你订婚了。”

“这次去的国家基本以黑人为主。”

“……哦。”

走到楼上，孟丹枝又道：“黑人腰细腿长还直。”

周宴京看了她两眼，视线往下移几分，掠过她被旗袍包裹住的双腿：“你也不差。”

孟丹枝：“？”这是夸她吧。

到了家里，孟丹枝将披肩脱下来挂在椅子上。她里面的旗袍长至小腿中部，印染着大片的花朵，艳而不俗，色彩浓烈，像花园里盛开的鲜花，也像油画大师笔下的花朵。她弯腰，单手去解鞋的链扣，腰间的弧度骤然凸显，衣服绷起，分毫不差地映入他的眼中。

他靠在门边，看着她的动作，大概是链扣太紧，一时解不开，她有点儿气急败坏，但就是不两只手都来。

周宴京轻笑起来。孟丹枝刚费劲地解开，就像只天鹅般被他抱了起来，她一惊，整个人离开地面。

“说好没有课的时候。”

挂在脚上的鞋终于脱离她的脚，落在地面上，清脆的声响如同某种信号。

周宴京：“预支出差的日子的。”

…………

房间里再次安静下来后，孟丹枝被他带去洗了个澡，回来时闭着眼睛快要入睡，像枝头被露水打湿的玫瑰。

周宴京比她清醒，将她的头发从额前拨开：“我出差回来，也许你的身边又有人在想着如何才能搭讪成功。”

“……什么？”孟丹枝咕哝着，嘴巴仿佛都没有力气再张大点儿，恨不得就此闭紧，一睡到天亮。

周宴京不再说话。

翌日，孟丹枝被屋外的雨声吵醒。淅淅沥沥的声音传来，她睁眼发了一会儿呆，才想起周宴京好像已经离开了。

他的“专属”衣架摆在窗下。以前真的是专属,后来她懒得去衣帽间，也会把自己的衣服搭在上面，占据一分天地，主人也无可奈何。

孟丹枝一眼瞄到上面的领带少了几条，其中就有她之前加工过的两条。可是他出差一周呢。孟丹枝惊讶地发觉自己的想法，耳朵“噌”的一下红了，用被子蒙住脸，直到被床头的手机铃声吵到。

电话来自宁城。

“骆知节，你怎么突然打给我？”

“我爷爷让我跟你说，你那个传承人的申报，出了一点儿问题，你要不回宁城一趟吧。”

孟丹枝刚起的那点儿旖旎心思消失殆尽。

“这还能出问题？”她本来以为只剩下时间问题而已。

骆知节 :“我也不清楚，你回来跟老爷子聊吧，他管的，我就是打个电话。”

话说到这个份儿上，孟丹枝也只能回一趟宁城。这次回去，她提前跟孟教授，还有哥哥，说了一声。孟教授倒是不管，只让她注意安全。孟照青则问道 :“要不要我跟你一起回去？”

“不用啦。”孟丹枝拒绝，“应该不是特别严重的事儿，毕竟资料都是齐全的，你还是忙工作吧。”她都这么大人了，可以自己处理。

孟照青 :“行吧，注意安全。”

孟丹枝 :“知道的。”

她先去了一趟店里，毕竟可能要在宁城待上几天，要交代许杏一些事儿。

没想到，许杏一听说要去宁城，双眼一亮 :“老板，我跟你一起去吧？反正现在也没课了。”她可是对孟丹枝这个非遗传承人的认定很感兴趣。尤其是断断续续地听说过一些她外婆的事情之后。

孟丹枝思索片刻 :“你要是真想，和我一起去也不是不行，不过要带两件衣服。”

“没问题。”

趁许杏回宿舍收拾东西，孟丹枝将昨天在剧组构思的设计图整理了一下，存好档。这是她以前留下的习惯。

这种创造性的东西，最好是在一开始就留下记录，这样后续遇到恶心的事，可以当证据。

两个小时后，两个人坐上去宁城的飞机。而同一片天空下，周宴京正坐在前往目的地的航班上。他起得早，起床时孟丹枝还没醒，他也就没有吵醒她，临走时将订婚戒指也随身带着。

蒋冬压低声音：“您这回的搭档，应该是上边安排的，除了程思思，应该没别人。”他一想到对方就有点儿头疼。之前大家同在一起工作，程思思是后来的，锲而不舍地追求周宴京，直到他回国才作罢。

“没什么。”周宴京丝毫不在意。

蒋冬琢磨着现在怎么追都没用了，人家已经名草有主。

(3)

三个小时后，孟丹枝和许杏落地宁城。许杏第一次来宁城，一到外婆家的那个小巷子就不住地惊叹：“好有江南水乡的感觉。”

自家老板在这里比在京市更适合。尤其是一身旗袍，实在太配这个地方。

“我待会儿要去见朋友，你是在这里逛，还是和我一起？”孟丹枝问道。

“一起去吧，不是说申报出问题了吗？这么严重的事，万一是有人故意为难。”许杏立刻握紧拳头。

到达骆家时，骆知节也在：“你来得这么快？我还以为要明天，不过正好，爷爷在家。”

孟丹枝笑笑：“我心里比较急。”

骆老爷子正坐在厅堂里看东西，看见她来：“枝丫头，你上次寄回来的屏风已经裱好了。”这会儿就放在骆家。

其实绣完之后，孟丹枝和许杏都没有想象出裱好的样子，这会儿看到成品，也不由得一愣。

许杏直接开始拍照。

孟丹枝心里有事，一直惦记着，直接问道："骆爷爷，我那个申报，是不是手艺不够？"她思来想去，只剩下这个问题。比起外婆，她自然是比不过的，再怎么样，时间上也差得远，再加上平时还有学业，不会一天到晚刺绣。

"这个手艺，申报成功是肯定的。"骆老爷子的话头一转，"问题出在别的方面。"

他让两个人坐下来。

骆老爷子说："你应该知道，这种申报所要求的条件是很苛刻的。

"本来这件事应该是过一段时间名单下来才公布的，但我正好有老熟人，就提前得知了。

"你外婆那个资料虽然准备得早，但有个人和你准备得差不多，而且她的手艺，也是和你外婆同出一源。"

同出一源？孟丹枝不禁皱眉，她怎么不知道？

虽然刺绣工艺统共就几种，但实际上细节上有很大的不同，不然也不会有那么多分类。

"那不能两个一起吗？"许杏问。

"当然不能。"骆老爷子倒是不奇怪她问得莽撞。年轻人嘛，他还挺喜欢这冲劲。

他敲了敲桌子："小女娃想的真容易，要是这样，也不会每年就几个人申报成功了。"

孟丹枝问："知道那个人叫什么名字吗？"

骆老爷子摇头："不好说。"

提前得到点儿消息已经算好的了，怎么能直接说？

"她手上据说也捏着苏阿婆的资料。"骆老爷子想了想，"你的资料是苏阿婆当年准备的，现在看，可能比人家落后一些。"

孟丹枝点点头："我知道了。"

需要什么资料官方有明确的要求，按照要求准备就可以。

“不过，我不记得外婆有什么教了很多年的学生。”她对这件事还是很重视的，“而且还准备了资料。”外婆如果给别人准备了，又怎么会给她准备呢？

骆老爷子：“这我就不知道了。”

因为这个插曲，孟丹枝需要留在这边，时间不确定。

回到宅子里，许杏有点儿懵：“会不会是你外婆觉得你不会当这个，然后选了别人啊？”

“不可能。”孟丹枝斩钉截铁地道。外婆很久以前想让她的母亲学刺绣，但是她的母亲明显不喜欢刺绣，后来将一腔热血都放在她的身上。外婆临去世前，还叮嘱她不要放弃这门手艺。

放出狠话后，孟丹枝自己又开始不确定了：“我外婆以前确实教过几个学生，但这些学生我都认识。”

好些个学生都是阿姨的年纪了，要么嫁人后不再刺绣，要么就自己开个小店，卖卖小东西。要是她们想申遗，早就去了。

孟丹枝十几岁才回宁城上学，对于以前的事也不太清楚，思来想去，打算找些当年外婆教过的阿姨。这些人在外婆葬礼上都来过，很好找。

孟丹枝一下午拜访了三家，得到的结果都不尽如人意。

第二天，她先重新跑了一些地方，将当年外婆准备的资料更新换代，这个倒是简单。傍晚，事情终于有了进展。

“你要说以前的学生，其实你外婆当年教过挺多人的，有的人学了几个月就走了。”

孟丹枝问：“有没有我外婆很看重的？”

阿姨一边拿着簸箕装东西，一边说：“看重的有几个，但据我所知，都嫁人啦，不干啦。”街坊邻居的，她们基本都认识。

“不过说申报非遗的，”她们都懂非遗什么意思，这些年上新闻的和宁城本地申报非遗的也不少，“上次有个人也到街道这边来跑了，姓朱。”

这个姓一说出来，孟丹枝就知道是谁了。没记错的话，叫朱香茹。她从来没把这个人考虑在内，因为早在她回宁城前，外婆就将这个人逐出去了。为此，外婆还因为生气病了好几天。

“朱香茹吗？”孟丹枝直接问。

“朱香茹？不是她。”对方猛地记起这个人是谁，“你一说，我感觉这俩人还真像，是她的女儿差不多的年纪。”

“我知道了，谢谢阿姨。”孟丹枝道谢后离开。朱香茹一个没学完手艺的人，后面又去找哪个人学的？找谁推荐的？怎么可能和外婆同出一源？这件事绝对有问题。

许杏得知，立刻有了一大堆猜测：“电视剧中这种情节，一般都是假借名头的，毕竟你外婆在宁城人尽皆知。”

孟丹枝：“如果真是我不如人就算了。”

外婆的脾气好，能把朱香茹逐出师门，就说明她十有八九是犯了最严重的错，那她又有什么资格用她的名字？

“她到底做了什么啊？”许杏问。

“光我知道的是抄袭，其他的外婆不愿意多说。”孟丹枝冷笑道，“你说可笑吧？”

刺绣可以用的花样多的是，从生活中汲取灵感也可以，但直接照搬别门工艺的成就，就不只是手艺的问题，更是人品的问题。

孟丹枝：“想必她那个外婆的资料也是假的。”

许杏：“那肯定不行，我刚刚上网查了，国家对这个管得很严呢，这不是弄虚作假嘛！”

今天实在太晚，孟丹枝没有再出去。遇到这种事，她也是心情差得很。

估摸着时间，她给周宴京发消息：“宴京哥，你到了吗？早上走怎么不告诉我？”

过了一会儿，对面才终于回复。

周宴京：“刚到。”

周宴京：“你睡得那么熟。”

孟丹枝犹豫片刻，把今天发生的事告诉他，吐槽道：“我还想着下个月说不定账号就有认证，结果现在就泡汤了。”

周宴京直接打电话过来："所以你现在在宁城？"他大概是刚到住的地方，听起来有些疲惫。

孟丹枝"嗯"了一声："估计还要在这里住几天，等事情处理完了再回去吧。"她的耳朵动动，乍听到他的声音，很好听。明明是昨晚才听过的，现在就觉得好像很久没有听到了。

"我正好有个同学忙这些，你可以问问他。"周宴京思忖片刻，将陆洋介绍给她。

孟丹枝："你怎么什么人都认识呀？"一个翻译，这种传统手艺方面的人都认识。

周宴京笑了笑："我的同学多。"

孟丹枝被他笑得耳骨酥麻，感谢他的同时不忘吹捧："宴京哥哥，你怎么这么厉害？"

周宴京："以前没听你这么说过。"

"哪有，以前是不好意思说。"孟丹枝坚决不承认，"你说，谁能比你还厉害？"反正现在他在国外，等他回来，估计就忘了这茬。

"现在好意思了？"周宴京听她不打草稿地胡扯。但作为被夸奖的人，听起来还是不错的。

"是哦，你不信算了。"孟丹枝的眼睛一眨。

周宴京确实不信。

他将陆洋的联系方式给她，外面突然有人敲门，只能挂断电话。等走到门前，他又想起一件事。陆洋虽然和孟丹枝没怎么见过，但知道他去过宁城的事。

门外不是蒋冬，是程思思。他们入住的地方是上面安排的，程思思又要和他搭档，知道他住在哪个房间不奇怪。这边常年高温，她穿着一件抹胸裙，比以前晒黑了不少，健康的小麦色。看他终于出来，她露出一个妩媚的笑容。

周宴京问："有事吗？"他思索着，得和陆洋说两句。

程思思仿佛没看见他的表情："在走廊上怎么说话？进去说呗。"

“不用了。”周宴京说。

“我已经递交回国的申请，今年应该就可以回去，我们以后就可以一起工作了。”程思思的眼神不露痕迹地从他松开的衣领上滑过，她往前倚了倚，身前的沟壑便越发明显，这是她的优势。可惜面前的人依旧看都不看，和以前一样不解风情，要不是追她的人不少，她都以为自己没有魅力。

程思思：“你还是这样。”

周宴京轻声道：“如果有正事，那就说正事，我没那个时间和你闲聊。”

程思思终于忍不住：“你又没有女朋友，为什么一直拒绝我？我们同是高级翻译，不比其他人连共同语言都没有好吗？”

“谁跟你说我没有女朋友？”周宴京这句话说完，程思思震惊了。

“我不信，你才回国两个月。”她盯着周宴京，“你一个工作狂忙工作还差不多，怎么可能有时间谈恋爱！”

“确实没有时间。”周宴京对此也颇为遗憾，“所以就订婚了。”

程思思：“？”

她将这件事当成借口，抛了个媚眼，笑着道：“要是别人说我就信了，你会这么快？”

周宴京哂笑：“快吗？”

程思思被问得无语：“你居然反问我？像你这样没心没肺的人，这已经很快了。”

周宴京难得回答：“因为我对她一见钟情。”他没有过多解释，关上门。

没料到周宴京会这么做，程思思的脸差点儿撞到门上。

没人知道，周宴京的一见钟情非彼一见钟情，而是突然那一天，那一眼，一瞬间突如其来的心动。

周宴京居然会对人一见钟情？程思思怀疑自己今天见到的是不是周宴京本人。她回了自己住的地方，本来打算问问蒋冬的，但蒋冬应该也在休息，就作罢了。

周宴京拨通了陆洋的电话。

陆洋接电话时还有点儿懵：“你怎么突然打给我了？要来宁城啊？”

“我现在不在国内。”周宴京解释道，“我的未婚妻最近在申报非物质文化遗产传承人，出现了一点儿问题，你从那边帮一下。”

陆洋更懵了。他不管这个分类，但是工作的确和这方面有交集。

“行，你让她到了找我就行。”陆洋提前说好，“如果是什么不方便的，那我可管不了。”

周宴京：“不会。”

挂断电话后，他伸手揉了揉太阳穴，任谁坐了这么久的飞机都会觉得疲惫。休息片刻后，周宴京打算出去吃饭。临到门边，考虑到和程思思之前的对话，他又退回去，将订婚戒指戴到手指上。

程思思再一次见到他们是吃饭时。她正和同事一起吃饭，同事虽然不负责这次的翻译，但也知道她未来一周的工作。

“真的？”

“我还能骗你不成。”程思思怀疑地道，“以前周宴京拒绝我也没用这样的借口，难不成还是真的？”

同事吃了两口：“周宴京不像是胡扯的人。”这种事有什么好瞎说的？他对周宴京的印象不深，因为只相处过两三个月，他对周宴京的了解大多来自程思思的述说。

“追不上算了。”

程思思说：“如果有个比他更好的，我肯定不选他。”

同事一想也是。优秀的人不少，但是能和周宴京并列的、性格好又容貌出色的，难找。

“哎，人来了。”

程思思往那边看，果然看见周宴京和蒋冬两个人，他们直接坐在了靠窗的位置。

同事的眼尖：“宴京的手上是不是有东西在闪？”

离得不远，程思思仔细辨别：“好像是戒指。”她一惊，“真的假的？看起来像模像样的。”此时她心里已经信了八分。

最后两分的确定是程思思找到了蒋冬：“你跟周宴京这么久，实话说，他真的订婚了？”

蒋冬早就知道自己肯定要被问，飞快地点头："对。"

程思思这会儿已经不惊讶了："他居然真的一见钟情？"

蒋冬："？"

一见钟情？他可不知道这个。据他所知，周宴京和嫂子明明是很早就认识的，家里的长辈也认识，跟她的哥哥还是同学，怎么会一见钟情？

他睁眼说瞎话："您说是就是。"

程思思立刻没了兴趣，只对另一方好奇："你跟我说说，他的未婚妻是什么样的人，他这么不解风情，还能直接订婚。"

蒋冬："不好说。"

程思思："我又不去找碴，就是随便问问。"

蒋冬含糊其词地道："反正很好。"

能让蒋冬说出"很好"两个字，人肯定不差，但程思思完全想象不出来。

"性感的？温柔的？热情的？还是贤妻良母型的？"

蒋冬："没怎么私下相处，我怎么知道？"应该不算热情吧，如果他没猜错的话。

程思思无语地道："以前他是单身，我多追几次也没什么。今后我还是多上心工作。"

只是程思思很想知道对方到底是什么样的人，自己当初用整整一年的时间都没打动的心，竟然被她轻易取得。

隔天上午，孟丹枝拿到街道的资料。工作人员和她闲聊："你和苏阿婆长得真像，我昨天认出你来了，但你走得太快了。"

孟丹枝弯起嘴唇："真的吗？"

"真的。"工作人员年逾四十，正是最热情的时候，"我记得苏阿婆的女儿，你妈妈好像是嫁到京市去了？"

孟丹枝的表情淡了下来："对。"

当年，苏文心嫁到京市去的事儿在街坊邻居这里可是一件很值得炫耀的事，心里最难过的大概是外婆了。她一辈子在这里生活，早已离不开。既然无法跟着苏文心去京市，后面就唯有盼着女儿多回宁城来。但相隔两地，哪有那么频繁？苏文心再嫁人时，苏阿婆甚至都没有去参加婚礼。

“你外婆的手艺真是没话说。”工作人员笑着道，“要是她知道现在传承她的不止你一个，肯定高兴。”

孟丹枝只是笑笑，没说话。另一个大概就是朱香茹的女儿吧。外婆要是知道现在是这样，大概会气得不行。

回去的路上，孟丹枝联系了陆洋。

“资料什么的，如果没有问题应该是可以的。”陆洋想了想，“见面说吧。”

“行。”她本来以为要介绍一番，没想到几句话就确定了见面谈。虽然还不清楚到底会怎么样，但孟丹枝已经不像昨天那样急，她对周宴京有种莫名的信任。回去的路上，她甚至带了一笼生煎。

许杏醒得迟，特别不好意思："我第一回睡这个床，这是不是就叫——"

“拔步床。”孟丹枝见她卡壳。

“对对对，就是这个，我只在古代小说和电视剧里见过，好大一张。”许杏昨晚见到拔步床都震惊了。这上面睡三个人都不成问题。

孟丹枝咬了一口生煎，含糊不清地道："以前这边女儿家的嫁妆就有拔步床，用作婚床。"

许杏："那你结婚会有吗？"

孟丹枝下意识地回答："怎么可能？"

“结婚”这两个字好像距她很遥远，又忽然特别近。

“应该不会有。”孟丹枝回过神，轻声说，“现在哪里还能看到这样的床呀？”

许杏的思维已经发散开来："周师兄说不定一个月的工资还不够买这样一张床呢。"她说着直接上淘宝。

“还真被我说对了，金丝楠木的要几十万，五十万、七十万的都有。”她惊叹道，“老板，咱外婆屋子里的家具值几个钱？”

孟丹枝还真没问过外婆。她以前刚回宁城时可不喜欢拔步床了，因为睡着特别硬，后来习惯了倒是觉得不错。

许杏跑回去看了一眼，虽然她认不得木头，但过了几十年还这么漂亮的，肯定不便宜。她出来，叹着气："唉，忽然觉得周师兄太穷了！"

而老板是个隐藏的小富婆，不仅有绣品，还有那些厚重的家具，最重要的是有个宅子！

孟丹枝好笑地道："想什么呢？"

许杏认真地说："我在想周师兄的聘礼该怎么办啊？"这好比以前娶一个大家小姐呢！

远在国外的周宴京还不知道已经有人替他操心聘礼的事。

他今天戴上戒指，不只同事们发现了，就连上面的领导也发现了，笑着问："终于见到了。"

他们之前可都知道他请假是去订婚的。

周宴京微微一笑："上班时间不好戴出来。"

对方笑起来："这有什么？婚戒可以戴的，又不是铺张浪费的，素简的可以。"

领导有时候也很操心下属们的感情问题，经常给年轻人做媒，还能做上瘾。周宴京当初递交资料申请回来，就有人打算拉纤。没想到，这纤还没拉出来，人家已经自己解决问题了。

"女朋友哪家的？"

周宴京回答道："和我家是旧识，她爷爷以前在 B 大任教，是我父亲的老师，老爷子叫孟长信。"

"原来是他的孙女，还真是书香门第。什么时候结婚？我也好去喝个喜酒。"

"她准备毕业的事，最近忙。"

"……你小子。"

周宴京不出意料地看见好几个人露出惊讶的眼神。他也没解释什么，只转了转手上的戒指。

程思思这时才听到三言两语。她碰了碰蒋冬，想象一番："所以，那个女生是不是一身书香气，性格温柔如水？"

蒋冬："……这个我回答不出来。"

"女神"孟丹枝正和许杏在花坛里拔草。

外婆当年种的这些花一直是打扫的人处理的，对方也不是园艺专业的，难免死了一些。上回她和周宴京来也忘了处理。这回在和陆洋赴约之前，孟丹枝打算把花坛清理一下。她和许杏穿上胶鞋，将多余的花草连根拔起来。花坛立刻显得空荡了不少。

两个人身上都沾了不少泥巴，许杏拿手机拍照："老板，我从没见过你这个样子。"

现在的孟丹枝头发随意地扎成丸子头，穿着围裙。而许杏印象里的她，总是一身精致的旗袍，站在那里就像是一道风景线。

"说得好像我和你不一样，不是人一样。"孟丹枝眨眨眼睛，"我确实不是，我是仙女。"

许杏将照片发过去。孟丹枝看了看，还真是与平时的差距有点儿大。

她给地上泥里的一枝月季拍了张照片，发给周宴京，认真地道："宴京哥，这是我送你的玫瑰。"

许杏揶揄着道："是不是给周师兄发消息？"

孟丹枝："不是。"

许杏才不信，分享生活除了给喜欢的人分享，还能给谁?

因为时差，消息无法秒回，孟丹枝转头忘了这件事。

…………

陆洋在听孟丹枝说过之后，就去看了一下这回申请非遗的资料，有食品的，有手工的，看上去似乎都很正常。但按照孟丹枝的说法，这里面有问题。周宴京肯定不会无缘无故地让他来处理。

陆洋将其中关于刺绣的拎出来，这回只有两个人，一个是孟丹枝，一个叫朱可。凑巧，两个人都写了苏阿婆的名字。

两个人的作品各有千秋。孟丹枝的作品纷杂，从小东西到屏风，色彩和技艺千奇百态，可见心思灵巧。朱可的作品则十分大气，皆是大绣品，就连陆洋这个看惯了传统工艺作品的人，看见都不由得惊叹起来。这拿出去参加国际展览都可以了吧。

他倒回去看资料，朱可今年才刚刚二十岁，却有这等手艺，简直可以说是天才。国内大多数非遗传承人的年龄都在四五十岁，那时不管是眼界还是水平都已经成熟。这回一下子来了两个年轻的。

他一愣，这才注意到孟丹枝这个名字。姓孟？好像是孟照青的妹妹。

陆洋虽然和孟照青他们的关系没有熟稔到一定地步，但也是见面会打招呼的。他自然也听闻了孟丹枝的事，毕竟她以前去过 B 大，他们专业很多人都知道。好家伙，原来周宴京的未婚妻是她。这……年龄是不是有点儿差距？难怪那时候孟丹枝有点儿黏周宴京，陆洋感觉懂了。他“啧啧”两声。

等周宴京看见孟丹枝发的消息已经是许久之后，他刚从现场离开，剩下的事不用他。

他松了松领带，点开图片。泥里裹着一枝月季，红艳如火，只是有一点儿枯萎，大约是到了凋零的季节。孟丹枝的手也被拍了下来，没有了戒指，只能从灰黑色的泥中看出一点儿白皙的皮肤。

周宴京回复：“枝枝，你送我枯的？”

隔了一会儿，孟丹枝才看到他的消息。是吗？枯了？她再看一遍，好像真的有点儿枯了。这不是当时心血来潮，没有注意嘛！孟丹枝觉得有些心虚，但不能这么说出去，显得她不上心。

她干脆颠倒黑白：“宴京哥，你这么久才看它，它生气，一不高兴就枯萎了。”

对面忽然没了动静，一直显示“正在输入中”，孟丹枝不知道他会说什么，越发好奇起来。

过了许久，一句话跳出来。周宴京：“原来它也会相思。”

还未看清，又有新消息送达。周宴京：“所以送花人也是这么想的吗？”

明明是文字，孟丹枝的心弦却像被他的话拨动，耳朵红透了。

第10章

CHAPTER 10

如果我是去见你呢

(1)

周宴京怎么会这么说？屏幕上的文字如同活了起来，“相思”二字仿佛在眼前跳动。她只是送花，只是胡乱说的……现在被周宴京这么一问，孟丹枝不知该如何回答，翻回去重新看自己发的话。

原本她趴在床上，托着自己的脸。看了片刻，孟丹枝立刻把手机倒扣在床上，整个人平躺下来。好像被他一说，自己刚刚那句话真的有点儿像在借着花表达思念啊什么的。怎么看都是那个意思。

花又不会真的因为想见人没见到不高兴，她又正好和周宴京身处两个国家。没有没有，她才没有。孟丹枝重新打开手机：“没有！”

周宴京早就预料到她会气急败坏，她的性格如此，她自己都未察觉，有一点儿傲娇，有一点儿可爱。他在想如何回复她。

孟丹枝现在看见“正在输入中”就觉得有点儿脸红，周宴京该不会又发来什么吧？

几秒钟后，周宴京：“你与你的礼物想法不一。”

孟丹枝对上他意有所指的消息，心脏好像被人抓住：“宴京哥，你以前语文考试是不是阅读理解满分？”

怎么这么会理解！

周宴京："没有满分，但还可以。"

这种回答在孟丹枝看来就是谦虚，他的"还可以"必然是非常不错的程度。

周宴京明知故问："问这个做什么？"

孟丹枝："就像老师出题要分析鲁迅的'一棵枣树，另一棵也是枣树'一样，总有标准答案。"

孟丹枝："你这个肯定很标准。"

周宴京惊讶于她的回答。好像只是在夸他，但他一旦深想，这句话又像无意中赋予了另外一层意思。周宴京现在想看见她的表情，想知道她这会儿的模样。

身旁的蒋冬看了他一会儿，一开始以为周宴京是在看资料，后来发现他大概是在回复消息。一路从走廊回到了吃饭的地方。他看见周宴京勾起的唇角，便猜测对方必然是嫂子。

他们吃饭的地方人流不少，很多人之前就已经得知这周过来的人员，所以他们一进餐厅，就收到不少关注的目光。

"你看，我说了吧？"有人窃窃私语道。

"人家肯定都和门当户对的女孩快结婚了，对方说不定比周先生还要厉害。"

国内此时深夜十一点出头。以往在公寓里，孟丹枝这会儿早已休息。她以前有一点点夜猫子习性，但最多到十二点，周宴京回公寓住后，时间提前到十点至十一点。因为他要上班，睡眠时间不能太少。偶尔超出时间，也是因为夜生活。孟丹枝虽然毫无睡意，但习惯性地关了灯，闭上眼睛就想起刚才微信上的对话。似乎上一次睡在这里时，她也是好久才睡着。孟丹枝翻了个身，思来想去，给陈书音发微信："音音，在不在？"

"……忘了关了。"陈书音朝楚韶轻轻吐舌头。

楚韶按住陈书音伸出去的手："别管了。"

"万一有重要的事怎么办？"陈书音还没被他的声音蛊惑，将手机抓了过来，面容解锁。

楚韶一眼看见“枝枝”二字。他翻了个身，下床去浴室。

陈书音的心里只剩下姐妹：“咋了宝贝？”

孟丹枝等了很久，还以为她睡了，看见回复，便直接甩过来一张聊天记录截图。她只截了自己说枯萎和他问送花人那里。

孟丹枝：“你说，他在想什么？”

陈书音没想到周宴京居然这么会撩孟丹枝，真看不出来。

陈书音：“在想你。”

孟丹枝：“？”

陈书音憋不住笑起来。

周宴京的嘴皮子是厉害，可惜孟丹枝从没谈过恋爱，对感情一事有些迷糊。

陈书音：“不然怎么说着花，问到你身上了。”

孟丹枝竟然觉得陈书音说得很有道理。她实在想不出来周宴京想她是什么样子。光一想，她就觉得有些脸红。

陈书音：“他在想什么我不知道，但你这句话，确实有点儿像在为他出差而不高兴。”

孟丹枝：“才没有。”

陈书音：“这算口是心非。”

孟丹枝：“不跟你说了。”

陈书音：“好嘛好嘛，你和周宴京有时差，还不抓紧这点儿时间聊会儿天，以解相思之苦。”

孟丹枝：“都说没有了。”

陈书音好笑：“我又没有说你，我说他的相思苦。”

对面果然没再回复了。

陈书音再次欣赏了一下周宴京的话术，果然是靠嘴吃饭，一张图上的花都被他玩出花来。

浴室里有动静，楚韶出来。

“宝贝，我们继续吧。”陈书音朝他招手。

“你的宝贝有好多个吧？”楚韶看了她一眼。

“哪有，就你一个，女生不算。”陈书音眨眨眼睛。

楚韶笑了一声，很诱惑人，也不知道有没有信她的鬼话，反正她大概是达到目的了。他没上床，而是站在床边，居高临下，手在她的身体上流连，被碰过的地方沾染了他的气息。

“你好像紧张了。”楚韶说。

她受不了他这样子，抓住他的手腕，将他往床上拉：“你直接上来好吧，废什么话？”

和陈书音聊完天之后，孟丹枝非但没有被安抚好，反而想得更多。她和周宴京此时在地球的两个半球上，时差将近六个小时，可以聊天的时间少之又少。孟丹枝被自己的想法震惊到，难道她真的在想周宴京吗？可是他走了才一两天，有什么好想的？脑袋里的思绪一多，人会越来越兴奋。从她这儿的窗户还能看到隔壁房间里的灯透出来的光线，许杏这个夜猫子，肯定还在熬夜。

说曹操，曹操就到。

许杏：“快点开这个链接。”

许杏：“呜呜呜！周师兄好帅！怎么能这么帅？”

好家伙，原来孟丹枝还不知道链接是什么，现在不用看都知道是和周宴京相关的新闻。不过，点开之后，她才知道是今天的新闻。

虽然此时已经是深夜，但那边的工作刚刚结束，新闻很快就传达了今日会议的大致内容。点进链接里去有几张官方拍摄的照片，能看见周宴京在其中。她连着看了好几张照片，可惜只有一张多人的才有他。

孟丹枝正要退出去回复，瞥见那张照片里，周宴京的领带颜色很眼熟。

他们的西装都是扣好的，领带三分之一被掩在里面，刺绣的地方也被遮掩住，其实看不出来什么。可她拆过这条领带，在上面动过手，还是一眼就认出来。

天！孟丹枝简直不敢相信，他竟然在这样重要的场合堂而皇之地戴她加工过的东西。可随即，一种情绪就充盈她的胸口。孟丹枝下意识地碰了碰自己的耳朵，滚烫，还好周宴京不在身边，不然肯定要被发现。

她呼出一口气。

久未得到回复，许杏怀疑地问："老板，你睡着了吗？"

许杏："晚安。"

孟丹枝动了动，最后还是没回复，就当她已经睡了。

今天受到的刺激实在太多，她原先因为玫瑰一事睡不着，可现在加了一件事，没想到睡意袭来。

次日清晨，许杏醒得迟，起床刷牙，看见孟丹枝站在花坛边："老板，你看见我昨晚发的消息了吗？"

"看到了。"孟丹枝在将还没死的花重新种回花坛里。

"周师兄是不是很帅？是不是很厉害？"许杏蹲在一旁，"这个都枯了，还放进去干什么？"

孟丹枝像是猫被踩了一脚，随口道："当花肥。"

"哦，对哦。"许杏丝毫未怀疑。

等许杏洗漱好，孟丹枝已经坐在桌边吃早餐，说："今天下午我要出去，你要是出去玩，记得带钥匙。"

"好的。"

吃完早餐，孟丹枝去骆家将那扇屏风先拿回来，因为朱香茹的女儿的事，她怕这个作品要派上用场，准备等认定完再送回去。

老爷子当然不推辞。

和陆洋约定的时间本来是今天上午，但他意外有公事要处理，就挪到了下午两点钟。

十二点多时，两个人吃完饭。

孟丹枝正打算去上锁的库房里找东西，就听见门口的许杏冲她叫："老板，你的手机在响。"她又补充道，"周师兄找你！"

孟丹枝："胡说。"

许杏挤眉弄眼地道："没骗你。"

说是不信，但孟丹枝还是回了大厅，桌上的手机屏幕正亮着视频通话邀请。来自周宴京。一看到这个名字，她就想起昨天晚上的事。孟丹枝的心跳骤然加快，他那边是早上，这么早打视频电话过来干什么？

她走回卧室，手指已经点了同意，他的脸霎时映入眼中。

紧跟着，她整个人进入卧室中。原本这两天就下了雨，再加上卧室构造的缘故，门一关，光线并不明亮，要开灯才行，她没开，就显得有些昏暗。周宴京那边却是十分明亮，摄像头的角度很低，可以看见他背后的蓝天白云和热烈的阳光。从她这里看，他好看极了。

“我都要午睡了，打视频电话干什么？”孟丹枝问。

“什么时候有午睡的习惯了？”光线昏暗，周宴京只看得见她模糊的轮廓，问道，“没开灯？”

孟丹枝：“停电了。”她又在胡说八道。

周宴京不戳破她的谎话：“是吗？那你今天晚上下床小心点儿。”

孟丹枝不应这句话：“你现在在外面吗？”

“嗯，出来吃早餐。”周宴京将手机转了一圈，周围的景色不是她想象的高楼大厦，而像是落后的乡镇。

虽然是六七点钟，但已经太阳高悬。孟丹枝不禁想起之前和周宴京关于金发美女和黑人的对话，弯起嘴唇：“好热闹哦。”

“这里人人都是亿万富翁。”他说。

孟丹枝也知道那里的情况，调侃着道：“那你现在可能是这条街上最富裕的人，小心被抓回去。”

她也许是乌鸦嘴。下一秒钟，镜头就拍到有两个女孩过来搭讪，用的不是英语。她没听到周宴京说话，那两个女孩却走开了。

孟丹枝的心跟被小猫抓一样，痒痒的，待摄像头转回他这边时，她问：“你刚刚做了什么？”

周宴京轻声道：“猜猜？”

孟丹枝：“让她们离开吗？可是你没有说话。”

挥手不太礼貌，不可能是他的做法。周宴京知道她误会了，却顺水推舟，将手摄入镜头中：“可能她们看到了这个。”

哪是可能？明明就是他故意的。

这边的房间十分昏暗，唯有手机屏幕的光微微发亮，孟丹枝的脸颊往上推，苹果肌拢起，唇角扬高。

“你快去吃早餐。”她催促着，疑似转移话题。

周宴京没同意：“你不想知道她们说了什么吗？”

孟丹枝一本正经地道：“我又没有学她们的语言。”

周宴京：“她们以前去过中国，问我是不是来这里旅游的。”他这回直接给了答案。

孟丹枝一愣，然后想到他的意思，自己刚刚误会了她们。关键是他还故意顺着她的错误思路，让她继续误会——搞得像是她吃醋一样。孟丹枝害羞得不想回复他的话了。对面没出声，周宴京老早就预料到了。他开心地笑了，尽管街头嘈杂，他的话还是清晰地传到她的耳朵里。

“枝枝，你有点儿可爱。”他说。

周宴京好像知道她现在不敢看他，所以镜头对准的是街道。

孟丹枝的脸色像煮熟的虾子，昨晚都不像今天下午这般让她不自在，一方面是害羞的，另一方面是恼自己。她就不应该猜。“可爱”这个词，用于夸人其实很普通。但这会儿，在这种情况下，这个词就被赋予了一层其他的意思。孟丹枝腹诽，周宴京怎么可以用语言的差异来误导她！

“……我一直很可爱。”孟丹枝的声音都有点儿颤抖，好在对面太吵，他听不清楚。

“是。”周宴京说。

“不过，你说的是不是真的只有你知道。”孟丹枝嘴硬地道，“她们怎么会问一句就走了？”

周宴京：“因为我在忙。”

孟丹枝总觉得他下一句就会说“忙着和你通话”这样奇怪的话，但他好像没有。她自己反倒被自己弄得红了脸。

“那里中国人多吗？”孟丹枝问。

“多。”周宴京解释道，“很多中国人来这边援建，落地签证，旅游也很方便。”

周宴京买了份很简单的当地小吃。她看周宴京付了好大一笔款，以亿为单位，就没忍住笑起来：“好像霸道总裁去买街头小吃。”

周宴京也轻轻笑了。他没有去多远的地方，径直回住的地方。他没有主动结束通话，孟丹枝也没有提醒。

“宴京。”有人打招呼。

镜头对着的是周宴京，孟丹枝只能听见他们的声音，看到周宴京的西装布料。好奇怪的视频通话。孟丹枝却觉得很有意思。她和周宴京住在一起时，完全不了解他的工作，毕竟翻译不同于其他工作。这是第一次近距离地接触他的工作。

一路上有不少人打招呼，有的人是用英语和当地方言，他们都没发现他在视频通话。孟丹枝的心头一颤一颤的，她说不清楚这时的感觉，但反正很好，她很喜欢。即使现在只能看见一片黑色，她也不烦。走到无人处时，镜头忽然变得明亮起来。孟丹枝眨了一下眼睛，突然看见周宴京清俊的脸，是她不想错过的风景。

“先挂了。”周宴京又道，“去午睡吧。”

“哦。”孟丹枝没料到是他主动结束通话，她哪里会午睡？她待会儿还要去见他的老同学。结束和周宴京的通话后，她趴在床上，发了好长一会儿呆，有点儿意味不明地感到怅然若失。

离开房间，许杏正坐在院子里打游戏。

听到走路声，许杏连头也不抬：“老板，我都打完两局游戏了，你和周师兄好能说哦。”

孟丹枝：“哪有？”

许杏：“不信你看我的战绩。”

(2)

外婆的这栋宅子并不小，是一代一代传下来的，很久以前，边上的邻居家也在宅子的范围内。后来宅子越来越小，几十年前，就只剩下这栋主宅。库房在最后面，孟丹枝只在外婆葬礼结束后进去过，后来就直接锁了起来。宅子给了她，钥匙自然也在她这里。

因为朱香茹的事儿，孟丹枝打算去库房找找看有没有朱香茹的一些东西，比如记录什么的。猛地一开门，灰尘扑面而来。孟丹枝等了一两分钟，才踏进去。库房里的东西有点儿乱，外婆去世前还在用的很多东西放在最外面，挡住了里面的东西。

她走近最里面的一个柜子。里面放了外婆的账本和一些订单的记录，笔记本已经泛黄，上面的字迹却还清晰可见。

孟丹枝从小和孟教授学写字，笔迹偏硬朗。但苏阿婆和她截然相反，一眼看上去，这字就像是一个温柔如水的人写出来的。

孟丹枝先看账本，记账的方法是老记法，怪难看懂的。她翻了几页，有些是别人的欠债，街坊邻居的，但是外婆临去世前也没让她去要他们还钱。孟丹枝的鼻子一酸，放回去，将订单记录本拿出来。

因为她上高三时外婆就开始生病，几乎没有订单，在这之前几个月有一份大订单，再就是一些特别小的东西，比如枕巾这种很快就能完工的。

孟丹枝原本打算看看就放回去，但中途停了下来，把她读高中时期的订单都翻了个遍。那套她记忆里的嫁衣订单没有记录。

在这之前的订单都有，怎么那个没有？孟丹枝狐疑起来，难道是因为最后没有完工，所以外婆直接把这个订单给去除了吗？好像有可能。

压在柜子下面还有一个薄薄的笔记本。甫一打开，映入孟丹枝眼帘的是很多名字、年龄和住址，她停顿了十来秒钟，忽然知道是什么了。这些都是外婆曾经教过的学生的信息。只学了几天的就没有记录，但学了几个月以上的，都有写下来，上次她问的几个阿姨都在其中。

孟丹枝粗略地一翻，起码几十人，可能快上百了。她和外婆一比，实在什么都不是。孟丹枝抿着嘴唇，终于在其中一页上看见朱香茹的记录，不过外婆在她的资料上划了横杠，表示不再是她的学生了。

她的目光落在那个地址和联系方式上。这么久过去，朱香茹可能已经不住在那里，但必然能找到蛛丝马迹。她总不能让陆洋透露另一个传承人的资料，这样影响他的工作，也会影响周宴京。临走前，她郑重地锁上门。雕着花儿的木门上都是岁月沧桑的痕迹，锁被松开，碰撞出声。

孟丹枝还记得外婆去世前，跟她说了好多话。

“你也不要给你妈妈了，就自己收着，大概她也不想要，不记得有什么。”

“你以后要是不住在这里，就把东西都带走吧，在这里放久了也就生潮坏了，外婆还有好多东西你都没见过呢。”

“自己搬不动的话，就让男朋友一起，我们枝枝一定会找到一个很好的男孩的。”

一切都恍然如梦，仿佛近在昨日。孟丹枝想，等非遗传承人的事结束后，就和周宴京过来一起把可以移动的东西带走吧。

下午两点钟，陆洋终于见到孟丹枝。他来得早，坐在咖啡厅里，透过玻璃窗看见外面马路对面站着一个女人，正在等红绿灯。

她穿的好像是旗袍，长袖的，裙摆有些大。今天宁城有风，裙摆随风飘扬，露出姣好的身形。等她推开咖啡厅的门，陆洋的心里就有一种感觉，这大概就是自己要等的——周宴京喜欢的人了。

孟丹枝坐下来，笑着道：“陆先生。”

虽然是周宴京的同学，她却不记得陆洋这个人。

“我真没想到宴京的未婚妻是你，我和你哥也算是同学。”虽然不是同一专业的。

“上次来宁城是不是也是宴京和你一起来的？”陆洋问。

“对。”孟丹枝点点头，“上回来拜祭外婆。”

“那天我要是知道，请吃饭应该也让他叫上你的。”陆洋笑了笑，“我以为我不认识，不好说。”他停顿了一下，“我当时还以为宴京故意不想让我见你呢。”

孟丹枝被逗乐了：“那今天见上了。”

陆洋没说太多琐事，直奔主题：“另外一个申请非遗传承人的资料我看了，确实有点儿问题。”

孟丹枝问：“有可以方便说的吗？”

陆洋没直接说，而是问：“我毕竟不是主管这方面的，而且还有个问题想问一下，刺绣这种传承手艺，如果想达到老绣娘那种地步，是不是要花很长时间？你现在可以吗？”

孟丹枝没想到他问这个，听起来有点儿不相干。她抿了一口咖啡，才开口："如果是我外婆那样的绣娘，我可能到五十岁也赶不上。"

陆洋知道苏阿婆。因为朱可和孟丹枝都有写苏阿婆的名字，再加上这个名字很多人都知道，她正是上一次的传承人。

他查过苏阿婆的绣品，外行人看着都只能说完美。而且苏阿婆和孟丹枝有点儿像，什么东西都有涉猎，从几米长的大绣品，到抹额、手帕等小绣品。虽然孟丹枝现如今的大绣品还只有零星几件。

"这么夸张的吗？"陆洋吃惊地问道。

那朱可的那些绣品精巧到可以和老绣娘相比，到底是因为她的天赋高，还是有别的缘故？

孟丹枝认真地解释："因为很多老绣娘都是把刺绣当职业的，但我们现在，很难有这个环境。"

"当然，话也不能说死，肯定有可以达到的。"她补充道。

陆洋："我知道。"他现在怀疑朱可的作品是不是她自己的作品了。孟丹枝是苏阿婆的亲外孙女，都自己觉得达不到那个水平。

"很多细节我不能跟你说，但我可以确定，这次你们两个人的申报，都会被认真调查。"

孟丹枝想了想，大概明白他的意思。估计是朱香茹的女儿的问题太明显，他都看出来了。他的问题几乎是在暗示对方的绣技太出色，出色到不符合这个年纪。

虽说刻板的印象不能有，但朱香茹曾经抄袭，孟丹枝下意识地就往那方面想。如果真被定性为抄袭，对方肯定会失去资格。

她浅浅地一笑："我知道了。"有他这句话，她倒也不着急了，可以慢慢调查。

孟丹枝又想起一件事："对了，还有个事，我的外婆曾经逐出去过一个学生，叫朱香茹，因为她抄袭。再然后就是，我的资料是我外婆准备的，她应该不会再准备别人的。"

陆洋听得一愣，转而就明白她的意思。他从头到尾都没提对方姓朱，她竟然就已经自己猜到了一些，恐怕是从其他方面查过。

难不成是抄袭？如果真的抄袭，那朱可优秀的绣技是真实的？他猜错了？陆洋摸不准，只是道："好，我会和上面说的。"

原本就是为了申报的事，说到这里，孟丹枝打算离开，陆洋自己待着也没意思。

"一起吧。"

孟丹枝好奇地问道："你和周宴京是同学，怎么没有做翻译？"

陆洋说："我记得你好像还没毕业吧，其实专业不对口的工作多了去了。再说，我可没有宴京的能力。"他想起什么，"你申报传承人，以后是打算在这边生活？"

孟丹枝摇摇头："提前毕业了，不在这边生活。"

"也是，宴京的工作不在这边。"陆洋说，"哎，你们到底是什么时候订婚的？"

孟丹枝道："就是月初。"

陆洋："今年？这么迟？我还以为你刚上大一他就下狠手了。"

孟丹枝都被说得不好意思了。

"你怎么会这么想？"孟丹枝问道。

陆洋回答："他又不是宁城人，但我二〇一九年在宁城见到他的时候，你大概是在读大一。难道我估算错误？你已经读大二了？"

二〇一九年？孟丹枝弯起嘴唇："他第一次来宁城是二〇一八年，我读高三。而且二〇一九年他都在国外啦。"

陆洋感到有些惊讶："就是二〇一九年，我上次问他，他都承认了，你不知道？"至于周宴京让他不要说其他的叮嘱，已经被他忘在脑后。

孟丹枝重新仔细思考这段对话，她没想到从陆洋的嘴里能听见这件旧事。当初外婆去世的第二年，大一那年暑假时，她和陈书音从国外旅游回来后，就一个人回宁城过。按照陆洋的说法，周宴京那年不仅回国了，还来了宁城。可是为什么不告诉她？以他们当时的关系不至于到地方了都不说一声吧？还是他来这儿要做什么不能告诉她的事？见不能和她说的人？难道他不知道她当时在这里吗？

陆洋见孟丹枝的表情好像不大对，心里咯噔一下。该不会他说的是不该说的吧？

“那个……”陆洋想转移话题。

孟丹枝看陆洋这样，没忍住笑起来：“没事，没告诉我而已，又不是什么大事，我那时候还没和他在一起呢。”

陆洋“哦”了一声，这才放下心。

“你大概不知道，我和他从小就认识啦。”孟丹枝莞尔一笑，“不过，你和我说了这件事，就不要让他知道了。”

“好的。”陆洋的注意力都被前面一句话吸引了注意力。他们俩从小就认识？这个他完全不知道。那岂不是青梅竹马？就是差了几岁。

陆洋感慨道，难不成这年头有女朋友还真得从小抓起？

“非遗的事麻烦你了。”孟丹枝主动转移了话题，“等这件事结束后，一定请你吃饭。”

陆洋笑：“这就不用了，我是宴京的同学，帮点儿小忙而已。”

孟丹枝说：“这不一样的。”她很坚持，陆洋就没再拒绝。

等分开后，陆洋直接回了上班的地方，把孟丹枝今天和他说的疑点向上面汇报了一下。

朱可那边的疑点太大。他自然是信孟丹枝的，但什么事都靠证据说话，朱可有没有问题，还得等调查结果。弄虚作假这种事不可以出现。不管是抄袭，还是盗用他人的作品，都是不可能申报成功的。

而孟丹枝回了老宅，一直在想周宴京那年来这里做什么。宁城又没有他熟悉的人。

……说不定真有。反正孟丹枝没从周家人的嘴里听说过他回国的消息，这么一想，他还真是秘密回国的。

“老板，你一回来就坐在那儿发呆。”许杏从外面回来，“非遗的事怎么样了？另一个人是谁啊？”

“看官方的调查。”孟丹枝回过神，“另一个申报人大概就是被我外婆逐出去的学生的女儿。”

她当时和陆洋忽然说朱香茹，看陆洋的反应，她猜对方就是朱香茹的女儿了。如果朱香茹的女儿以别人的名义申报，那孟丹枝不会管，可她既然用了外婆的名头，她就得管。别人可以用，但她不可以。

许杏叹气："这么麻烦，不知道还要多久。"

孟丹枝摇摇头："不会很慢的，我们的名单要和别的传承人一起下来，不会耽误太久。"

就是看陆洋说的那个意思，她都开始好奇朱香茹的女儿到底有什么明显的问题了。既然她也申报，那一定在网上有蛛丝马迹，除非她发的都是现实里的刺绣课。孟丹枝想通后，下午就忙了起来。她虽然不知道朱香茹的女儿叫什么名字，但朱香茹是已知的，即使同名同姓的多，但和刺绣、宁城同时挂钩，不会有第二个人。

许杏自告奋勇说要帮孟丹枝查找。

不到十分钟，许杏叫起来："老板，你看这个新闻是不是啊？一个带了宁城的媒体发布的，什么刺绣天才拥有百万粉丝，传承自母亲朱香茹的技艺什么的。"

孟丹枝挑眉："天才？"她想起今天陆洋说的那个问题。

这则新闻是今年七月份发布的，上面直接显示了大名，叫朱可，不仅如此，只提了朱香茹，没有提苏阿婆。

"还有几张作品的照片。"许杏往下看，睁大眼睛："……老板，这个……好像比你的手艺好……"她说话时有点儿迟疑，不停地看孟丹枝的表情。

许杏一个外行人都看出来了，孟丹枝怎么会看不出来。这个视频上面的绣品全都是可以拿出去展览的，每个细节都透露着"大气"两个字。重点是，确实是和外婆用的技巧一样。如今苏绣各种针法都有，绣娘们难免会用到一样的，但每个人的绣品风格是有很大差距的。除非是师承同一人，否则断不会如此相似。朱香茹没学多久就被外婆逐出去，从哪儿学来的一模一样，要么偷师，要么就有其他原因。孟丹枝总觉得很有问题。她自己都学不出来外婆的一些东西。

下午陆洋那个关于老绣娘的提问再次出现在她的脑海中，他大概是在怀疑朱可的绣技。但如果是抄袭，或者用别人的绣品，是不是太明显了，不怕被查出来吗？

孟丹枝转念一想，也许自己没有申报，朱可就蒙混过关了。

许杏一脸担忧的表情。

孟丹枝被许杏皱起的眉头逗笑："她绣的确实比我的好。"

许杏更担忧了："那……这个申报怎么办？"她接触的绣娘只有孟丹枝一个，已经惊为天人，现在突然出现其他人，一时间不知道该怎么说。

"我都不怕，你怕什么？"孟丹枝的唇角微弯，神色莫测，"如果是她真正的能力，那我甘拜下风，只要她别用我外婆的名字。如果不是，那她会知道后果的。"

许杏见她这么淡定："不管怎么样，乱用名头就不对。你看这个新闻，明明从头到尾提的都是她妈。"结果申报用的是苏阿婆，明显就是故意的。

知道了朱可的名字，许杏又搜了搜，发现从六月份到七月份，有很多关于她的新闻。不过基本都没什么水花，毕竟是宁城本地人，又是刺绣这种平时网友们不关注的行业。

许杏啧啧道："老板，要不你把你上热搜的事迹拿出来啊？"

孟丹枝打算去看这个朱可的微博账号。

孟丹枝的资料早有存档，因为作品成型较晚，就上报得迟了些，但朱可的并不是。她早在两个月前发布通稿后，就将自己的资料上报。

每天下午四点到晚上九点，是她的直播时间。现在传统手艺很受网友们的欢迎，朱可正是抓住这个时机，花几个月的时间，加上签了公司，一下子成了网络红人。每天直播间里最少也有几万人同时在看她的直播。朱可前段时间将申报非遗传承人的事情说给粉丝之后，粉丝们都很支持，还祝她早点儿成功。

"申报结果？"她看到一条弹幕，回答道："还没出来呢，往年都是这时候出来，今年迟了一点儿。"

朱可直播五个小时，但刺绣的时长加起来可能就只有一个小时。她会刺绣，但并不想一直绣，多累呀。回答弹幕的问题，她就会停下手，刺绣的动作很慢，但在外行人的眼里，并没有什么。喜欢刺绣的观众看不下去早就走了。

“我的作品肯定会申报成功的。”朱可很有自信。

结束直播之后，她立刻把针插在布上，大声询问道：“妈，我点的奶茶到了吗？”

“到了几分钟啦。”朱香茹问道，“直播结束了？”

“结束了。”朱可说。

朱香茹欲言又止：“你那个申报的……”

朱可：“妈，您放心好了，不会有问题的。”

朱香茹：“苏阿婆那个人，我当初用了别人的花样，她就把我赶走了。我怕她的学生知道了你申报的事，过来闹事。”

朱可不以为意地道：“您不是说她都死了好几年了吗？她的女儿又从不回来，都不学刺绣的。”

“这个是真的，她的女儿嫁人后就很少回来，不然你以为苏阿婆为什么教别的学生？”

刺绣这门手艺基本都是家族传承，师门传承，官方认可。苏阿婆一辈子只有那些普通的学生，连亲生女儿都不愿意学刺绣，别提什么亲传徒弟了。

朱可微微一笑：“而且她以前的学生都和妈您差不多大，都结婚了，催孩子结婚还来不及，哪里懂这个？”正是因为如此，她才敢借用苏阿婆的名头。苏阿婆现在去世了，谁也不知道她有没有教过别人。毕竟朱可以前也是真的和朱香茹学过刺绣，不是一点儿不会。和一般人相比，她肯定是好点儿的。

“等这个传承人申报下来，我的直播肯定流量更大。”朱可喝完奶茶，“以后我还会参加官方活动，上新闻。”

而且朱可最近发现，刺绣居然还可以凭借原创针法去申请专利，她要是申请成功，那真是绝佳。她低头回复经纪人的消息：“别急。”

在宁城住了一周，孟丹枝打算回京市。许杏恋恋不舍江南水乡的静谧：“唉，要是我以后在这种地方养老，那该多好！”

“你只是现在想。”孟丹枝一边收拾东西，一边回答她。

“我们干吗回去这么早啊？不是结果还没出来吗？”

“都住一周了，我的店还要营业呢。”

“反正现在又没几个人定制，都是靠剧组的订单支撑着，几个月后才是热闹的时候呢。”

“……”

许杏恍然大悟：“哦，我懂了。”

孟丹枝抬头问道：“你懂什么了？”

许杏笑得狡黠：“就是懂了。一日不见，如隔三秋！”

许杏没明说，孟丹枝却听懂了她最后一句话的意思，暗示是因为周宴京。

从宁城离开的前一天，她再次联系了陆洋。陆洋这回给的答案有些肯定：“已经开始调查了，你最近可能也会收到通知，配合就好。”

孟丹枝：“好的，我知道了。”她想了想，还是把自己猜测的一些问题告诉他，没点名道姓，只说，“其实现在针法就那么些，想要复制别人的绣品很容易，花点儿功夫就行。”

官方调查，那肯定比她自己调查要好。至于朱可可能抄谁的，她就不太清楚了，孟丹枝有怀疑过是外婆，但怎么想，也感觉她抄不到外婆这里。外婆有名的绣品在宁城都是有记录的。不出名的绣品，朱香茹作为一个早就被逐出去的学生，就更不可能拿到了。

回京市是陈书音开车来接她的。

“枝枝，你这次回去都不带我。”她瞥了一眼许杏，小豆芽菜哪里比得上自己？

许杏收到目光，立刻露出笑眯眯的表情。陈书音怀疑许杏这是在挑衅自己，好啊，仗着近水楼台，一个小员工都想挖墙脚。

“我回去都没确定多长时间，不好耽误你的时间。”孟丹枝说，“再说，你不是还要谈恋爱？”

“说得也是。”陈书音“啧啧”两声。总不能把楚韶也带到宁城去。

公寓一周没人住，虽然每天有人打扫，但孟丹枝还是觉得很冷清。京市的温度比宁城更低，她一回来就开了暖气，这才穿着单薄的睡衣在屋子里走动。

孟丹枝打开手机，早上收到周宴京的消息。她问："你今天回来吗？"

周宴京："嗯，不过会很晚。"

很晚，晚到什么时候？

(3)

深夜，周宴京终于落地，回到了公寓。他瞥见门边的鞋，就猜到孟丹枝已经从宁城回来，现在估计已经睡了。周宴京放轻脚步，推开房门，房间内一片漆黑。他才走进去，台灯忽然被打开。

孟丹枝占据了他平时睡觉的位置，乌黑的长发披散着，被昏黄的灯光映得很温婉。她的手里还拿着一个手电筒，明明没停电。

"宴京哥哥。"孟丹枝叫得黏糊，声音轻柔，听上去很迷惑人心，"我等你好久了。"

周宴京突然停住脚步。他的目光从除了照明别无他用的手电筒上，回到孟丹枝精致的脸上。

这么主动，有问题。这不是周宴京第一次见孟丹枝撒娇，但确实是他第一次遇到她这么正经地对自己撒娇。很有用，但他知道这是糖衣炮弹。

房间内安静片刻，周宴京去了衣架那边。按照他平时的习惯，他会先摘下腕表，放在床头柜上，然后再脱衣服，等等。

今天不一样。

于是孟丹枝便借着朦胧的光线，看他慢条斯理地脱外套，松领带，解衬衣，包括袖口的扣子。每个动作都让人移不开眼。孟丹枝的视线太明显，周宴京无法忽视，稍微侧过头，就轻而易举地看见她盯着自己。她看着他的手入神，都没发现。

等视线上移，孟丹枝问道："你干吗一直看我？"

周宴京都不想说明明是她一直在看他。

"没停电。"他沉吟片刻，问道，"你拿手电筒做什么？"

孟丹枝低下头，飞快地把手电筒放在床头柜上。这是她打算用来逼供的，但琢磨着，周宴京的工作已经很累了，再用手电筒照他，不合适。照自己吧，说不定会吓到人。于是手电筒就成了摆设。

“本来是要停电的。”孟丹枝睁眼说瞎话，“后来没有，所以就没用上了。”

周宴京：“是吗？”

孟丹枝点点头。周宴京转头去了浴室，她放松下来，见到本人，才发觉之前的想法都有点儿太过理想化。直接问他当年为什么去宁城？还是侧面打听？孟丹枝感到有点儿纠结，那时候他们两个人都没在一起，认真说起来，他去哪儿都和她没关系。但是，她就想知道。如果是去见人，是男是女？就更让她在意了。年少的时候，有人学她也叫他宴京哥哥，她都不开心，更何况是周宴京主动去见别人。虽然他还没说。

周宴京从浴室出来，见孟丹枝还是坐在原来那个位置，一点儿也没有要睡觉的意思。这更有问题了。周宴京便直接去了她平时睡的位置，两个人的位置互换。孟丹枝又盯着他。

周宴京这才开口：“枝枝，你已经保持这个动作很久了，你有什么想和我说的？”

孟丹枝微微侧身，认真地道：“你摊上事了。”

周宴京说：“明天再说。”

孟丹枝看周宴京躺下去，也跟着躺下，只不过是趴着的：“你怎么听了一点儿反应也没有？”

“有。”周宴京面上波澜不惊，“我很担忧。”

“……”孟丹枝压根儿看不出来。

周宴京：“你不困？”

孟丹枝：“不困。”

周宴京今晚枕的是孟丹枝的枕头，虽然俩人平时睡一张床，但很多地方还是明显不同的。比如她的枕头有一股香味，可能与平时用的洗发水的气味相同。

台灯被关上，房间暗下来。周宴京这才问道：“事情很大？”

孟丹枝：“你是犯事的人，你做过什么事你最清楚。”

周宴京琢磨着这话的意思："你要严刑逼供？"

"才没有。"孟丹枝见自己被戳破，翻了个身躺下，当无事发生，"我怎么会这么做呢？"

"你快睡觉。"她催促道。看在他今天太累的份儿上，先不拷问了。

黑暗的房间中，周宴京的声音听起来格外清晰："在人的精神最疲惫的时候，拷问最有用。"

孟丹枝头一次见"犯人"这么自觉的。她忍不住翘起嘴角，还没等她酝酿出一句话，又听到他说："显然，你已经错过了这个机会。"

孟丹枝有点儿气恼，推了周宴京一把。错不错过的，听她说才对，被拷问的人没资格这么说。

周宴京低笑了一声，捏住她的手腕。他温热的呼吸都洒落在孟丹枝的脸上，这会儿她的脑袋里像在煮水一般，咕噜咕噜地冒泡。

周宴京没继续深入："好好睡觉。"

孟丹枝："哦。"她的心怦怦直跳，时隔一周再次与他同床共眠。

事实证明，周宴京不仅睡得快，还起得早。

窗帘被拉开了一格，今天的阳光更好，从窗户外面照进来，被切割成碎片，投在室内。孟丹枝一睁眼，就看见了明媚的阳光。还好，光只照到被子上，没照在她的脸上。但还是有些亮，她抬手挡了挡，才回过神来，她已经不在宁城的厢房里，而是在周宴京的公寓里。

孟丹枝往衣架上轻轻一瞥，上面多了几件衣服，大概是被他带出国，现在又带回来的。男人的衣服总是那么几件，都一样。整个公寓静悄悄的，除了她这里，没有一点儿动静，窗外偶尔传来杂音。孟丹枝起床，往客厅看。周宴京真的不在。她都还没来得及问，他就不在家了。孟丹枝翻出周令仪的微信，想了想，又作罢，问周令仪还不如问周宴京自己。

客厅里的桌上放着早餐。孟丹枝又回到了衣来伸手、饭来张口的日子。在宁城时，通常是她买早餐，许杏醒得比她还晚。

说曹操曹操到。

许杏发微信："老板，店里好多人。"

许杏："一周没营业，他们都来问了，天啊！"

许杏拍了张照片，店里面竟然有十几个人，店面本来就不大，这会儿人多一挤，更显得小。

孟丹枝："那我今天不去店里了。"

许杏："你不来，万一明天人更多呢？"

孟丹枝："很有道理。"

十点多时，她到了"惊枝"，好在这会儿只有零星几个学弟在，见到孟丹枝也乖乖地打招呼。

许杏仿佛遇到救星："他们就只会问我，见到你就不敢问了，拣软柿子捏。"

"辛苦辛苦。"孟丹枝想起许杏这个月还算白工，故做思索状，"那你这个月的工资照常发。"虽然原本就这么打算的，但这么说出来有些好玩。

许杏眨眨眼睛："如果是这样，那我还是可以勉为其难地和学弟们打交道的。"

孟丹枝昨天打包了一些外婆的作品回来，今天打算学习她的一幅小桥流水。这是外婆年轻时绣的宁城一景。但到现在，已经是另外一种景象，孟丹枝打算绣的就是现在的情景，以此来做对比。朱可的账号她看了。每一幅作品都精巧大气，虽说还没确定是不是她本人所创作的，但孟丹枝确实心头一紧。如果是外婆，肯定能达到这个成就。她还是需要不断进步的。与孟丹枝相比，朱可首先受到调查。陆洋自告奋勇地跟着调查人员去了她家。

他们一行人来到朱香茹的家里时，朱可震惊了一下，笑着问："是申报结果出来了吗？"那不应该是文件先出来才对吗？她隐隐觉得不对。

陆洋看见朱可家里关于刺绣的东西很少，想起孟丹枝提醒的事，问道："你妈妈朱香茹是苏阿婆的学生，是吗？"

"对。"朱可点头。

"你是师承你妈妈朱香茹的？"

"是的。"这是朱可早就与朱香茹对好的台词，他们问不出来什么。

"哦。"陆洋意味深长地道。如果不是早知道真相，恐怕这会儿还真的被糊弄了。

官方调查的工作人员关注的点都在她的绣品上，包括朱可最近的直播，绣了一星期才绣到一半的作品。这幅作品的立意已经可见，绣动物的，是绿孔雀。和朱可上报的那些作品的风格有些不同，但并没什么。

他们拍了照片："你之前资料中的作品，可以拿出来吗？"

朱可："当然可以。"

有一个房间里专门摆放那些作品。陆洋跟着进去，他之前看见的都是照片，现在真正看成品，依旧觉得很震撼。

实在绣得太漂亮，他都想买下来。

工作人员问："有绣它们的视频或者证据吗？"

朱可知道他们是什么意思了。她不慌不忙地道："啊，我当时没想着记录，当时没开始直播。再说，直播间也有绣其他作品的回放，你们可以看那个。"

"资料上有这些，我们需要调查的也是这些。"

"不用怀疑啦，这些作品全世界仅有这么一幅，只可能在我这儿。"朱可说，"我妈妈的眼睛很早就不好了，绣不出来的。"

朱可提到朱香茹，陆洋便顺势开了口："我听说，苏阿婆不承认你妈妈这个学生。"

朱可猛地看向他："怎么可能？"

陆洋："为什么不可能？"

朱可说："虽然苏阿婆早就去世，但你也不能这么污蔑我妈妈，她跟着苏阿婆学习的时候，你都还在上学呢。"

陆洋："苏阿婆早已去世，你更不能借她的名字。"

朱可怀疑他是来捣乱的，慌乱了一瞬间，又冷静下来，苏阿婆的女儿远在京市，不可能现在来管这件事。她冷笑道："你们要调查就调查，但像这种不负责任的言论，我会追究责任的。"

陆洋简直听笑了。同事们冲他使眼色，然后说："这些绣品，我们想带回去看看，可以吧？"

朱可虽然不愿意，但还是说道："可以。"

反正他们肯定查不出来的，唯一的真品只在自己这儿，除非苏阿婆从坟里跳出来说是她的。再说，她又没偷，怕什么?

因为这些绣品都大而重，最小的就是一个双面扇。所以最后他们让朱可在调查结束前不要动，然后随机选了几幅作品带回去，其他的只是拍照作为证据。

陆洋打算问问孟丹枝见没见过，不过她也要被调查。

嗯……问周宴京也行。

孟丹枝远在京市，她今天只画了个小桥流水的图样，耗费不少心神，剩下的时间就是在绣领带，这种小东西很容易调剂心情。

不过这个给不给周宴京，还要看他的表现。要是他的答案让自己不满意，他就别想得到了。今天依旧是周宴京来接她，孟丹枝大剌剌地选了个透明的袋子，将领带装上。周宴京一见到孟丹枝，自然而然地就看见她手里的东西。孟丹枝丝毫不提这是给他的。

周宴京问道："想吃什么？"

孟丹枝摇摇头，一本正经地道："现在才五点多，吃饭不急，我们昨晚的事还没说呢。"她不知不觉中学了他曾经的用语。

前面的司机心想，他这时候是不是应该下车。这"昨晚"两个字听起来就很不对劲，他不好留在这儿打扰他们。于是他真的下车了。

"他下去干什么？"孟丹枝都还没问，车上先少了一个人。

"你说呢？"周宴京将问题抛给她。

孟丹枝回过味来，司机居然能理解成私密事，她的耳朵一红："我要说的不是这个事。"

"没人说你说的是什么事。"周宴京回答。

绕来绕去的，孟丹枝不想继续这个话题："不要转移话题，我要问你一个问题。"

周宴京："你问。"他靠在那儿，还闭上了眼睛，丝毫没有被逼问的样子。

"你二〇一九年的时候，去宁城干什么呀？"因为紧张，孟丹枝事先组织好的语言忘了大半，只剩下重点，这样就显得直截了当。

周宴京突然睁开眼睛。孟丹枝见他这样，更怀疑有问题，将嘴唇一抿：“说吧，周先生，给你一个狡辩的机会。”

“所以我摊上的事是这个？”周宴京看她。

“难道你还有其他的事？”孟丹枝狐疑着道，“慢慢来，都别急，先把这个问题回答了。”事实上，她想问，他是不是去见别人？即使是订婚前发生的事，孟丹枝也不高兴。

“好的。”周宴京的眼神幽邃几分，似乎会读心，神情严肃，“去见一个人。”

车内安静了半晌。孟丹枝：“男的女的？”

周宴京：“男人不值得我单独回国去见。”

孟丹枝感到无语的同时，心头又梗住：“所以，女生就值得周先生秘密回国了是吧？”她的语气太过明显。

是吃醋了吗？周宴京故作思索：“对。”

孟丹枝“哼”了一声，立刻挪到离他最远的地方，但同在车内，也就隔了一个人的身量。

周宴京：“你怎么不继续问了？”

孟丹枝：“不问了！”

周宴京：“我还没有狡辩完。”

孟丹枝已经听到了该听的，剩下的话不想听。

见孟丹枝一声不吭，周宴京叹了口气，语气显而易见地带了些安抚：“你往好的地方想想。”

孟丹枝：“哦。”

过了一会儿，她终于得出结论：“我想到了，男人没一个是好东西。”

周宴京注视了她好一会儿，等到孟丹枝的脸上开始慢慢地升温，才开口：“如果我是去见你呢？”